다도와 슬픈 이별

다도와 슬픈 이별

성원인쇄문화사

다도와 슬픈 이별

목 / 차

본 소설을 읽기 전에 ………………………………… 4

프롤로그
양양에서 태어나다 ………………………………… 8

1. 소싯적 시절 ……………………………………… 12
2. 전성시대 ………………………………………… 46
3. 가출 벽 …………………………………………… 58
4. 떠돌이 개의 순정 ……………………………… 88
5. 아빠의 어린 시절과 '네루' …………………… 122
6. 토사구팽 당하는 가련한 개들 ……………… 144
7. 유별난 개 사랑 ………………………………… 158
8. 돌아온 다도 …………………………………… 184
9. 덜컥 병에 걸리다 ……………………………… 208
10. 설상가상 ……………………………………… 238
11. 천둥소리에 놀라 …………………………… 262
12. 무지개 다리를 건너 ………………………… 276
13. 회상 …………………………………………… 294

에필로그
좋은 세상에 태어나라 ………………………… 310

본 소설을 읽기에 앞서

 다도는 생후 2개월 만에 작가에게 입양되어 15년을 살았다. 천수를 다한 것이다.
 다도는 일본 국견 아키다 수컷과 우리나라 국견 진돗개 암컷 1세대 혼혈종이다. 유난히도 빛나는 흰색 털에 신장이 늘씬하여 품격있는 개다. 용맹성도 뛰어났다. 눈치가 빨라 영리했다.
 다도는 작가의 짝 동무였다. 아울러 우리 집 아이였다. 작가는 다도 아빠다. 아빠는 어린아이가 쓰거나 아이에게 하는 말이다. 소설은 의인화(擬人化) 형식을 취했다. 사람과 빗대어 관계를 설정한 것이다. 미국식 단어 대디(daddy)와 같은 것이기도 하다.

 굳이 따지면 작가와 다도 사이는 혈족은 아니다. 인간과 개의 관계에서 혈족은 어불성설이자 언감생심이다. 하지만 개를 길러 본 사람은 안다. 친밀감은 가족 못지않다. 가족이란 한 가정의 집합체다. 다도는 어엿한 가족의 구성원이다. 다도는 한평생 아빠와 희로애락을 같이 했으며 생사고락을 함께한 불가분 관계였다.

본 소설은 다도 생애 15년 세월 속에 갖가지 에피소드들이 모아진 내용이다. 실화 중심의 소설이다. 200자 원고지 약 1,000매 안팎으로 가늠할 수 있을 것이다. 소설은 다도를 입양한 이래 애지중지했던 사연을 비롯한 부득불 일시적인 이별과 재회, 를 다루었다. 그 밖에 특별한 경험들을 세심하게 기록했다.

소설 후반부는 몹쓸 병에 걸린 다도가 병마에 시달려야 하는 고통의 연속이 등장한다. 장장 6개월 이상 사투를 벌여야 했다. 그러다가 끝내 떠나갔다. 다도의 궁극적인 순간은 이별이다. 그것도 영원한 이별이었다. 다도의 마지막은 인간들의 생로병사와 다를 바 없어 슬프기만 하다.

인간들 역시 인생 종점에 다다르면 느닷없이 닥쳐온 병고에 시달리다가 어느 순간 속절없이 사라진다. 풀잎에 맺혔다가 소멸하는 이슬과 같은 존재다. 소설은 다도의 처절한 투병을 과장 없이 묘사했다. 다도가 세상을 떠난 후 바로 소설을 쓰기 시작하여 완성까지 오랜 시간이 걸렸다. 1년 4개월 걸려 완성했다.

작가는 그동안 소설 형태의 논픽션은 여러 편 썼다. 단편 소설도 써 보았다. 수많은 칼럼을 신문과 잡지에 기고했다. 700편에 이르는 글이다. 스물여덟 권의 저서를 남겼다. 소설과 논픽션의 차이점은 소설은 허구가 가미된 글이라면 논픽션은 실화이거나 기록적인 글이라는 차이점이 있다. 모든 글이 그러하듯 본 소설 역시 퇴고를 거듭했다. 첨삭과 여러 번의 수정 작업을 거쳐 마침내 탈고하게 된 것이다. 하지만 졸작이라는 생각을 하지 않을 수 없다.

글쓰기 영역은 매우 넓다. 첨삭 작업할 때마다 문장이 달라지고 등장하는 단어가 달라진다. 언제나 글을 써 보면 100% 만족할 때가 없다. 항상 2%가 부족한 느낌을 지워 버릴 수 없는 것이다. 외래어가 홍수를 이루는 세상이다. 외래 단어를 모르면 구시대적 사람으로 취급받는다.

아예 무지·무식한 사람이 되어 말참견도 어렵다. 특히 젊은이들과 대화에서 어려울 때가 많다. 거기에 조어(造語)까지 판을 친다. 언어생활을 위협한다고 생각하지 않을 수 없다. 이미 외래어 홍수는 대세가 되었다.

작가 역시 글을 쓰면서 습관적으로 널리 통용되는 외래어 단어가 떠 올랐지만, 가급 적 최대한 외래어를 피했다. 국어를 존중하려는 위함이었다. 독자의 이해를 돕기 위해 몇 군데 낱말을 한자를 병행했다. 일상적인 사자성어도 사용했다.

바야흐로 반려견 1,000만 시대를 운위하는 세상이다. 이 한 편의 소설이 세상에 얼굴을 드러내 반려견 애호가들의 공감을 얻을 수 있다면 더할 나위 없는 기쁨이다. 아울러 다도의 영전에 이 책을 바친다.

2024년 2월 1일
남대천 인근 힐스테이트 아파트 서재에서

프롤로그

양양에서 태어나다

프롤로그

양양에서 태어나다

다도가 태어난 양양 본가는 경제적 여유가 있는 집이었으며 주변은 고찰 낙산사와 바다가 보이는 수려한 곳이었다. 아빠는 주인과 절친한 사이였다. 지인으로부터 연락이 왔다.

"형님. 개를 데려가세요. 5섯 마리에서 이제 두 마리밖에 남지 않았어요."

특유의 양양 말씨였다. 양양 말씨는 약간 느린 듯하면서도 부드러운 것이 특징이다. 아빠는 지인에게 자신이 기르는 개가 새끼를 낳았다고 해서 한 마리 부탁했던 적이 있었다. 잊지 않고 연락해 온 것이다. 2007년 10월경, 우정 영진(강릉)에서 양양까지 50km를 엄마와 함께 승용차로 달려갔다.

태어난 지 2개월 남짓한 아이들이었다. 분양하고 남은 두 마리 중 유독 마음에 끌리는 강아지를 얼른 가슴에 안았다. 나는 하얀 털을 가지고 태어난 복스러운 강아지를 볼에 대고 비비면서 나직하게 말했다.

"예쁜 앙아지야. 이제 우리와 한 식구가 되는 거야. 죽는 날까지 아빠와 행복하게 살자. 알았지."

아빠는 귀여운 어린 강아지를 보면 '앙아지'라고 호칭한다. 사전에도 없는 지어낸 말인지도 모른다. 앙아지는 말을 알아듣기나 한 것처럼 연신 아빠의 얼굴과 입술을 핥으며 말했다.

"나도 이렇게 만나서 좋아요."

처음으로 눈을 맞춘 앙아지가 바로 '다도'였다. 다도와 만남은 어쩜 내 운명이었다. 다도가 죽는 날까지 함께한 반려견이었기 때문이다. 이때 아빠 나이 60대 초반이었다.

다도는 아키다와 진돗개 혼혈종이다. 일본의 국견 아키다는 아키다현을 본향으로 특징은 용감하고 충성심이 강하다. 일본 열도를 울렸다는 영화 '하치 이야기'를 보면 주인에 대한 의리와 충성심을 능히 알 수 있다. 하지만 성격은 차가운 편이다. 좋게 말하면 호들갑 떨지 않고 점잖다고 할 것이다.

우리나라 국견은 진도(珍島)를 본향으로 하는 진돗개다. 불사이군의 두 주인을 섬기지 않을 정도로 충성심이 강하고 용맹스럽다. '다도'라는 이름의 유래는 아키다의 '다'자와 진도의 '도'자를 각각 한 자씩 '다+도= 다도'라고 합성하여 지은 이름이다. 아키다(あきた)의 일본식 한자는 秋田다. 여기에 아빠 성 鄭 자를 붙였다. 굳이 호적으로 따지면 鄭秋田라는 이름이다. 어엿한 우리 가족의 일원이 된 것

이다. 하지만 그냥 다도라고 불렀다. 다도의 본격적인 생애는 이렇게 시작된 것이다.

1

소싯적 시절

소싯적 시절

다도의 보금자리는 아빠가 사용하는 개인 사무실이었다. 아파트 상가 1층에 있는 사무실은 30평 넘는 공간이었다. 사무실 한쪽에 보금자리를 마련해주었다. 푹신한 요를 깔아 주었다.

아빠는 다도를 자리에 눕히며 말했다.

"다도야. 이 자리는 다도의 잠자리야. 이곳에서 쉬거나 잠자는 곳이란 말이야. 사무실 안에서는 묶어 놓지 않을 테니까 마음 놓고 활동해도 돼. 알았지?"

다도는 알아듣고 두 귀를 뒤로 조금 젖히며 눈을 반짝거렸다. 그리고는 아빠 손을 혀끝으로 핥았다. 아빠는 수시로 다도를 번쩍 들어 가슴에 안고 얼굴을 비비며 애정표현을 했다. 마냥 귀엽기만 했다. 아빠는 하루에도 수 시간 사무실에서 사무를 보았다. 이따금 사람들이 찾아 왔다. 아빠는 처음 보는 사람에게 냄새를 맡으려고 대들거나 짖지 않게 교육했다.

아빠는 손가락으로 다도에게 나직하게 명령했다.

"다도야. 아빠 만나러 온 손님이야. 저기 네 자리에 가 있어."

다도는 신통하게 알아듣고 제자리에 가 엎드린 채 관망했다.

아빠와 다도는 자연적으로 함께 있는 시간이 많았다. 이따금 엄마와 소통했다. 다도는 아빠와 엄마가 주인이라는 사실을 터득했다. 시간이 오래 걸리지 않았다. 다도에게는 오로지 아빠, 엄마밖에 없었다. 그중에서도 아빠의 존재를 확실히 알았다.

사무실 출입문을 열면 바로 길 건너에 방치되어있는 묵밭이 있다. 꽤 넓은 밭이다. 잠시 풀어 놓으면 다도가 뛰어놀기에 안성맞춤이었다. 다도는 입양되어 2개월 정도는 사무실 중심의 생활이었다. 멀리 데리고 나가기 아직 어려웠기 때문이다. 사무실 주변 환경을 스케치해 보자. 앞쪽으로 5분 거리에 영진 해변과 맞닿는다. 뒤쪽에는 연곡해변으로 나가는 길이 나온다. 중간 오른쪽 샛길은 야산에 오를 수 있는 길목이다. 주변에 펼쳐진 해변, 오솔길, 연곡천은 사통팔달 길로 연결되어있다. 산책하기에 안성맞춤인 천혜의 조건인 것이다. 다도는 이처럼 아름다운 환경에서 성장했다. 행복한 나날을 아빠와 함께했다.

사무실은 오랫동안 사용하던 아빠의 소유 건물이었다. 어느 날 사무실 용도로 더는 필요 없게 되었다. 세를 주면 월 30만 원은 충분히 받을 수 있었다. 용돈이 아쉬운 상황이었지만 세를 주면 당장 문제가 생길 것 같았다. 다도가 거처할 곳이 마땅하지 않기 때문이다. 5층 거실이나 베란다에서 살기에도 여건상 적합하지 않았다. 다도는 그동안 사무실 생활에 완전히 적응했다. 다도를 위해 사무실을 세 주지 않고 다도 혼자 사용하도록 했다.

굳이 돈으로 따지면 1년에 360만 원에 해당한다. 10년이면 3천6백만의 거금이다. 하지만 전혀 아깝지 않았다. 다도는 VIP 대우를 받는 것이다. 아빠는 사랑하는 다도에게 당연한 대우라고 생각했다. 사람들은 이 건물을 삼천리 아파트복합상가라고 부른다. 지은 지 오래되어 승강기조차 없는 연립주택으로 43세대가 살았다. 아빠는 사무실이 있는 상가 라인 5층에 살았다.

아빠는 아직은 건강하여 5층에서 93칸의 계단을 단숨에 오르내렸다. 하체 근력운동을 겸해 금상첨화였다. 다도는 수시로 욕실에서 목욕을 위해 5층을 오르내렸다. 거실에서 이따금 머무를 때도 있었다. 거실 창문 밖으로 내려다보면 높이가 약 15m다. 집들과 자동차가 다니고 사람들이 보인다. 저 멀리 항구와 바다가 보인다. 경치는 장관이었다. 다도는 어릴 때 호기심이 많았다.

다도가 태어난 곳인 본가인 양옥집 정원 풀밭에서 뒹굴며 놀았다. 이제는 아빠한테 입양되어 넓은 세상을 구경하는 것이다. 어떨 때는 창밖에 펼쳐지는 광경을 한참 내다보았다. 마냥 신기한지 사물을 뚫어지게 응시했다. 모두 처음 보는 사물이다.

아빠는 늘 그랬듯이 사무실 청소를 열심히 했다. 다도가 사무실을 사용하기 시작한 이후에는 더욱 신경 썼다. 평소 깔끔한 성격이 발동한 것이다. 하루에도 여러 번 사무실 양옆으로 나 있는 문을 활짝 열어 공기를 바꿨다. 바닥도 진공청소기로 뽑고 마포로 바닥을 닦았다. 다도는 어린 시절부터 배변과 소피하는 습관을 철저하게 교육했다. 대신 아빠와 엄마는 생리 해결을 위해 일정한 시간에 움직여 주어야 했다.

어느 사이에 다도가 눈에 두드러지게 커 갔다. 다도의 행동반경을 조금씩 넓혀 나갔다. 아직은 연립주택 주변에 마실 나가는 정도였다. 다도는 길을 가다가 동네 고양이에게 눈독을 들여 곧잘 공격적 태도를 보였다. 고양이뿐만 아니다. 나무에 앉아 있는 텃새인 참새나 까치에게도 관심을 가졌다. 잡은 적은 한 번도 없다. 그냥 재미 삼아 덤벼드는 것이다. 호기심 때문이었다.

다도는 화들짝 놀라 도망치는 것이 재미있었던 모양이다. 어린아이로 치면 재미있다고 손뼉 치며 깔깔 웃는 것과 같은 것이었다. 그러던 중 언제부터인가 이들을 간과했다. 아빠가 공격하지 못하게 훈련한 이유도 있었지만, 장난이 시들했거나 적수가 아니라고 여겼던 것 같았다.

다도가 태어난 지 5개월 정도 되었다. 주변 마실이 아닌 인근 지역으로 보폭을 넓혔다. 영진 해변에 데리고 나가 인적 없는 백사장에 풀어 놓으면 마음껏 뛰어놀았다.

항구를 드나드는 어선들을 보여 주었다. 처음 보는 광경이다. 방파제를 거닐며 광대무변한 푸른 바다도 보여 주었다. 다도가 세상에 태어나 생소한 환경은 모두 신기하다고 생각했다. 처음으로 맞닥뜨리는 모든 것에 호기심이 많았다. 다도는 자신이 모르던 별천지를 구경하니까 신이 났다. 아빠는 세상은 넓다는 것을 일깨워 주면서 지형지물을 익히게 했다. 조심해야 할 일을 분간하는 것도 훈련의 하나였다. 다도는 점점 덩치가 커갔다. 외출하다가 불상사가 생기면 곤란했기 때문에 나름의 훈련이 필요했다. 다도는 아빠의 명령을 곧잘 알아들었다.

다도는 습관적으로 산책하는 시간을 기다렸다. 운동 나가는 시간은 용케 기억했다. 시간만 되면 문 쪽으로 와서 아빠를 기다렸다. 아빠가 외출했다가 돌아오거나 층계를 내려오는 발걸음 소리를 감지하고 반응했다. 출입문 바짝 다가와 문이 열리기를 기다리는 것이다.

다도는 외출하면 으레 이곳저곳 냄새 맡기에 분주했다. 찔끔찔끔 오줌으로 영역 표시를 하면서 잘 따라 왔다. 다도에게 세상살이 여러 가지를 가르쳤다. 개들이 지켜야 할 수칙이자 예의였다. 좁은 도로에서 지나치는 차를 만나면 반드시 목줄을 바짝 당겼다. 일시 멈추거나 한쪽으로 피하는 법을 가르쳤다. 다른 사람이 데리고 나온 애완견을 우연히 만나는 경우 없지 않다. 이럴 때 아빠는 가볍게 목줄을 잡아당기면서 다도에 말했다.

"다도야. 너보다 덩치가 작은 개들은 '아가 개'라고 부르거든. 절대로 공격하면 안 돼."

더러 덩치가 비슷한 개를 만날 때는 조심해야 했다. 개들의 인사 방식은 일단 서로 냄새를 맡는 것이다. 암수를 구분하는 것 같았다. 동성끼리는 순간적으로 엉겨 붙어 싸우기 때문에 신경 써야 한다. 만일의 경우를 대비하여 목줄을 가지고 적당히 조정했다. 저 멀리 덩치가 큰 개를 보게 되면 일찌감치 피했다. 아직 다도가 어리기 때문에 피하는 것이 상책이었다. 이 모든 것은 다도가 반드시 숙지해야 할 적응훈련이었다.

삼천리아파트 뒤쪽 고샅길을 지나면 '홍질목' 야산이 나온다. 속칭 홍질목의 어원은 남양 홍씨 문중 묘소가 있는 길목이라는 뜻이다. 질목은 길목의 방언인 것이다. 삼천리 아파트에서 7분 거리로 가깝다. 이곳 야산은 많은 사람이 즐겨 이용하는 운동코스다. 소나무 군락에서 뿜어 나오는 유산소는 운동하기에 적격이다. 꾸불꾸불한 오솔길을 오르내리다 보면 등에 제법 땀이 배어났다. 작은 체육공원에는 여러 가지 운동기구가 설치되어 있어 가벼운 운동하기에는 적합한 곳이다.

아빠와 엄마는 다도를 데리고 이곳으로 향했다. 공교롭게도 다도를 처음 데리고 나오던 날 사달이 벌어졌다. 이른 아침이라서 그런지 아직 다른 사람들은 없었다. 이윽고 운동기구가 있는 곳에 이르렀다. 다도는 처음 와보는 곳인데도 졸졸 잘 따라왔다. 공원에 도착하여 다도를 목줄 한 채로 걸어 놓으려고 하니 마땅한 데가 없었다. 온통 검불과 낙락장송뿐이었다. 그렇다고 운동기구에 걸어 놓기도 뭐 했다. 조금 있으면 운동하러 사람들이 모이기 때문이다. 하는 수 없이 잠시 목줄을 풀면서 아빠는 말했다.

"다도야. 어디 가면 안 돼. 아빠하고 엄마가 운동 끝날 때까지 여기 있어야 해. 알았지."

다도에게 기다리는 훈련도 필요했다. 다도는 말을 알아듣기나 한 것처럼 앉아 있으라고 고분고분 순응했다. 앉은 채로 주변 경치를 두리번거렸다. 모든 것이 신기했던가 보다. 하기야 주변은 온통 호기심이 발동할 만한 환경이었다. 아빠와 엄마가 운동기구를 사용하여 운동하는 사이 일이 벌어졌다. 정면을 주시하던 다도는 벌떡 일어났다. 주변을 오가며 무슨 냄새를 맡았는지 몸동작이 분주했다. 갑자기 야산 아래 수풀 사이 쪽으로 쫓아가듯 내려가더니 이내 시야에서 사라졌다.

아빠와 엄마는 황급하게 도망하는 다도를 보고 불렀다.

"다도!"

하지만 들은 척도 않고 내 달려 금방 종적을 감춘 것이다. 이곳은 소나무 군락지에다가 수풀이 우거져 이따금 고라니가 출현하는 곳이다. 그뿐만 아니라 너구리와 오소리와 같은 야생 동물이 서식하는 곳이기도 했기 때문이다. 다도에게는 생경한 환경으로 호기심 천국이었다. 아빠와 엄마는 예기치 못한 상황에 걱정되었다. 운동을 멈추고 다도의 행적을 가늠하면서 굽이굽이 나 있는 오솔길을 누볐다. "다도! 다도!" 연신 불렀지만 찾을 수가 없었다. 야산 전체를 한 바퀴 돌면서 샅샅이 뒤졌지만 허탕이었다.

다도를 찾기 위해 두 번이나 야산을 돌고 나니 힘겨웠다. 어느새 등에서 땀이 물씬 배어났다. 다리에 힘이 빠졌다. 땅바닥에 주저앉고 싶었다. 더는 찾아다니기에 힘에 부쳤다. 다도 찾기를 포기하고 집으로 가야 했다. 막상 집으로 돌아가려고 하니까 어린 다도의 안위가 걱정되었다. 그렇다고 마냥 산에만 있을 수도 없는 진퇴양난이었다. 생각 끝에 집으로 가기로 작심했다. 그것은 영리한 개라면 제 집으로 찾아올지 모른다고 기대했다. 빈 목줄을 들고 터벅터벅 아파트로 발걸음을 옮겼다.

집에 돌아와 연신 5층 아파트 거실 창문에서 밖을 내다보았다. 어린 다도의 모습은 보일 질 않았다. 그날 내내 돌아오지 않자 불길한 생각이 들었다. 혹여 누군가 손에 잡혀가지 않았나 하는 것이었다. 다도는 누가 보아도 탐낼 만한 늘씬하면서도 잘생긴 개였다. 한편으로는 다도의 특이한 성격에 마음이 놓였다. 아빠, 엄마 이외에 다른 사람들이 귀엽다고 만져 보려고 하면 완강히 거부했다. 까탈스러운 성격 때문에 다른 사람들이 함부로 잡아갈 수 없다고 생각한 것이다.

　이번에는 다른 걱정이 마음을 무겁게 했다. 무성한 숲이 우거진 야산에 설치했을지도 모를 올무를 떠 올렸다. 덫에 걸리면 꼼짝없이 신체 일부가 훼손된 채 신음하다가 고통 중에 서서히 죽어갈지 모른다는 방정맞은 생각까지 들었다. 마음속으로 제발 그런 일이 없기를 바랄 뿐 당장은 속수무책이었다.

　어느 사이 일몰이 지나 밤이 되었다. 잠을 설쳐가며 창밖을 내다 보았다. 동네 여기저기에 가로등이 켜있었다. 아파트에서 새어 나오는 불빛으로 밖이 훤하게 보였다. 아무리 내다 보아도 흰 몸뚱이 다도는 보이지 않았다. 혹여 아파트 주변 으슥한 곳에 배회하지 않을까 싶었다. 불길한 생각이 미치자 얼른 층계를 내려가 동네를 한 바퀴 돌았다. 끝내 보이지 않았다. 걱정은 불안한 마음으로 변했다. 이튿날 새벽 먼동이 트자 부리나케 엄마와 함께 홍질목 야산으로 갔다. 다시 야산을 뒤져 다도를 찾아볼 심산이었다. 기대 반, 걱정 반 하는 마음으로 체육공원으로 갔다. 체육공원에 없으면 본격적으로 야산을 뒤질 심산이었다.

　놀랍게도 그곳에서 어린 다도가 얌전하게 앉아 있었다. 대충 몸 상태를 일별했더니 온전한 상태였다. 어찌나 반가웠던지 다도를 번쩍 들어 안았다.

　"이 자식아. 어디를 돌아다니다가 왔어? 무사히 돌아와서 천만다행이다."

　아빠는 다도의 볼을 비비며 반가운 마음에 어쩔 줄 몰라 했다. 다도 역시 아빠 품에 안긴 채 볼을 핥으며 꼬리를 흔들어 말했다.
"아빠, 엄마 많이 걱정했지요. 나도 멋모르고 뛰쳐나가 헤매느라 밤새도록 고생했어요. 무서웠어요."
아빠는 말했다.
"이 자식아. 아빠와 엄마는 네 걱정 때문에 잠을 설쳐가며 걱정했단 말이야."
"아빠, 나 똑똑하지. 나 혼자 이곳에 찾아와 기다렸잖아요."
"그래, 그래 우리 다도 똑똑하고말고. 잘했어."
"아빠, 그런데 처음 보는 이상한 동물들이 이곳에 많이 살아요."
"그럴 거야. 겁나지 않았어?"
"내가 누구에게요. 용감한 다도 '정다도' 아니유."
"그래 잘났다. 장한 우리 새끼 다도!"
어린 다도는 입양 이후 처음으로 아빠와 엄마 곁을 떠나 만 하루 동안 많은 것을 경험한 것이다. 굴곡진 홍질목 야산 면적은 꽤 넓다. 다도는 이곳에서 밤을 지새우며 실컷 돌아다녔다. 신통한 것은 이탈했던 처음의 장소를 제 발로 찾아와 기다렸다는 사실이다. 밤새도록 어디서 무엇을 했는지 속 시원하게 물어보고 싶었다. 그러나 다도는 말하지 못하는 처지인지라 소통이 어려워 답답할 뿐이었다. 상상만 할 뿐이다. 아빠는 다도의 지능이 보통 아니라는 사실을 확인하는 계기가 되었다.
아빠와 엄마는 다도와 함께 홍질목 야산을 매일 오르내렸다. 아빠와 단둘이 걸을 때가 더 많았다. 아빠는 다도가 입양하기 이전부터 홍질목 야산에서부터 연곡해변까지 매일 즐겨 걸었던 운동코스였다. 아빠는 걷기 운동은 하체 근력 강화에 크게 도움이 된다는 사실을 알고 30대부터 하루 1만 5천 보 이상 걸었다. 확실히 걷기 운동은 누구나 마음만 먹으면 할 수 있는 최고의 운동이라는 사실을 체험을 통해 터득했던 터다. 이제는 다도와 동행하게 되어 마냥 기뻤다. 든든하기까지 했다.

홍질목 야산 좁은 산길 끝자락에 고인돌(고분) 다섯 기가 버젓이 존재하고 있다. 펑퍼짐하면서도 넓고 우람한 돌이 무덤 위에 얹어져 있다. 고인돌은 청동기시대 무덤으로 대중해 보았다. 눈여겨 살펴보았다. 아주 먼 까마득한 옛날 어디에서 돌을 구했을까 궁금했다. 주변에는 채석장 흔적이 없었기 때문이다. 펑퍼짐한 반 평 남짓 크기의 반들반들한 돌은 제법 잘 다듬어져 있었다.

그럼 연장이 필요했을 텐데 하는 생각이 미쳤다. 청동기시대였다면 철을 이용한 쇠붙이 도구가 있었겠지만 글쎄다. 그 이전 시대일 수도 있기 때문이다. 무엇보다 이처럼 큰 돌을 무슨 수단으로 이곳 구릉까지 옮겨 왔을까 싶었다. 그때의 상황이 머릿속에 제멋대로의 생각이 마구 떠올려졌다. 생각할수록 불가사의하기만 했다.

이곳 야산은 원주민들의 삶의 터전이라고 상상해보았다. 야트막한 언덕에서 지척에 있는 강에서 고기를 잡아먹으며 살았을 것이다. 때론 동물도 잡아먹었을 것이다. 유유자적한 삶일 수도 있고 매우 고생스러운 삶이라도 생각되었다.

사람이 죽으면 그들 방식대로 구덩이를 깊게 팠다. 평지가 아니라서 더욱 좋았는지 모를 일이다. 벽면은 돌을 이용하여 석관처럼 조성했다. 그런 다음 시신을 정중하게 모셨다. 무덤 중앙에 구멍이

나 있었다. 수시로 드나들 수 있도록 조치한 것으로 생각하였다. 시신을 모신 다음 그들 방식대로 어떤 예식이 있을 수 있다고 생각했다. 원시적 종교 행위라 할 것이다. 현대인들은 이를 가리켜 샤머니즘이라고 한다. 그런 다음에 시신을 모시고 육중한 돌을 얹었다고 생각했다. 아니면 뚜껑 형태의 넓적한 돌을 덮고 시신을 모셨을지도 모른다는 생각이었다. 이러한 생각의 배경에는 나이 많은 동네 사람들의 증언을 토대로 한 아빠의 추측에 불과하다.

강릉시에서 만든 문화재 안내표시판은 통일신라 시대 무덤이라고 설명하고 있었다. 안내표시판에 명시한 지정일은 1981년 8월 5일이라고 표기되어 있었다. 이곳 무덤을 유적건조물, 무덤, 고분군이라고 분류했다. 여기에다가 통일신라 시대의 것이라고 사족을 붙였다. 아빠는 헷갈렸다. 견문이 적은 탓인지는 모른다. 아빠가 알고 있는 것과는 너무 동떨어진 결과였기 때문이다.

통상적으로 통일신라 시대의 특징은 석실 돌방무덤이다. 그런 흔적이 보이지 않았다. 공식적으로 고분군으로 지정하기 이전의 사적(史蹟)이 궁금했다. 이런 부분은 충분한 사료를 바탕으로 전문가들의 영역이라 생각했다.

아빠는 강릉시 문화예술과 담당자에게 전화했다. 안내판 내용이 허접하다고 지적하면서 구체적 내용을 담아 이해하기 쉽게 보완하는 것을 제안했다. 그리고 안내판은 오랫동안 비바람 속에 너덜너덜 흉물스럽다고 했다. 관광지로서는 품격에 맞지 않는다고 지적한 것이다. 담당자는 그렇지 않아도 얼마 전 현지를 답사하여 문제점을 발견했다고 했다. 전문가의 의견과 감수를 거쳐 장차 보완할 계획이라고 화답했다.

　아빠가 고분에 집착 한데는 나름의 이유가 있다. 고분은 사유지 안에 있었다. 일찍이 이곳을 즐겨 다니면서 훌륭한 보존 가치가 있는 문화재라고 판단했다. 자칫 투기꾼에게 매각할 경우를 떠 올렸다. 2.000천 평에 해당하는 이 지역은 소나무 군락지다. 주택단지 조성 등 난 개발로 파헤쳐 버리면 고분은 흔적조차 없어질 것이라고 내다 본 것이다.

　아빠가 강원도의회 의원 시절 강원도 관광문화국에 특별 주문했다. 국비 지원을 받아 매입을 권유한 것이다. 아주 오래전의 일이다. 마침내 강원도에서 중앙정부에 예산을 배정받아 강릉시에서 매입하였다.

　이제 강릉시 소유가 된 것이다. 소유권자인 강릉시는 철저히 야산 및 문화재를 관리할 책무가 있는 것이다. 장차 이곳을 고분 유적지로 개발했으면 하는 마음 간절했다. 그다지 멀지 않게 바다가 보이는 이곳은 관광객이 즐겨 찾는 명소로 적합하다고 생각한 것이다.

　다도는 이러한 아빠의 마음을 알 턱없다. 무덤덤하게 비탈길을 따라다닐 뿐이다. 이곳 비탈길 끄트머리는 도로와 연결된다. 도로는 연곡천과 연결되는 4차선이 뻗어 있다. 차도 옆 도보를 따라 연곡천 방향으로 걸어가면 연곡교를 만난다. 주문진과 연곡을 잇는 유일한 해안도로다. 교량을 지나 왼쪽으로 돌아서면 군부대가 나오고 바로 해변과 맞닿는다. 아빠는 다도와 함께 시원한 해풍을 맞으며 자주 이 길을 걷는다.

　연곡해변은 금빛 모래밭이 남북으로 해안선을 따라 길게 펼쳐져 있다. 해변은 넘실거리며 출렁이는 파도와 어울려 일품이다. '쏴아!' 물보라를 일으키며 모래사장에 흰 거품을 내며 밀려왔다 밀려가는 자연의 모습은 장관이었다. 여기에 해변에 울려 퍼지는 해조음은 억겁의 운치를 더해주는 것이다.

　모래사장과 연결되어있는 우뚝 솟은 해송 군락지 또한 일품이다. 한결같이 낙락장송이다. 휘휘 늘어진 가지는 해풍에 한들거렸다. 오랜 세월 모진 해풍을 이겨내느라 한쪽으로 비스듬하게 기울어져 있는 모습 애교스럽게 느껴진다. 이곳은 아빠와 엄마가 삼천리 아파트에서 이사 와서부터 줄곧 즐겨 찾던 곳이었다. 이처럼 수려한 주변 자연경관이 마음에 들어 삼천리 아파트로 이사 온 것이었다.

　다도가 입양되기 전에 천혜의 연곡해변은 오늘날처럼 야영캠프촌이 아니었다. 자연 그대로 존치되어 자연의 아름다움을 간직하고 있었다. 피서객이 모여드는 여름이 아니면 대체적으로 인적이 드문 호젓한 분위기였다. 늦가을이나 눈 내린 연곡해변의 겨울 풍치는 아름다움 그 자체였다. 해송 군락 사이로 무수히 떨어진 황토색 솔가리를 사뿐사뿐 밟는 촉감은 경험하지 않은 사람은 알 수 없다. 카펫을 밟는 것보다 더 보드랍고 야들야들 한 느낌이었다.

　이제는 다도와 더불어 춘하추동 이곳을 찾아와 즐기는 것이다. 드넓게 일직선으로 펼쳐진 모래밭에 이르러 잠시 다도의 목줄을 풀어준다. 다도는 저만치 모래사장에 옹기종기 모여 있는 갈매기 무리를 보고 신나게 달려간다. 눈치 빠른 갈매기들은 낌새를 먼저 알아차리고 푸드덕 허공으로 날아오른다. 언제나 대자연은 다도의 신나는 운동코스다.

연곡해변 입구 우측에 얼마 전까지만 해도 군부대가 주둔했었다. 지금은 철수하고 군인은 어디론가 이동했다. 모래 방벽 고물 자동차 타이어 등 일부 흔적만 남아 있을 뿐이다. 한때 군사정권은 안보를 내세워 동해안 해변은 온통 철조망을 쳤다. 그리고 민간인 출입을 금지했다. 지금은 세상이 바뀐 것이다. 민주화 세상이 되어 걷어내기 바쁘다.
　부대 바로 앞에 2차선 도로가 있다. 그 앞에 군부대가 주둔했을 때 사용했던 주차장이었다. 여름에 관광객들의 간이 주차장으로 이용되고 있을 뿐 늘 한가하다. 아빠는 다도와 함께 승용차를 타고 자주 이곳에 온다. 다도와 뜀뛰기 운동코스다. 이곳에서 승용차 뒷문을 열고 다도를 내려놓는다. 다도는 얼른 알아차리고 뜀박질할 태세를 갖춘다. 거리는 약 150m 정도다.
　아빠가 시동을 걸면 먼저 앞질러 뛰어갈 채비를 한다. 기특한 것은 차 앞에서 뛰는 것이 아니라 옆에서 뛴다는 사실이다. 앞에서 뛰면 다칠 위험이 있다는 것을 알고 옆에서 뛰는 것이다. 다도는 역시 현명했다. 아빠가 저속으로 움직이다가 조금 속도를 내면 힘에 겨워 혓바닥을 빼 물었다. 힘들다는 뜻이다. 다도는 뜀박질 운동에서 요령을 터득했다. 뜀박질 중간 지점 옆에 설치된 화단 사이로 우회하여 골인 지점에 먼저 도착했다. 아빠는 차에서 내렸다. 그러자 다도가 숨을 헐떡이며 말했다.
　"메롱, 아빠, 내가 먼저 왔지롱."
　하고 아빠를 놀렸다.
　아빠는 말했다.

"우리 다도, 한바탕 신나게 뛰니까 기분 좋았지?"

다도는 알아들었는지 연신 꼬리를 흔들었다. 마냥 행복한 시간이었다. 삼천리 아파트에서 점점 보폭을 넓혀 연곡해변을 지나 수산진흥원 건물 부근까지 갔다. 나중에는 사천 진리 항까지 걸어갔다. 기분에 의해 좌우될 때가 많았다. 컨디션이 좋으면 좀 더 걸었다. 어떨 때는 한곳으로만 걷지 않고 방향을 바꿔 걸었다. 방향을 바꿔 걷는 것도 또한 기분을 새롭게 한다. 어떨 때는 북쪽에 있는 주문진 항구까지 진출했다. 제법 먼 길이었다. 다도와 함께 걷는다는 것은 서로의 건강에 좋은 것이었다.

어느 날 이른 아침 연곡해변 소나무 군락지 오른쪽 끝에서의 일이다. 그곳은 관광 철이 아니면 거의 사람의 모습을 볼 수 없는 조용한 곳이다. 이곳에서 조금 떨어진 바다에서 파도 소리가 간간이 들릴 정도였다. 사람의 내왕이 없는 한적한 곳이었다. 소나무 군락지 끝자락 강원도립수산종묘배양장 부근 수풀에서 잠시 다도를 풀어주었다. 다도는 소변을 누고 아빠한테 되돌아올 줄 알았다. 하지만 여기저기 냄새를 킁킁 맡는 모양이 예사롭지 않았다. 잰걸음으로 배양장 울타리 안 수풀 속으로 사라졌다.

잠시 후 애처로운 동물의 비명이 들렸다. 비명은 이른 아침 해변 허공으로 울려 퍼졌다. 다도가 사고를 친 것을 직감했다. 아빠는 소리 나는 곳으로 부리나케 달려갔다. 콘크리트 구조물에 철망이 처져 있었다. 담장을 함부로 넘을 수도 없었다. 안으로 들어가려면 정문을 이용해야 했다. 비명 현장과 조금 거리가 멀었다. 그래도 허겁지

겹 정문에 가 보니 철문은 육중한 쇠붙이 빗장을 질러 놓았다. 출입하기 쉽지 않았다. 관공서 무단출입은 곤란했다. 더욱이 이른 아침이다. 당직자에게 양해를 구하려면 시간이 필요했다. 그러는 사이 상황은 끝나 버릴 것 같아 무의미했다.

아빠는 동물의 울음소리 나는 울타리 가까이에 다가와서 다도에게 명령했다. 당장 제지할 수 있는 수단은 단호한 명령밖에 없었다.

"다도! 다도! 이리 나와!"

풀숲에서 잠시 뒤척이는 기척이 들렸다. 다도가 동물의 어딘가 부위를 꽉 물고 흔드는 것 같았다. 동물들이 싸울 때 주로 목덜미를 무는 것으로 보아 목을 물었나보다 생각했다. 비명은 가냘픈 신음으로 잦아들더니 이내 뚝 끊겼다. 그제야 다도는 개구멍을 통해 빠져나왔다. 아무래도 비명을 지르던 야생 동물은 희생당하고 만 것 같았다. 그러나 어떤 동물이 물려 죽었는지 확인할 방법은 없었다.

현장에 들어 가 볼 수도 없고 수풀이 우거져 있기 때문이다. 미루어 짐작했을 뿐이다. 십중팔구 너구리가 아니면 오소리라고 생각했다. 이곳 수풀이나 풀숲에는 너구리와 오소리, 족제비 따위가 산다. 이따금 고라니도 볼 수 보게 된다. 이들에게는 다도가 천적인 셈이다.

또 한 번은 이런 일이 있었다. 영진교를 건너 연곡해변으로 가는 길이다. 도로 인접한 군부대 앞에 수천 평의 토지가 묵혀져 있었다. 무인지경이었다. 호텔을 짓는다는 여론이 있었지만 무성한 소문뿐 별다른 움직임이 없이 그대로 노는 땅이다.

땅은 그대로 방치되어 풀숲, 수풀, 검불, 덤불이 군락을 이루고 있다. 풀숲은 수풀이 무성한 여름에 볼 수 있다. 수풀 역시 잡목들이 무성하게 우거지거나 꽉 들어찬 것을 표현한 것으로 여름에 볼 수 있는 광경이다. 검불은 가느다란 마른 나뭇가지, 마른 풀, 낙엽 따위를 일컫는 말이다. 덤불은 어수선하게 엉클어진 수풀이라고 사전은 정의한다. 검불의 경우는 늦가을이나 겨울에 해당하는 표현이라 할 것이다.

이곳 드넓은 공터는 다도가 뛰어놀기 좋은 놀이터인 셈이다. 꿩도 있고 고라니도 살고 있다. 다도를 풀어 놓으면 여기저기 냄새를 맡아가며 신명 나서 이곳저곳을 마냥 쫓아다닌다. 그렇게도 좋을 수가 없다. 살판 난 것이다. 아빠는 멀찍감치 다도의 움직임을 예의주시한다. 혹여 무슨 일이라도 생기지 않을까 살폈다.

다도는 용케도 풀숲에 숨어 있던 꿩을 찾아냈다. 놀란 꿩은 푸드덕 날갯짓 소리와 특유의 "끼룩끼룩" 울음소리를 내며 공중으로 치솟아 날아가 버렸다. 다도는 닭 쫓던 개 지붕 쳐다보는 신세가 되어 멍하니 달아난 곳을 쳐다본다. 망연자실하다. 언제나 허탕 쳤다. 간발의 차이로 놓친 적 없지 않았다. 한 번도 성공한 적이 없다. 아빠는 이런 광경을 보면서 다도의 사냥기술은 부족하다고 생각했다.

좀 더 조심스럽게 가까이 접근했더라면 하는 아쉬움이다. 기척을 느낀 꿩은 놀라 무조건 공중으로 뛰어오른다. 순간 포착이 재빨라야 한다. 딴에는 순간적으로 공중부양을 해보지만, 점프 실력이 부족했다. 불과 초 단위로 승부를 결정했다. 아빠는 꿩 사냥에 실패해도 순발력 훈련에는 도움이 된다고 생각했다. 아빠는 꿩에 대해 특별한 관심은 없다. 그냥 다도가 대자연에서 하는 짓거리를 즐기는 것이다.

다도는 이곳에서 곧잘 고라니를 발견한다. 발견 즉시 추적이 시작된다. 고라니는 무조건 "걸음아 나 살려라" 사생결단 도망친다. 잡히면 곧 죽음이라는 것을 아는 것 같았다. 한바탕 쫓기고 쫓는 박진감 있는 추격전이 벌어진다. 하지만 도저히 고라니를 잡을 수 없다.

고라니는 뜀박질 선수다. 텀블링하듯 사뿐사뿐 공중부양하는 형상에 지그재그식으로 달아난다. 이에 비해 다도는 네발로 착지하면서 뛰기 때문에 도저히 상대 되지 않는다. 고라니 다리가 훨씬 길다. 다도는 다리가 짧아 불리했다. 본능적으로 텀블링을 시도했지만, 번번이 헛수고에 그쳤다. 다도는 언제나 허탈하게 되돌아왔다.

아빠는 평소 차량을 이용한 달리기, 먹이를 이용한 공중부양, 영진 해변 바위에서 사뿐히 건너뛰는 서부렁섭적 훈련을 시켰었다. 실전이라고 할 고라니 추적에서 초반에는 기세등등 따라잡을 것 같지만 결국은 헛물을 켜야 했다. 다도는 고라니를 발견하면 당장 요절(撓折)낼 듯 인정사정 물불 가리지 않고 추적한다. 번번이 실패하여 트라우마가 생긴 것 같았다. 매번 고라니만 보면 질풍노도와 같이 힘을 다하여 쫓아갔지만 헛수고였다. 성공하지 못하고 허탈하게 되돌아오는 모습은 언제 보아도 뻘쭘했다.

아빠는 풀이 죽어 돌아온 다도의 머리를 만져주며 말했다.

"다도야. 수고했지. 고라니를 잡지 못해도 괜찮아. 아빠는 고라니 잡는 것을 원치 않아. 함부로 생명을 죽여도 안 되는 것이거든. 한바탕 신나게 뜀박질하는 것으로 만족해."

다도는 아빠의 말을 알아들었는지 모르지만 멀뚱멀뚱했다. 아빠는 다도가 한바탕 벌판을 신나게 달리는 것 자체가 좋았다. 스트레스를 날릴 수 있기 때문이다. 다도가 단거리 선수라면 고라니는 장거리 선수와 비유할 수 있다. 추적 거리가 멀수록 다도는 어림없다. 만일 맞붙어 접전이 벌어지면 다도가 유리하다는 생각이다. 다도는 타고난 용맹성과 투지가 만만치 않았기 때문이다.

아빠가 생각하는 것은 다도와 비슷한 체형의 고라니를 만난 상황에 해당하는 추측일 뿐이다. 덩치 큰 고라니를 만나게 되면 상황이 다를 수 있다고 생각한다. 아직은 거구의 고라니를 본 적이 없다. 대부분 다도와 몸집이 비슷하거나 어려 보이는 고라니만 보았다. 고라니를 사냥하려면 두 마리 이상의 개들이 협공하면 얼마든지 가능하다고 생각되었다. 언뜻 보면 고라니와 노루가 비슷하게 보인다. 송곳니가 특징인 고라니를 한자로 아장(牙獐)이라고 부른다. 어금니 아(牙)자와 노루 장(獐)자를 합성한 자(字)이다.

어느 추운 겨울날 연곡 해변으로 향하는 도로 주변 벌판에서의 일이다. 다도는 이곳에서 너구리를 사냥했다. 함께 산책갔다가 벌판 입구에서 잠시 목줄을 풀어주었다. 대뜸 방치된 녹슨 컨테이너로 다가갔다. 무슨 냄새를 맡았는지 연신 코를 벌렁거렸다. 컨테이너 밑, 틈새 주변을 맴돌았다. 꼬리를 살래살래 흔드는 것으로 보아 무엇인가 발견한 것 같았다. 다도는 '식! 식!' 호흡을 몰아쉬며 빠른 걸음으로 두세 번 컨테이너 주변을 맴돌았다.

다도는 노골적으로 을근거리며 말했다.

"야, 빨리 나와. 컨테이너 밑에 네가 있다는 것 알고 있거든, 어서 나오란 말이야. 안 나오면 나올 때까지 여기서 지키고 있을 거야.

너, 오늘 나한테 죽을 줄 알아."

아빠는 처음에는 그 속에 들고양이가 숨어 있는 줄 알았다. 들판에는 야생고양이를 흔하게 볼 수 있다. 다도는 계속 컨테이너 밑을 왔다 갔다 했다. 그 속에 있던 동물은 위협을 느끼고 잔뜩 겁먹고 있었다. 바로 그때 은신하고 있던 황갈색 너구리 한 마리가 뛰쳐나왔다. 야생고양이는 아니었다. 다도가 냄새를 풍기며 위협하자 너구리가 백기를 들고 항복한 것이다. 너구리는 겨우내 잠을 자는 동물이다. 다도가 겨울잠을 깨운 것이다.

다도는 잽싸게 너구리 허벅지를 물어버렸다. 매우 민첩했다. 달아날 틈을 주지 않았다. 다도는 너구리를 물고 마구 흔들어댔다. 너구리는 애처로운 비명을 질렀다. 살려 달라고 애원했다. 비명은 가냘픈 어린아이의 외마디 울음소리 같았다. 상황을 목격한 아빠는 측은한 생각이 들었다. 너구리는 겨울 동안 제대로 먹지 못한 탓인지 수척해 보였다.

아빠는 다도에게 나직하게 명령했다.

"다도야. 그냥 살려줘. 놔 주라고. 어서!"

너구리를 물고 흔들다가 아빠의 눈치를 살피면서 잠시 망설였다. 아빠는 아무래도 죽여 버릴 것 같다는 생각에서 거듭 명령했다.

"다도야. 그만!"

아빠는 서너 발자국 다가가 강제로 떼어 놓으려고 했다. 다도는 그때에야 비로소 슬그머니 물었던 아가리를 벌였다. 너구리는 살았다는 생각에 재빨리 컨테이너 밑으로 들어갔다. 이때 아빠가 객쩍게 "쉭쉭! 물어! 물어!" 하고 독전(督戰)했더라면 너구리는 살아남지 못했을 것이다. 허벅지를 물려 다행이라고 생각했다. 급소인 목덜미를 물렸다면 절명했을지도 모를 일이다.

아빠는 다도와 "휘~힉! 휘~익!" 휘파람으로 소통한다. 소리를 짧게 내기도 하고 길게 내기도 하면서 음색을 구별하게 한다. 아빠의 짧고 강한 휘파람은 주변을 경계하라는 뜻이다. 다도는 아빠의 휘파람에 잠시 긴장한다. 긴 휘파람은 이제 집에 가자는 우리 둘만의 신호인 것이다.

어느 날 산책하러 나갔다가 연곡해변 들판에 다도를 풀어주었다. 다도는 늘 그러했듯 이날도 냄새를 맡다가 벌판 중간 쪽으로 달려갔다. 무엇인가 냄새를 맡은 것이다. 갑자기 동작이 민첩해지더니 무엇인가 공격하는 것을 먼발치에서 목격했다.

아빠가 빠른 걸음으로 달려갔지만 거리가 멀어 더뎠다. 쫓아가면서 다도의 움직임을 눈여겨보았다. 동물 한 마리를 입에 물고 고개를 쳐들어 좌우로 흔들어댔다. 이윽고 아빠가 당도할 무렵 다도는 입에 물었던 동물을 땅바닥에 패대기쳤다.

동물은 너구리였다. 배가 고파 먹잇감을 찾아 나섰다가 졸지에 당한 것이었다. 불과 2~3분 사이에 일어난 일이었다. 아빠는 널브러진 사체를 보는 순간 측은하게 생각했다. 하필 이 시간에 다도에게 걸려 억울하게 죽었나 싶었다. 공연히 다도를 들판에 풀어 놓은 것이 후회되었다. 애꿎게 한 생명이 희생되어 마음이 편하지 않았다.

자연생태계는 약육강식의 현장을 고스란히 간직하고 있었다. 그 안에서 서로 잡아먹고 먹히는 치열한 생존 경쟁이 벌어지고 있다. 너구리나 오소리는 자신보다 약한 개구리, 두더지, 쥐 따위를 잡아

먹고 산다. 하등 동물의 세계만의 일이 아니다. 인간 세상 역시 엄밀하게 따지면 약육강식의 정글 법칙만이 존재하는 곳이다. 그만큼 살벌하다는 뜻이다.

아빠는 다도에게 어떤 동물이 되었든 죽이지 못하게 한다. 다른 동물의 개체 역시 소중한 생명이기 때문이다. 때론 고라니 추적을 허용하는 것은 다도는 고라니를 잡을 수 없다는 사실을 알기 때문이다. 한바탕 신나는 뜀박질로 쌓인 스트레스를 날리게 하는 것이다. 고라니 역시 천적을 만나 신나는 뜀박질할 기회이기도 하다. 다도는 미처 알지 못했던 환경을 경험하면서 무럭무럭 성장했다.

아빠는 다도와 산책길에서 미물들을 자주 만난다. 주로 지렁이와 달팽이다. 주로 비가 온 뒤라던가 흐린 날에 만나는 것은 보통이다. 어떨 때는 짝짓기하기 위해 사랑을 찾아 나선 모습도 종종 본다. 종족 번식 본능이 뭔지 길 한복판에서 엉겨 붙은 달팽이를 곧잘 본다. 위험천만이다. 목숨을 건 짝짓기다. 여름에 비가 왔다가 그치고 나면 물기 있던 도로가 금방 말라버린다. 기진맥진 마른 땅을 기어가는 모습을 발견하면 애처롭다. 걸음을 멈춘다. 지렁이는 길에서 주운 가느다란 나뭇가지를 이용하여 습기가 많은 풀숲으로 옮겨 준다. 지렁이와 달팽이는 느닷없이 햇빛을 만나면 치명적이다. 습기 없는 땅바닥이나 시멘트 바닥에서 기어가다가 금방 말라 죽는다. 달팽이는 체내에서 끈끈한 진이 흘러나온다. 사생결단하고 기어가다가 결국은 길거리에서 죽고 만다. 마른 땅에는 지그재그 진액의 흔적을 남긴 달팽이 사체가 즐비하다.

이뿐이 아니다. 사람 발에 밟히거나 자전거와 차량에 짓이겨진 사체가 수두룩하다. 미물의 최후는 매우 처참하다는 것을 알 수 있다. 개중에 용케 살아남아 힘겹게 기어가는 녀석들을 발견하게 된다. 얼른 조심스레 주워 습기 많은 풀숲에 옮겨 준다. 달팽이는 나선형 껍데기 집을 등에 지고 다닌다. 껍질이 너무 얇아 여간 조심하지 않으면 집이 깨져버려 살살 다루어야 한다.

다도는 아빠와 같이 다니면서 이런 광경을 자주 구경한다. 아빠가 미물을 구해주는 모습을 보면서 이치를 깨닫는지는 모른다. 다만 끙끙거리면서 빨리 가자고 재촉하지 않는다는 것이다. 아빠가 허리를 굽혀 '미물 살리기' 하는 모습을 물끄러미 내려다본다. 우리 아빠는 꽤 싱거운 사람이라고 피식 웃을지도 모른다. 아니면 하찮은 미물일지라도 생명을 존중하는 사람이구나 생각할지 모르겠다. 하여튼 다도가 생각할 나름이다.

아빠는 미물뿐만 아니다. 고양이에게도 관심이 많다. 집에서 기르는 반려묘는 행복하다. 선택받은 고양이들이기 때문이다. 반대로 야생고양이(떠돌이 고양이)는 불행하다.

고양이 수명은 대체로 15년이라고 한다. 하지만 평균 3~4년 채 살지 못하고 죽는 경우가 일반적인 경향이다. 먹이 구하기 쉽지 않을뿐더러 추위라든가 열악한 환경에 병들어 죽는 것이다.

그런데도 야생고양이 개체가 기하급수적으로 늘어나는 현실이다. 야생고양이는 아무 데서나 흔하게 볼 수 있는 동물이 되었다. 야생고양이들의 영역은 보통 50m 안팎으로 알려있다. 반경 50m 내에 야생고양이가 영역을 지키며 서식한다는 뜻이다.

정부 차원에서 야생고양이 개체 수를 줄이려고 노력했었다. 안락사를 시행하고 떠돌이 고양이를 포획하여 중성화 수술을 시행했다. 하지만 미흡한 단계다. 예산 부족이 주된 이유라고 한다. 야생고양이 중 귀 한쪽이 잘려나간 고양이는 중성화 수술을 마쳤다는 표시다.

우리나라에서 70년대를 전후하여 전국적으로 쥐잡기 운동을 벌인 적도 있다. 가정, 학교, 직장, 군대, 도시, 농촌 동시다발로 쥐잡기 운동을 벌였다. 국민 1인당 5마리가 목표였다. 쥐약은 정부에서 제공했다. 이때 전국적으로 쥐는 9천만 마리로 추산했다. 이때 우리나라 인구는 3천만 명이었다. 쥐가 인구보다 3배 많았다. 연간 240만 석의 쌀을 먹어 치웠다. 학교에서 쥐를 잡아 꼬리를 잘라 오면 공책이나 연필을 주어 포상했다. 시나브로 쥐들은 거의 자취를 감췄다.

야생고양이와 쥐의 관계는 천적이다. 야생고양이가 늘어가자 먹잇감인 쥐가 사라진 것으로 분석된다. 요즈음 야생고양이가 쥐라도 잡아먹을 수 있으면 횡재다. 하지만 쉽지 않다. 쥐가 희귀한 존재가 되었기 때문이다. 세상사는 순기능이 있으면 역기능이 있다. 야생고양이 극성에 창궐했던 쥐를 박멸할 수 있었다는 것은 반사 이익이다.

이제는 야생고양이 때문에 골치 앓는 형편이 되었다. 동네마다 출몰한다. 공원은 고양이 천국이다. 반대로 고양이 먹잇감이 절대 부족하다. 쓰레기 더미를 뒤지지만 여의치 않다. 생활문화가 발전하여 사람들이 먹다 만 버려진 음식쓰레기도 흔치 않다. 분리수거가 정착화되었기 때문이다.

이로 인한 부작용 만만치 않다. 조류의 알이나 새끼를 잡아먹는다. 청설모, 다람쥐들이 사라졌다. 공원은 물론 시골에서도 이들을 보기조차 어려운 현실이다. 생태계를 위협한다는 주장이 설득력을 얻고 있다. 어떤 이들은 야생고양이를 보살펴 주는 것을 못마땅하게 생각한다. 야생고양이는 박멸해야 한다는 극단 논도 없지 않다. 이들은 캣맘들을 노골적으로 질시한다.

한자로 모순(矛盾)이란 단어는 괜한 말이 아니라는 사실이다. 모(矛)자는 창(創)이라는 것이며 순(盾)은 방패(防牌)라는 뜻이다. 창은 방패를 뚫을 수 있고 방패는 창을 막아 낼 수 있다는 말에서 유래한 단어다. 이율배반적이며 아이러니라고도 하는 것이다. 야생고양이를 보살펴 주는 것은 동물 사랑의 표현이다. 반대로 야생고양이가 생태계 질서를 위협한다는 목소리도 무리가 아니다. 사랑을 따르자니 스승이 울고 스승을 따르자니 사랑이 우는 격이다.

특히 야생고양이는 겨울나기가 만만치 않다. 혹한의 추위에 먹이 구하기에다가 먹을 물이 문제인 것이다. 그나마 눈이나 비가 오면 다행이다. 일시적이나마 갈증을 해결할 수 있기 때문이다. 고양이 생태를 알고 나면 정말 불쌍한 동물이다. 아빠는 열악한 환경 속에 사는 떠돌이 고양이에게 연민의 정을 느끼지 않을 수 없다. 아빠는 다도와 산책갈 때 마시는 물을 페트병에 담아 가져다준다. 아파트에서 한참을 걸어 일정한 장소에 가져다준다. 그곳 일정한 장소에 먹이 그릇과 물그릇이 있었다. 아빠가 마련한 용기다.

겨울에는 금방 식수가 얼어버린다. 수시로 가져다주어야 했다. 쉽지 않은 일이다. 다도는 매번 아빠의 행동을 물끄러미 내려다본다. 그리고 속으로 말했다.

"우리 아빠의 동물 사랑은 타고났다니까. 유별난 사람이야. 나 같으면 귀찮아서도 못하겠는데 말이야."

그래서인 다도는 산책 중에 야생고양이를 발견해도 공격적이지 않다. 무덤덤하다. 어린 시절에 비해 철이 들었다고 할 것이다. 어찌 되었든 간에 보통 성의가 아니면 야생고양이 관리는 어렵다. 여간 성가신 것 아니기 때문이다. 애틋한 사랑이 있어야 가능하다. 하지만 아빠가 관리하는 고양이는 기껏해야 서너 마리 정도다. 아마 아빠가 마당 넓은 집에 살았다면 좀 더 많은 야생고양이를 보살폈을지 모른다. 다행한 것은 다른 사람들도 야생고양이를 관리한다는 사실이다. 적당한 장소에 먹이 그릇과 물그릇이 놓여 있는 것을 볼 때마다 반가웠다.

아빠는 야생고양이가 생태계에 미치는 영향 따위에 좌우고민 하지 않는다. 야생고양이에 관한 생각은 단순하다. 엄연한 생존 권리가 있다고 생각하는 것이다. 특히 동물의 왕국에서 정글 법칙의 처절한 모습을 볼 때마다 애처롭다. 얼른 TV 전원을 꺼버린다. 심지어 돼지 열병이 돌아 살처분 당하고 조류인플루엔자로 닭과 오리들이 대거 땅 구덩이에 생매장당하는 참상 소식을 접할 때마다 아빠는 매우 슬퍼했다.

어쩌면 고양이에 의해 희생되는 쥐들도 불쌍한 존재일 수 있다. 생명을 가진 동물의 생존권은 똑같이 보장되어야 하기 때문이다. 그런데도 쥐는 혐오의 대상이자 박멸의 대상으로 인식하고 마구 다룬다. 보는 족족 죽인다. 쥐는 죽여도 된다는 묵시적 합의가 이루어진 상태다.

비단 쥐뿐만이 아니다. 소와 돼지, 염소, 닭 등 가축은 죽여도 된다는 관념이 버젓이 존재한다. 인간들에게 단백질을 제공하는 공급원으로 당연하다는 것이다. 아빠 역시 하등 동물에서 영양분을 취하는 족속이다. 진정 동물을 사랑한다면 육식은 하지 말아야 맞는 말이다. 식물도 마찬가지다. 생명은 같은 것이다. 동식물의 마지막 순간을 보거나 생각하면 불쌍하다고 한다. 그러면서도 그들을 즐겨 먹는다. 인간들이 동물이 처한 환경을 보고 불쌍하게 생각하는 어쩌면 위선이자 이율배반적이다.

그럼 인간의 본질은 무엇인가 하는 문제에 봉착한다. 인간은 생각하는 동물이다. 하등 동물 역시 기본적으로 생각하는 지각이 있다. 인간은 하등 동물과 달리 이성이 있는 고등동물이다. 이성은 사리 분별을 헤아리고 선악을 판단하는 지혜와 연결된다. 한편 소유욕과 지배욕이 강하다. 이성은 인간의 내면을 사유(思惟)하게 하는 특성이 있다. 인간은 만물의 영장이라는 우월의식이 대단하다. 이처럼 인간의 심리는 양면성을 지니고 있다.

야생고양이는 궁극적으로 인간 생태계를 해치는 만큼 제거해야 한다는 논리와 불쌍하니까 돌보아 주어야 한다는 두 개의 논리가 성립되는 것이다. 아빠는 여기서 야생고양이 관련 변증법적 논쟁을 멈추려 한다. 자칫 논리적 비약의 모순에 빠질 우려가 있기 때문이다. 더 이상의 논리 전개는 '닭이 먼저냐, 알이 먼저냐'와 같은 자가당착에 직면하게 된다는 것이다.

다도는 전혀 싸우지 않는 얌전한 개는 아니었다. 암컷이지만 언

제나 용감했다. 덩치 큰 상대를 만나면 절대 주눅 들지 않고 일전불사 태세를 갖추었다. 대체로 이성인 수컷에 대해서는 관대한 편이지만 예외 없지 않았다. 어느 날 산책하러 나갔다가 돌아오는 길이었다. 평소 안면 있는 동네 커피숍 주인집 수컷 진돗개와 마주쳤다. 그 개도 목줄을 하고 산책 갔다가 오는 중이었다. 덩치는 다도 못지않았다. 평소 같으면 다도가 꼬리를 살래살래 흔들어 인사를 했을 것이다.

수컷이 반갑다고 먼저 꼬리를 흔들며 다가왔다. 평소처럼 의례 다도의 몸 냄새를 맡으려 했다. 그러자 다도는 갑자기 으르렁 소리를 내며 앞발을 들어 당장 수컷에게 덤벼들 태세였다. 아빠는 이외라고 생각했다. 이날 따라 다도는 심사가 뒤틀렸는지 공격 자세였다.

"야. 너 오늘 나하고 맞짱 뜰래! 한판 붙어 보고 싶단 말이야."

수컷은 어이가 없었는지 응전하지 않고 피했다.

"별꼴 다 보네. 웃기는 계집애네. 내 참 어이가 없어서…."

수컷은 담담했다. 사내답다고 할까. 오히려 다도가 등줄기 털을 곤추세우고 한판 벌이려고 한 것이다. 아빠는 줄을 당겼다. 자칫 싸움이 벌어질 판이었다. 저쪽 주인 역시 얼른 줄을 세게 당겨 저만치 피해갔다. 주인은 자신의 개가 싸우는 것을 원치 않았다. 다도가 시비를 걸었던 싸움은 초장에 싱겁게 끝나버렸다.

아빠는 생각했다. 다도가 수컷에게 선제공격하려고 했던 이유가 궁금했다. 평소 눈에 거슬리는 일이 있어 꽁하고 있었는지 모른다고 생각했다. 아니면 오늘따라 기분이 좋지 않아 화풀이 대상으로 그랬는지도 모른다고 생각했다. 그러던 중 우연히 만났다. 다도는 이때다 싶었다.
"야. 누가 센지. 한번 붙어 볼래. 나 요즘 몸이 근질근질하거든. 오늘 기분도 별로야."

나름, 계산하고 덤벼든 것으로 추측했다. 아빠는 그때 다도는 마냥 순한 개가 아니라는 것을 알게 되었다. 아빠가 볼 때 상대 견도 만만치 않아 보였다. 그런데도 먼저 도전장을 던졌다. 이것은 다도의 성격을 말해 주는 것이었다.

동물의 세계에도 나름대로 감성(感性)이 있다는 사실이다. 특히 개들은 안 좋았던 일은 꼭 기억한다는 것을 오래전부터 알고 있었다. 가령 음식배달, 신문 배달원과 단 한 번이라도 신경전이라든가 충돌을 경험 한 개들은 용케 기억한다. 저 멀리에서 그 사람의 인기척이나 오토바이 소리만 들어도 미리 알아차린다. 개들은 청각이 발달하여 수십 미터에서 기억한다. 가까이 다가오면 요란하게 짖거나 대들려고 한다. 개들이 특정한 사람을 향해 사납게 짖는 데는 다 그만한 까닭이 존재한다는 사실이다.

한번은 다도가 다른 개와 엉겨 붙어 싸운 적이 있었다. 삼천리 아파트에서 살 때의 일이다. 저녁을 먹고 엄마와 다도 셋이 마실 갔다. 10분 거리의 인접한 영진항에 바람 쐴 겸 잠시 산책에 나선 것이다.

영진항 한쪽에 모래사장이 있었다. 그곳으로 갔다. 희미한 가로등불이 모래밭을 어슴푸레 비추고 있었다. 아빠와 엄마는 시멘트 구조물 위에 걸터앉았다. 다도는 만일을 몰라 목줄을 한 채같이 있었다. 이따금 연한 파도가 밀려왔다가 밀려 나가는 소리가 철썩거렸다. 밤바다가 자아내는 분위기는 낭만적이었다. 따봉은 포르투갈어로 우리말로 '엄지 척'이다. 우리 가족만의 오붓한 시간이었다.

그때 갑자기 어디서 나타났는지 진돗개 한 마리가 쫓아와 무조건 다도에게 싸움을 걸었다. 전혀 생각지도 않았던 상황이었다. 일방적으로 공격을 당한 것이다. 다도는 즉각 민첩하게 방어했다. 목줄에 묶인 채였다.

그 개는 다도보다 체구는 작아도 날렵해 보였다. 진돗개답게 근성을 유감없이 발휘했다. 으르렁거리며 사납게 덤벼들었다. 다도는 공격 자세를 갖췄다. 아빠는 다도의 목줄을 풀어 줄 수 없었다. 큰 싸움으로 번지지 않게 하려면 제어 수단이 필요했기 때문이다.

일방적으로 공격을 당한 다도는 처음에는 밀리는 듯했다. 금방 진돗개 목을 물어 제압하여 좌우로 마구 흔들어댔다. 그 개도 밑에 깔린 채 지지 않고 숨을 몰아쉬며 악착같이 대들었다. 잘못하면 큰 싸움으로 번질 것 같았다. 아직 다도는 혈기 왕성한 젊은 시절이었다.

주위를 살펴보았다. 도대체 개 주인은 있는 것인지 동네 어디에서 사는 개인지 궁금했다. 그때 마침 어둠 속에서 남자 하나가 쫓아오고 있었다. 아빠는 주인인가 보다 생각했다. 그때까지 그 개는 다도 밑에 깔린 채 물려 곤욕을 겪고 있었다. 빠져나가려고 발버둥 쳤다.

다가온 남자 주인은 자신의 개가 수세에 몰려 있는 모습을 보고 속상한 얼굴이 역력했다. 주인은 멋쩍게 자신의 개에게 "이놈의 개새끼." 하면서 들고 온 목줄을 채워 끌고 갔다. 미안하다는 말 한마디 없었다. 자기 개가 다른 개한테 물린 것을 보고 속상했던 모양이었다. 견주는 어떤 상황이 되었든 자신의 개가 물리면 속상한 것은 정해진 이치다. 아빠도 마찬가지다.

다도를 공격했던 진돗개의 성별은 확인하지 않아 알 수 없었다. 그 개 역시 산책 나왔다가 주인이 잠시 줄을 풀어주자 다도를 발견하고 쫓아와 싸움이 시작된 것이다. 그 개는 진돗개 혈통답게 투지가 대단했다. 물리면서도 도망가지도 않았다. 이 싸움에서 다도 역시 아키다 혈통을 지닌 만만치 않은 개라는 것을 확인하는 계기가 되었다.

다도는 덩치가 비슷하거나 큰 개들에게 경계심을 늦추지 않았다. 작은 애완견들에게 먼저 공격해 오지 않는 한 관대했다.

더샵 아파트에서 살 때의 일이다. 더샵 아파트는 조경과 산책로가 잘 조성이 잘되어 있어 인기가 좋은 편이었다. 한나절 조금 지나 양지바른 곳 벤치에서 아빠와 다도는 쉬고 있었다. 다도는 목줄을 한 채 벤치에 올라 아빠 옆에 다소곳하게 앉아 있었다.

이때 어디선가 체형이 작은 말티즈 한 마리가 뛰어왔다. 다도 바로 앞에 와서 미친 듯이 짖으며 덤벼들었다. 다도는 순식간에 내려가 물어버렸다. 미쳐 손을 써볼 틈도 없이 창졸간에 일어난 일이었다.

다도는 사정없이 말티즈를 물었다. 말티즈는 "깨깽, 깽! 깽!" 소리 지르면서 살려달라고 몸부림쳤다. 하룻강아지 호랑이 무서운 줄 모른다는 말처럼 함부로 덤벼들었다가 혼난 것이다.

아빠는 다도에게 큰 소리로 말했다.

"다도. 물지 마. 어서 놓아줘."

다도는 말티즈가 상대가 아니라고 생각했는지 슬그머니 풀어주었다. 그러자 말티즈는 조금 전 달려왔던 쪽으로 "걸음아 날 살려라" 하며 쫓아갔다.

이와 동시에 견주가 애완견의 비명을 듣고 헐레벌떡 달려왔다. 안면 있는 젊은 여자였다. 몇 번 산책길에서 가벼운 인사를 한 사이였다. 개를 기르는 마니아들은 처음 만나도 가벼운 인사를 나눈다. 반려견 주인들 간의 커뮤니케이션은 쉬운 편이다.

뛰어온 여자는 얼른 말티즈를 가슴에 안고 물린 상태를 살펴보았다.

"어마나. 여러 군데 물렸어. 빨리 병원에 가야겠네."

혼잣말처럼 말하면서 아빠에게 계면쩍게 변명했다.

"산책 나왔다가 오솔길에서 잠시 풀어주었다가 그만 사고가 났어요. 미안해요."

여자의 사과에 오히려 아빠가 미안했다. 목줄이 풀린 말티즈가 무조건 달려와 왈왈거리다가 당한 일이었다. 다도는 의자 모서리에 목줄을 걸어 놓은 상태였다. 다도는 아빠 옆에 가만히 앉아 있었기 때문에 잘못이 없었다. 하지만 아빠는 예의상 물린 개를 안고 있는 여자에게 말했다.

"이거 어떻게 하지요. 여러 군데 물려 미안하게 되었네요."

"아니에요. 제가 잘못해서 생긴 일인데요."

아빠는 잘 잘못을 떠나 사과했다. 괜스레 미안한 생각이 들었다. 며칠 후 산책로에서 견주를 만났다. 자신의 개가 동물 병원에 가서 12바늘을 꿰맸다고 했다.

다행히 생명에는 이상이 없다고 했다. 다도는 입마개 의무화 대상인 맹견이나 대형 견은 아니었다. 이후 만일의 사태에 대비하여 입마개를 하나 샀다. 그러나 입마개는 상황에 따라 착용했다. 다도가 너무 불편해하기 때문이었다.

사람들은 다도를 보고 분별력 있는 귀티 나는 점잖은 개라고 칭찬했다. 아빠가 보아도 우리 다도는 너무 잘 생겼다. 순백의 털가죽 옷에 속살은 분홍색이었다. 귀는 쫑긋했고 양 눈은 쌍꺼풀로 백미였다. 쭉 뻗은 꽁지는 도넛형으로 말려 우아함을 자아냈다. 다도는 여느 개와 달리 가슴 부분 근육이 떡 벌어져 멋있었다. 혼혈종이라서 그런지 여느 진돗개에 비하면 신장은 조금 길었다. 한 눈으로 보아도 손색없는 미견(美犬)이었다. 미견 대회가 있다면 당당히 출전하여 자웅을 겨루고 싶을 정도였다.

다도 젊은 날의 일이다. 목줄에 고유번호 표식 메달을 달기 위해 동물병원을 찾아갔다. 수의사는 다도를 유심히 살펴보면서 말했다.

"내가 동물병원을 차린 이후 이처럼 잘생긴 개는 처음 보았네요."

칭찬을 아끼지 않았다. 아빠가 다도와 같이 외출할 때 사람들은 말했다. 새끼를 낳으면 한 마리 분양받고 싶다고들 했다. 칭찬은 고래도 춤추게 한다는 말처럼 아빠는 다도를 칭찬하면 기분이 좋았다. 다도 역시 알아들었는지 살래살래 흔드는 꼬리 움직임이 달랐다. 다도는 어지간한 말을 알아듣는 것 같았다.

다도는 삼천리 아파트 사무실에서 7년 살았다. 다도의 젊은 시절은 행복했다. 아빠와 찰떡궁합이 되어 세상 구경 많이 하면서 성장했다. 검푸른 파도가 일렁이는 해변은 다도의 놀이터였다. 마음껏 뛰어놀았다. 구불구불한 홍질목은 걸음걸이 강약을 조절할 수 있어 운동하기 좋은 곳이다. 다도는 천혜의 환경에서 행복하게 자란 것이다.

2

전성시대

전성시대

우리 가족은 영진 삼천리 아파트 시대를 끝내고 강릉 시내로 이사했다. 새로 옮긴 곳은 더샾 아파트였다. 모두에게 낯선 환경이었다. 다도는 그동안 줄곧 넓은 사무실에서 살았다. 주거 공간이 넓었다. 너른 사무실 위주로 생활하다가 아파트에 거처하기에는 협소했다.

신발 벗는 출입문 안쪽 공간과 베란다 두 곳에 거처를 마련했다. 한나절 베란다에 햇빛이 강하면 출입구 쪽으로 옮기는 식이었다. 여름에는 베란다에 내리쬐는 태양열을 피해 주로 출입구 안쪽에 마련된 자리에 있었다.

수시로 베란다 창문을 열어 놓았다. 외부 공기를 마시게 했다. 출입구 쪽에 머무를 때는 출입문을 열어 놓았다. 계단을 타고 올라오는 바람은 시원했다. 다도에게는 좁은 공간이 문제였다. 하지만 함께 살기 위해서는 다른 방법은 없었다. 좋은 점도 없지 않았다. 아파트 생활은 아빠 엄마와 함께 생활할 수 있다는 점이다. 항상 가까이에 있어 언제나 아빠와 엄마의 움직임을 알 수 있다. 아빠와 엄마의 손길을 자주 접할 수 있어 심심하지 않았다.

더샾 아파트는 시내 중심지인 병무청 부근에 있다. 아파트 후문에서 나와 남쪽으로 향하면 동해시로 향하는 도로가 나온다. 건널목을 건너가면 바로 청량동으로 이어지는 호젓한 길이 나타난다. 산책 코스로는 적격이다. 비교적 외곽이라 할 수 있다. 여러 군데 샛길이 나 있고 주도로 끝은 남항진으로 이어지는 큰 도로와 연결된다. 앞쪽에는 금호어울림을 비롯한 아파트들이 즐비하게 보인다.

아빠와 엄마, 다도 셋은 청량동 동네를 자주 즐겨 걸었다. 더샾 아파트에의 운동코스는 이곳 청량동 말고도 여러 곳이다. 모두 섭렵했다. 병무청 뒤편 5분 거리에 수려한 소나무 군락지가 있다. 이곳의 특징은 뱀처럼 생긴 여러 갈래의 좁은 길이 나 있다. 사람들의 취향에 따라 자유자재로 오르내리기에 좋다. 완만한 산책 코스다. 다른 곳과 비교해도 뒤지지 않는 산책길이다.

우리가 이사 왔을 때만 해도 아파트 길 건너 철로가 놓여 있었다. 주로 화물을 싣고 다녔는데 종점이었다. 종점은 굴(窟)을 지나면 바로 끝에 있었다. 우리가 사는 아파트 10층에서 내려다보면 바로 보였다. 이사 와서 얼마 지나지 않아 열차는 보이지 않고 이내 철길은 폐쇄됐다. 사람들은 자연히 폐굴(廢窟)을 이용하기 시작했다. 시청에서 사람 다니기에 편리하게끔 시설을 보강해 주었기 때문이다. 폐굴은 중앙시장으로 접근하기에 아주 편했다. 무엇보다 차량을 피할 수 있어 교통사고 위험이 적었다. 아빠는 가끔 다도와 함께 굴을 관통하여 다리를 건너다녔다. 다리 이름은 '월화의 다리'였다. 다리를 건너면 바로 중앙시장하고 연결되어있다. 더샾 아파트에서 상당한 거리였다.

　그곳 시장 주변에는 쉼터와 광장이 있다. '월화의 광장'에는 풍물놀이를 비롯한 야외공연이 열린다. 즐길 거리와 볼거리를 제공한다. 많은 사람이 붐볐다. 아빠와 다도는 가끔 이곳으로 놀러 와 새로운 문물을 보는 것이다. 다도 입장에서 전혀 생소한 곳이었다. 삼천리 아파트에서 주변 환경은 해변과 홍질목 야산이었다. 월화의 광장은 색다른 환경이 펼쳐져 있었다.

　더샾 아파트에서 나와 남쪽으로 향하면 강남축구장 쪽으로 진출할 수 있다. 축구장과 주변 일대는 참으로 걷기 좋은 코스였다. 뒤쪽 '문암 그린공원'을 지나면 양로원이 보인다. 양로원 아래쪽은 마을이 형성되어 있다. 상당수 가옥은 예전의 모습을 고스란히 간직하고 있어 볼만했다. 양로원 큰 도로를 따라 오른쪽으로 한참 가다가 왼쪽 산불초소 사잇길로 접어들면 장현동 마을 동네에 이르게 된다. 큰 도로를 곧장 따라가면 구정면 제비리가 나오는 곳이기도 하다.

　장현동은 아름다운 풍광 속에 거대한 저수지가 자리 잡고 있다. 저수지는 늘목재(구정면 구정리와 도마리 사이에 있는 고개) 밑에서 흘러 구정면 여찬리를 지나온 물을 가두는 곳이다. 이 지역 농민들에게 농업용수로 요긴하게 사용되고 있다. 이곳은 풍치 수려하여 걷기 운동을 비롯하여 소풍을 즐기기에 아주 좋은 명소였다. 더샾 아파트에서 제법 시간이 걸리는 먼 길이다. 아빠와 엄마는 다도와 함께 즐거운 마음으로 걸었다.

　아빠와 다도는 더샾 아파트에 이사 와서 갈래갈래 나 있는 곳곳을 샅샅이 뒤지다시피 했다. 아빠도 처음 대하는 동네 정경이었다.

다도 역시 아빠를 따라다니며 많은 것을 보고 경험했다.

　더샵 아파트에 이사 와서 얼마 되지 않아 경험한 일이다. 아빠 엄마, 다도 셋이 청량 지역으로 산책갔다. 오솔길 밑으로 보이는 광경은 황폐하게 느껴졌다. 가을걷이가 끝난 논밭은 어수선하게 보였다. 초여름 싱그러움을 뽐내며 벼들이 무럭무럭 자라던 논이었다. 여름이 끝나고 초가을이 되었다. 황금 들녘은 온데간데없고 싹둑 잘린 밑동만 남아 어수선하다.
　그러나 수풀은 아직 서리를 맞지 않아서인지 자태를 유지하고 있었다. 수풀과 연이어진 덤불과 검불이 우거진 채 엉켜져 있었다. 야생 동물 은신처로 적합한 환경이라는 생각이 들었다. 청량 산책길 중간 샛길로 접어들었다. 이어 오른쪽 인적 없는 야산에 올랐다. 가끔 가 보는 곳이었다. 아빠는 다도의 목줄을 풀어주었다. 일시적으로 자유를 주기 위해서였다. 아빠와 엄마는 심호흡하면서 유산소 운동을 하거나 가벼운 맨손 체조를 시작했다.
　다도가 여기저기 냄새를 맡는 행동거지가 심상치 않았다. 그러는가 싶더니 허공 쪽으로 고개를 쳐들어 코를 벌름거렸다. 무엇인가 감지한 느낌이었다. 아빠는 심상치 않음을 눈치를 챘다. 얼른 목줄을 채우려 했으나 겨를도 없이 부리나케 야산 아래로 내려갔다. "다도" 하고 명령하듯 크게 불렀다. 부르는 소리는 골짜기로 울려 퍼졌다. 하지만 다도는 뒤도 돌아보지도 않고 빠른 걸음으로 논밭을 가로질러 뛰어 달아났다. 무엇인가 냄새를 맡은 것이 틀림없어 보였다. 특유의 후각이 발동한 결과라고 생각했다.

아빠와 엄마 시야에서 가물가물 보이더니 이내 사라진 것이다. 아빠와 엄마는 '아차' 했다. 괜히 풀어주었다고 후회했다. 그러나 다도가 사라진 다음이었다. 울퉁불퉁한 논밭을 거침없이 뛰어가는 다도를 뒤쫓아갈 엄두는 언감생심이었다. 할 수 있는 것이란 아빠가 휘파람으로 신호를 보내는 정도였다. 때론 휘파람이 통할 때도 없지 않았다.

평소 다도의 행태를 보면 혼자서 실컷 돌아다니다가 아빠를 찾아오기 마련이다. 아빠는 한곳에서 기다리기가 뭣해 장소를 이동했는데도 용케 찾아오는 것이다. 후각이 예민한 다도에게는 얼마든지 가능하다고 생각했다. 아빠는 이곳 청량동 걷기 운동에 보통 40분 이상 소비했다.

청량 샛길 야산에서 냄새를 맡고 저 멀리 사라졌던 다도는 한참을 돌아다니다가 아빠와 엄마를 찾아 왔다. 빠른 걸음이었다. 평소 같으면 여유 있게 걸어와 꼬리를 흔들었다. 이날은 달랐다. 의기소침한 표정이 역력했다. 무엇에 쫓기듯 달려온 눈치였다. 영문을 모르는 아빠와 엄마는 다도가 제 발로 걸어와 다행이라고 생각했다.

잘했다는 칭찬의 뜻으로 머리를 쓰다듬어 주었다. 그리고 몸에 이상한 흔적이라도 있는지 습관적으로 살펴보았다. 별다른 이상을 발견하지 못했다. 집으로 돌아가려고 들고 있던 목줄을 다도의 목에 채웠다. 막 발걸음을 옮기려는데 맞은편 저 멀리서 난데없는 고라니 한 마리가 달려왔다. 고라니는 위풍당당 우리 쪽으로 달려오는 것이었다. 한 눈으로 보아도 제법 덩치가 컸다. 송아지만 했다. 아빠는 이처럼 덩치가 큰 고라니를 실물이나 TV에서도 본 적 없었다.

대체로 연약한 임팔라보다 조금 크다고 생각했었다.

  덩치 큰 고라니는 우리 일행을 의식하고 뛰어오는 것은 분명했다. 공포감이 온몸을 에워쌌다. 아빠는 무방비 상태였다. 아무것도 가지고 있는 것이 없었다. 다도 역시 평소 같으면 고라니를 보면 공격 자세를 갖추었을 텐데 무덤덤하게 바라보고만 있었다. 짖지도 않았다. 오히려 주눅이 들어 겁을 먹은 기색이 농후했다.

  아빠는 이러한 다도의 모습은 처음이기도 했지만 이해할 수 없었다. 덩치 큰 고라니는 속도를 늦추지 않고 달려들어 그대로 우리를 들이받을 것만 같았다. 전율이 몸속을 파고들었다. 고라니는 불과 5m 거리 앞까지 돌진했다. 분명 우리를 겨냥했다. 하지만 상대가 사람인지 다도인지는 구별되지 않았다.

  아빠는 전혀 예상치 못한 일이었다. 난생처음 겪는 상황에 맞닥뜨려 당혹했다. 고라니가 돌진해오자 엄청 무서웠다. 아빠가 순간적으로 덩치 큰 고라니에게 고함(高喊)치는 이외의 방법은 당장 없었다. 큰소리를 토해내는 것은 본능적이었다. 엄마도 함께 소리쳤다. 아빠와 엄마가 지르는 소리는 들판으로 울림으로 퍼져 나갔다.

  고라니는 아빠의 벼락 치는 듯한 소리에 놀랐는지 방향을 옆으로 바꿨다. 이내 빠른 걸음으로 내 달아 들판 쪽으로 유유히 사라졌다. 숨 가쁜 순간이었다. 덩치 큰 고라니가 달려와 아빠와 엄마나 다도를 그대로 받아 버리면 대형사고가 날 뻔했다. 어쩌면 죽을 수도 있다고 생각했다. 이를 두고 절체절명의 위기라고 할 것이다. 덩치 큰 고라니가 사라진 방향은 조금 전 다도가 잠시 혼자 갔다 온 궤적과 같았다.

　예전 삼천리 아파트에 살 때다. 다도가 우리 집에 입양하기 훨씬 전의 일이다. 이른 아침 운동을 마치고 샛길을 걸어 우사(牛舍) 뒤편 모서리를 지나게 되었다. 먼동은 밝아왔지만, 비탈길은 음지였다. 부근에 키 큰 나무들이 에워싸듯 서 있어 다소 컴컴했다. 겨우 사람 하나 다닐 정도의 경사진 좁은 길을 따라 아무 생각 없이 내려왔다.
　갑자기 동물의 '씩씩' 거리는 거친 숨소리가 크게 들렸다. 소리 나는 쪽을 돌아다 보니 가빠천으로 둘러친 허름한 건물이 보였다. 장막 공간 사이로 덩치 큰 시커먼 물체가 연신 큰 소리로 씩씩거리며 숨을 뿜어대고 있었다. 마치 괴물처럼 보였다. 순간적으로 어찌나 놀랐는지 아빠는 자신도 모르게 고함을 쳤다. 무서워 있는 힘을 다해 내지른 반사작용이었다. 벽력같은 소리였다.
　자세히 보니 소였다. 걸쭉한 침을 흘리면서 기둥을 연신 비벼대며 숨을 몰아쉬는 소리였다. 아빠는 간 떨어진다는 말만 들었지 실제로 무서움을 경험하고 보니 경악할 정도였다. 아빠 생애 최초의 경험이었다.
　이번의 덩치 큰 고라니를 보고 지른 고함은 아빠가 세상에 태어나 두 번째 지른 소리였다. 예전에 가금이라는 말이 있었다. 벼슬아치가 다닐 때 길을 인도하는 하인이 목청을 높여 지르는 소리다. "쉬이 모두 들 물러가거라" 행인을 비키게 하는 따위를 일컫는 말이라는 것이다. 그때 목청 높여 지르는 소리보다 아빠 소리가 더 컸다고 생각했다.
　아무리 생각 해보아도 덩치 큰 고라니가 목적의식을 가지고 우리에게 대들었다고 생각했다. 그럼 이유는 뭘까. 고라니는 온순하여 공격적인 동물이 아니라고 생각하던 터였다. 우리를 공격하려 한 것은 필시 곡절이 있다고 생각했다. 하지만 아무리 생각해보아도 의문에 대한 답은 나오지 않았다. 다도가 용맹스럽게 덤벼들지 않은 것도 이해할 수 없었다.

다음 날 산책갔다가 집으로 돌아오는 길이었다. 어제 있었던 사건의 의문에 한 가닥의 실마리가 나왔다. 아빠와 엄마는 다도가 배변할 때마다 건강 상태를 측정하기 위해 배설물을 꼼꼼히 살펴본다. 오늘도 배변하려고 엉거주춤 자세를 잡았다. 길가 숲 부근에서 엉덩이를 내려 잔뜩 웅크렸다. 끙끙거리다가 똥을 눴다. 심한 변비였다. 여느 때와 달리 쏟아낸 배설 양이 많았다. 연거푸 네 덩어리나 배설한 것이다. 유심히 살펴보았다. 놀랍게도 배설물에서 어린 동물의 발톱과 누런 털이 섞여 나왔다. '옳거니,' 아빠는 단번에 유추했다. 어제 청량동 산책에서 아빠를 이탈하여 다니다가 사고를 친 것이다. 어린 고라니 새끼를 잡아먹은 것으로 유추했다. 발톱 크기로 보아 젖먹이일지도 모른다는 생각이 들었다.

어미 고라니가 잠시 외출한 틈에 다도가 해를 입혀 벌어진 일이었다. 뒤늦게 어미 고라니가 새끼가 희생당한 사실을 알게 되었다. 어미 고라니는 격분하여 다도의 냄새를 쫓아 추적에 나섰다. 그러다가 우리 일행과 마주친 것이다. 다도는 이미 아빠가 모르는 곳에서 어미 고라니한테 한 차례 공격을 받았는지도 모른다. 그리고는 쫓겨 도망쳐 아빠와 엄마 있는 곳에 온 것이라는 생각이 들었다.

아무리 연약한 동물도 자신의 새끼가 위험에 처하거나 희생당하면 공격적으로 변한다. 특유의 모성애였다. 집에서 기르는 닭이 병아리와 한가롭게 마당에서 한가롭게 놀고 있었다. 그때 매가 나타났다. 매는 병아리를 낚아채려고 했다. 이를 본 어미 닭이 매에게 필사적으로 덤벼들었다. 사생결단이었다. 새끼를 보호하려는 본능이었다. 한바탕 격전을 치렀다. 수세에 몰린 매는 황급히 달아났다. 어미 닭은 새끼 보호에 성공했다.

다도는 어미 고라니가 나타나자 겁먹고 줄행랑쳤다. 아빠와 엄마한테 쫓겨 온 것으로 생각하였다. 고라니는 선천적으로 시력이 나빠 사물을 분별하기 위해 냄새에 의존하는 것으로 알려져 있다. 냄새를 추적하여 다도의 뒤를 쫓았다. 쫓다 보니 다도 혼자가 아니고 인간들이 함께 있었다. 어미 고라니는 평생 들어 본 적이 없을 인간의 고함에 놀라 방향을 틀었다고 추측했다.

아빠와 엄마가 약속이나 한 것처럼 동시에 내지른 고함은 야산 기슭 깊은 숲속까지 파장을 일으켰다. 다도는 잔뜩 화가 난 어미 고라니의 위세에 눌려 대항할 의지가 없었다. 크게 잘못을 저지른 것을 아는 것 같았다. 어찌 되었건 다도의 용맹스러움을 찾아볼 수 없었다는 것을 처음 보게 된 경우였다. 다도는 아빠 엄마가 옆에 있었음에도 지레 겁먹은 것이다.

아빠는 틈틈이 보양식으로 돼지고기와 닭고기를 다도에 먹인다. 한 번도 날 것을 먹인 적이 없다. 생고기는 회충을 유발할 수 있기 때문이다. 충분히 익혀 준다. 닭고기는 함부로 주면 안 된다는 것을 익히 알고 있다. 닭 뼈는 날카롭다. 뼈 채로 먹이면 내출혈을 일으

켜 치명적일 수 있어 위험하다. 번거롭지만 니퍼를 사용하여 뼈를 제거하거나 잘게 부순다. 그리고 물렁뼈는 골라 먹인다. 칼슘이 들어 있어 뼈를 든든하게 해 준다는 생각에서였다. 하지만 주로 살코기를 쌀과 함께 섞어 국물을 보식시켰다.

대변에서 짐승의 발톱과 털이 뭉쳐 나왔다는 사실은 놀라운 일이다. 생식했다는 것은 뜻밖의 사건이 아닐 수 없다. 아빠가 전혀 모르는 사실을 알게 되었기 때문이다. 차제에 머리를 굴려 유추해 보았다. 그렇다면 다도가 이따금 가출했을 때 야생 동물을 잡아 생식했다는 가설이 성립한다.

밤을 지새우며 돌아다니면서 야생 동물을 잡아먹었을지도 모를 일이라고 생각되었다. 하지만 짐승을 잡아먹어 얼굴에 피투성이가 되거나 혈흔이 묻은 흔적을 한 번도 본 적이 없었다. 미스터리가 아닐 수 없다. 다도는 성난 어미 고라니의 해코지가 무서웠다. 아빠 엄마한테 삼십육계 줄행랑쳐 달려왔다. 평소 다도답지 않게 아빠에게 쫓기듯 달려온 까닭을 어느 정도 짐작할 수 있었다.

하마터면 큰일 날 뻔했다. 덩치 큰 고라니가 흥분하여 물불 가리지 않고 아빠와 엄마를 머리로 들이받았다면 큰 봉변을 당했을지 모른다. 다도 역시 공격을 받았으면 충격에 공중으로 떠올랐다가 떨어져 다쳤거나 고라니 발에 짓밟혀 사망 아니면 중상이었을 것이다. 위험한 고비를 잘 넘겨 다행이었다. 청량동 산책에서 벌어졌던 이 사건은 아빠와 엄마, 다도는 영원히 잊을 수 없는 추억이다. 혈기왕성했던 다도의 전성기 시절은 많은 사연을 간직한 행복했던 시기였다.

3

가출 벽

가출 벽

　다도와 함께 더샾 아파트에서 5년 동안 살았다. 다시 공기가 좋고 산책하기 좋은 곳이라 해서 R 아파트로 옮긴 것이다. 이사한 날은 공교롭게도 아빠와 엄마가 결혼한 기념일 11월 28일이었다. 뜻깊은 날이었다. 아빠와 엄마는 일찍이 눈이 맞아 연애했다. 이윽고 1968년에 주문진 성당에서 혼배성사를 했다. 찢어지게 가난했던 시절이다. 아빠는 엄마에게 면사포도 씌어주지 못했으며 신혼여행은 아예 생각할 수 없을 정도로 가난뱅이였다.

　이런 사연은 아주 오래된 슬픈 이야기다. 이후 슬하에 사 남매를 낳아 모두 성가 시켰다. 아빠는 서른 전에 제짝을 찾아 독립시켰다. 다시 손주 아홉을 두었다. 아빠와 엄마로 인해 열아홉의 대가족을 이룬 것이다. 여기에 어머니 살아생전이면 스무 명이었다. 사랑하는 다도까지 합하면 스물하나였다. 탄탄한 가족이었다. 성공한 인생이라 할 것이다.

　아빠와 엄마는 한세상에 태어나 유자생녀(有子生女)한 것은 하느님의 창조사업에 순종하고 국가발전에 이바지한 결과였다. 국가의 구성원인 국민 된 도리에 충실했다고 자부한다. 요즘처럼 결혼을 꺼리고 자식 낳기를 거부하는 세상에 비하면 타산지석 아닐 수 없다. 이러다가는 우리나라는 지구상에서 소멸위기에 처하게 된다는 것은 정해진 이치다. 외국에서 대한민국은 소멸국가라고 걱정하는 처지다.

대한민국의 젊은 세대들에게 당부하고 싶다. 곰곰이 자신의 미래와 조국의 미래에 대하여 심각한 고뇌가 필요하다고 강조하지 않을 수 없다. 결혼은 적기에 해야 한다.

결혼의 절대 조건은 먹고 사는 문제다. 어떻게 살아야 할까에 대하여 잠시 묵상해보자. 성서를 보면 "너희는 무엇을 먹고 마시며 살아갈까. 또 몸에는 무엇을 거칠까 하고 걱정하지 말아라. (마태6장 25절)" 또 명심보감에 이런 구절이 있다. 천불생무록지인(天不生無祿之人), '사람은 태어날 때 자기 먹을 복은 가지고 태어난다.'라는 뜻이다. 설령 일시적으로 가난하다고 해서 겁내지 말아야 한다. 태어나서 죽는 날까지 기복의 연속이다. 세상을 살면서 슬기롭게 대처하는 지혜를 터득하는 것이다.

인생 자체가 굴곡진 요철과 같은 것이다. 페이브먼트나 꽃길만은 없다. 인생은 어차피 미지의 세계에 도전하는 모험이다. 산전수전은 필수인 것이다.

요즈음 젊은이들은 인생을 너무 쉽게 생각하는 경향 없지 않다. 물질 만능의 포로가 되어있어 안타깝다. 착하게 살면 창조주 하느님은 외면하지 않는다는 사실은 불변의 철칙이다. 옛말에도 '순천자(順天者)는 흥한다.'라고 했다. 선한 삶은 반드시 대가가 있다는 것이다.

젊은이들은 생각을 바꿔야 한다. "눈높이를 낮춰라!", 그리고 "근면 성실하라!" 현실을 직시하고 분수에 맞는 삶을 추구하라는 것이다. 놀고먹으려 하면서 편안함만을 추구하거나 한탕주의를 꿈꾸는 그것이 바로 문제다. 노력하면 노력한 만큼 산 입에 거미줄 치는 법은 없다. 대뜸 금수저를 꿈꾸다가는 낭패하거나 좌절하기 마련이다.

옛말에 올라가지 못할 나무는 쳐다보지 말라고 했다. 뱁새가 황새를 따라가다가 가랑이가 찢어진다는 말도 있다. 분수에 맞는 삶을 살면서 보다 나은 내일을 추구하는 것이 인생이다. 평범한 소시민적인 삶에도 반드시 행복은 있다. 행복의 기준은 일체유심조다. 마음먹기에 달렸다는 뜻이다. 현재의 내 처지가 행복하다고 생각하면 행복한 것이다. 반대로 불행하다고 생각하면 한없이 불행하다.

인간은 사회적 동물이다. 사람인 인(人)자는 사람은 서로 의지하며 살아간다는 의미로 서로 기대고 있는 모습이다. 사람은 사회라고 하는 공동체 안에서 혼자서 살아가기 쉽지 않다. 서로가 협력하면서 발전을 도모하면서 사는 것이 인간의 본성이며 존재의 가치다. 그래서 사회적 동물이라고 하는 것이다.

성경을 보더라도 창조주는 세상을 다스릴 인간을 만드는 데 있어 남자를 먼저 만들고 다음 남자의 갈비뼈를 취하여 여자로 만들었다. 남자와 여자는 불가분의 관계라는 사실을 상징적으로 알려 준 대사건이다. 요즈음 세상을 보면 유아독존적 사상이 심각할 정도이다. 자신만 알거나 자신을 위해 세상이 존재하는 양 착각하는 것은 불행하다. 현대 젊은이들의 사고에 문제가 심각하다는 생각이다.

인간들의 한평생은 선남선녀가 만나 가정을 이루는 것은 정석이다. 한편으로는 인생은 고해(苦海)라고 한다. 고통의 세상에서 괴로움이 끝없다는 의미를 내포한 말이다. 인생은 각각 홀로 태어난 남녀가 결합하여 돛단배를 타고 망망대해에서 함께 노를 젓기도 하고 서로 번갈아 노를 저어 희망의 오아시스를 찾아 항해하는 것과 같은 이치다. 누구든 예외 없다. 예측할 수 없는 거친 파도와 폭풍우를 헤쳐가야만 하는 것은 인간의 숙명적 여정이다. 인생은 100% 보장은 없다. 한평생은 희·노·애·락 그 자체다.

긴 항해 끝에 저들만의 보금자리인 오아시스를 찾게 되면 성공한 인생이라 할 것이다. 홀로 사는 독신주의의 기쁨은 젊은 날 잠시다. 궁극적으로는 고독과 절망, 회한이 기다리고 있을 뿐이다. 누구든 인생 마지막 순간까지 동행할 사람이 필요하다. 노년에는 대화와 도움이 필요하다. 고로 배우자가 있으면 최대의 행복이다. 가정을 갖지 못한 사람보다 가정을 이룬 사람이 행복하다는 비교치는 정설이다. 이러한 확신은 평화스러운 가정을 영위하면서 오랫동안 살아온 경험칙에서 자신 있게 말할 수 있다.

남대천의 풍광은 한마디로 수려하다. 이곳 지형은 강릉의 젖줄인 남대천과 확 트인 버덩이 펼쳐지고 그리 높지 않은 야산이 어우러져 강릉에서도 공기가 좋다고 소문 난 곳이다. 시선을 들어 바라다보면 백두대간 능선이 연 이어져 있음을 볼 수 있다. 저 멀리 산 위에는 풍력발전기들이 힘차게 돌아가는 모습이 장관이다.

차제에 남대천에 대한 내력을 자료에서 찾아보았다. 강릉시 왕산면 목계리 삽당령 부근에서 발원하여 강릉시를 가로질러 남항진으로 흘러간다. 끝자락에 도달하면 동해가 마중 나와 기다리고 있다.

　남대천 길이는 32.86km, 80리 거리다. 유역 면적은 258.65㎢에 달한다. 상류 부분은 도마 천이라고 부르며 오봉저수지(일명: 강릉 저수지)를 지나면서 남대천이라는 이름이 붙는다고 했다. 남대천은 남쪽으로 흐르는 큰 하천이라는 뜻으로 이해했다. 여름 장마 때 홍수를 이루어 남대천 둑 상단까지 차오르면 위기경보를 내린다. 둑이 무너져 시내로 물이 범람하여 잔뜩 긴장하게 하는 곳이기도 하다. 하지만 치산치수가 잘 되어있는 편이다. 아빠의 운동을 겸한 산책 무대는 주로 상류 쪽이다.

　이곳에 이사 온 다음 날,

　아빠는 혼자 나왔다. 지형지물을 익힐 겸 제방에 나와 주변 경관을 살펴보았다. 이제 곧 12월로 접어드는 시점의 겨울 날씨는 제법 차가웠다. 군데군데 강물이 하얗게 얼어붙어 있었다. 실개천을 따라 물줄기는 생명력을 유지하면서 쉴새 없이 소리를 내며 힘차게 흐르고 있었다. 멀리 백두대간 중허리에서 휘몰아 오는 바람은 세찼다. 강은 온통 냉기가 가득했다.

　싱그러운 이파리가 떨어져 나간 앙상한 나뭇가지는 애처롭게 보인다. 나뭇가지는 발가벗은 채 오들오들 떨며 움츠리고 있다. 늦은 가을까지 용케 버텼을 제방 주변 잡초들은 생기를 잃고 축 늘어져 있다.

　제방 아래의 모습을 보자. 한때 자태를 뽐내며 바람결에 살랑살랑 춤을 췄던 갈대와 억새들은 성장을 멈춘 채 기진맥진 서 있다. 차가운 겨울바람에 처절한 울음을 터뜨리며 몸부림치면서 파르르 떨고 있었다. 겨울 풍경은 처연하면서도 비장미가 넘쳐 흘렀다. 그래서 겨울을 예찬하는 사람들도 있다. 생각하기 나름이지만 많은 것을 생각할 수 있다는 것이다.

갈대는 얼핏 보기에 따라 추운 겨울에 말라 죽은 것 같았다. 하지만 땅속에 박힌 뿌리는 생명력을 잃지 않고 내년을 기약하고 있다. 억새 또한 마찬가지다. 억새는 이름값처럼 억센 생명력 있는 여러해살이풀이라고 하는 것이다. 모진 생명력에 감탄하지 않을 수 없다.

갈대와 억새의 메마른 가지를 자세히 살펴보았다. 앙상한 갈대 이삭 끝에 붙어 있는 홀 씨는 바람결에 하염없이 우수수 흩어져 날아갔다. 필경 내년에는 더 넓은 다른 장소에서 발아하여 자랄 것이다. 자연의 종족 보존은 위대한 것이라는 것이다.

제방 아래는 한때 무성했었을 잡초가 말라 뒤엉켜 검불 더미를 이루고 있었다. 너구리와 두더지, 고라니들이 서식하기 좋은 환경이었다. 특히 고라니 천국이었다. 삼천리 아파트 시대에서도 연곡해변에서 더러 보았다. 이곳에서는 고라니가 뛰어노는 모습은 흔한 광경이다. 제방 둑 사방에 고라니가 배설한 까만 한약재 같은 똥들은 고라니의 활발한 활동을 충분히 짐작하게 했다.

R 아파트에 이사 온 사흘째 되던 날.

저녁을 먹고 아빠와 엄마는 다도를 데리고 아파트 뒤편 지척에 있는 남대천 제방으로 산책갔다. 제방 밑 하천에서 물소리만 들릴 뿐 인적이 끊겨 고요했다. 저 멀리 고속도로에서 달리는 자동차 불빛이 보였다. 미상불 대관령 산자락을 타고 몰려오는 차가운 바람은 제법 세차 몸을 움츠리게 했다.

아빠는 이곳에서 처음으로 다도의 목줄을 풀어주었다. 생리 문제를 해결하라고 가볍게 생각한 것이다. 목줄을 풀어주자 좀 떨어진 곳에 가서 엉덩이를 내리고 오줌을 눴다. 다시 엉덩이를 올리는 것과 동시에 후다닥 제방 아래로 뛰어 내려갔다.

아빠와 엄마는 심상치 않음을 직감하고 "다도!" 하고 불렀다. 검불 더미에서 바스락 소리가 났다. 이내 종적을 감춰버렸다. 다도는 뭔가 냄새를 감지하고 동물을 추적하기 위해 정신없이 쫓아간 것이다. 아마 고라니인지도 모른다고 생각했다.

아빠와 엄마는 다도가 사라진 둑길을 오가며 연신 다도를 불렀다. 휘파람도 불었다. 눈비가 내리지 않아 강바닥은 건천에 가까웠다. 어림쳐 내려다본 강폭은 족히 20m는 될 것 같았다. 다도는 오로지 동물을 추적하겠다는 일념으로 훌쩍 강을 뛰어넘어 건너편 제방 밑을 마구 헤매고 있을지도 모른다고 생각했다. 그곳 역시 온통 검불더미다.

"다도, 다도야!" 애타게 부르는 소리는 차가운 밤공기를 타고 저 멀리 퍼져 나갔다. 청각이 예민한 다도가 충분히 들었을 텐데 생각했지만 끝내 나타나지 않았다. 새로운 환경에 신나게 뛰어노는데 정신이 팔렸다. 다도의 뜬금없는 가출 습관이 도진 것이다.

얼음 사이로 졸졸 흐르는 강물 소리와 함께 차가운 바람이 아빠와 엄마의 온몸을 에워쌌다. 을씨년스럽기까지 했다. 겨울 날씨는 일몰과 함께 밤이 빠르게 진행되기 마련이다. 낮은 짧고 밤은 길다. 가벼운 옷차림으로 나와 겨울 강변에서 찬바람을 잘못 쐬면 감기에 걸릴지도 모른다는 생각이 덜컥 들었다. 아빠는 평소 기관지가 좋지 않은 터에 찬바람은 천적이었다. 여간 조심하지 않으면 안 될 형편이다. 아니나 다를까 찬바람을 쏘였더니 킁킁 밭은기침과 가래가 끓었다. 목도리를 두르지 않은 채 나왔다. 일단 집으로 돌아와야 했다.

아파트에 돌아와 밤잠을 설쳐가며 거실 창밖을 내다보았다. 혹시 아파트 경내를 서성거리거나 도로를 오고 가지 않나 하는 생각에서였다. 마음이 놓이지 않아 주섬주섬 단단히 옷을 걸치고 승강기를 타고 내려가 아파트 주변을 찾아보았다.

다도의 모습은 보이지 않았다. 정·후문 경비원들에게 다도의 특징을 말해 주면서 발견하면 바로 알려 달라면서 전화번호를 건네주었다. 하지만 다도는 그날 밤에 들어오지 않았다.

이튿날 아빠와 엄마는 어제저녁 헤어졌던 곳을 다시 가 보았다. 예전 홍질목길 놀이터와 더샾 아파트에서처럼 제 발로 찾아와 기다리고 있을지 모른다는 기대감 때문이었다. 그러나 보이지 않았다. 내친김에 일직선으로 나 있는 제방길을 한참 누비면서 줄곧 하천을 내려다보았다. 제방 건너편도 바라보면서 걸었다. 하지만 다도 모습은 찾을 길 없었다.

조바심은 이내 사고를 당한 것은 아닌가 하는 걱정으로 변해 초조해지기 시작했다. 다도는 남대천 변 사정에 익숙하지 못했다. 맞닥뜨리는 사물 모두가 생소한 것이다. 그렇다 하더라도 하루가 지났는데도 귀가하지 않는다는 사실은 아무래도 변고가 생긴 것이라는 중압감이 머리를 짓눌렀다.

그래도 찾아야 한다. 전번에 살던 더샾 아파트로 갔을지도 모른다는 생각을 해보았다. '아니야. 그곳에 갈 이유가 없지.' 다도가 전에 살던 곳을 헤맬 이유는 없다고 생각했다. 다도는 멍텅구리가 아니기 때문이다.

그럼 도대체 어디로 갔단 말인가. 예전 삼천리 아파트에서의 어린 시절 일이 떠올랐다. 처음 홍질목 산에 갔다가 가출했었다. 그때도 아빠는 방정맞은 생각을 했다. 야산을 헤매다가 올가미에 걸려 옴짝달싹하지 못하고 고통 속에 죽어가는 모습을 연상했었다. 이번에도 마찬가지 생각이었다.

더욱 걱정되는 것은 천적으로부터 위해를 당하는 것이다. 불쑥 파충류인 뱀을 떠 올렸다. 다도 어미의 죽음을 떠 올렸다. 그 집 주인으로부터 들은 이야기다. 다도 어미는 족보 있는 순수혈통의 진돗개다. 이 진돗개가 아끼다 와 교미하여 낳은 것이 바로 다도다. 다도 친엄마가 새끼들을 모두 분양하고 얼마 지나지 않아 죽었다.

어느 날 어미 개를 바람 쐬고 오라고 잠시 풀어주었다. 주인집 뒤에 수풀이 울창한 야산이 있었다. 평소에도 가끔 어미 개를 풀어주면 야산에 올라 한참 쏘다니다가 돌아오곤 했다. 그날도 목줄을 풀어주었다. 늘 다니던 뒤쪽 야산으로 신나게 쫓아 올라갔다. 한참 후 다도 어미 개가 헐레벌떡 야산에서 쫓아 내려와 마당에서 미쳐 손을 쓸 사이도 없이 입에 흰 거품을 품고 널브러지더라는 것이다.

주인 말을 따르면 죽은 어미의 사체를 대충 살펴보니 특별한 외상은 없었다는 것이다. 그렇다면 왜 죽었을까에 대해 의문이 생기지 않을 수 없었다. 독극물이 들어 있는 음식을 잘못 먹을 수도 있고 천적한테 당할 수 있다고 생각했다. 못된 사람들이 산에 꿩 따위의 야생 동물을 잡기 위해 독극물을 풀어 놓는 경우 없지 않기 때문이다.
　주인 나름대로 내린 결론은 독사한테 물린 것 같다고 했다. 야산에 수풀이 우거져 여러 가지 유해 동물이 많다는 것이다. 하지만 이것도 추정에 불과했다. 목격한 것이 아니기 때문이다. 하지만 신기한 것은 죽음을 앞두고 황급히 제집 마당으로 쫓아와 쓰러졌다는 사실이다. 다도 어미 개는 영리했다. 죽음을 직감하고 집으로 쫓아 왔다. 지능이 보통이 아니라고 생각했다.
　아빠는 우리 다도가 제 어미와 마찬가지로 독사를 만나 해코지당한 것 아닌가 생각했다. 실제로 다도가 야산에서 뱀과 일전을 불사한 적이 있었다. 삼천리 아파트 바로 뒤쪽 야산에 묘가 여러 기(基) 있었다. 그날따라 따사로운 햇볕이 무덤에 내리쬐여 사잇길로 산책하기에 안성맞춤이었다. 조용한 분위기는 운치를 자아냈다. 무인지경으로 아빠와 다도 둘뿐이었다.
　아빠는 잠시 다도를 풀어주었다. 이곳저곳 냄새를 찾아 부산떨었다. 공교롭게도 한가하게 햇볕을 즐기던 뱀과 마주쳤다. 뱀들도 가끔 일광욕을 즐긴다는 사실이다. 비가 온 뒤 해가 나면 숨어 있던 뱀이 기어 나와 햇볕을 쬐는 모습을 여러 번 보았다. 그러다가 인기척이 나면 슬며시 사라졌다. 도망가는 모습은 민첩했다. S자 모양을 지으며 도망쳤다.
　다는 햇볕을 쬐는 뱀을 발견하고 가만있지 않았다. 즉각 공격하려고 했다. 뱀 역시 미처 도망가지도 못하고 방어 겸 공격 자세를 취했다. 아빠는 간혹 TV에서만 보았을 뿐 개와 뱀의 일전을 구경하게 된 것이다.

얼핏 보니 뱀은 독사는 아닌 성싶었다. 알록달록한 색깔로 보아 꽃뱀이라고 생각했다. 뱀은 상황이 불리함을 깨달았는지 도망치려고 했다. 아무래도 사람과 개가 함께 있으니 줄행랑치는 것을 상수라고 생각한 것 같았다. 뱀의 지능도 무시할 수 없었다. 하지만 다도는 가만두지 않고 먼저 공격했다. 다도가 먼저 조심스럽게 꼬리 부분을 살짝 물었다. 뱀은 꼬리를 말아 똬리 자세로 변형하면서 고개를 바짝 쳐들고 대항했다. 어차피 도망가지 못할 바에야 일전을 불사할 태도였다. 아빠는 유심히 광경을 내려다보았다. 다도는 신중했다. 틈을 노리는 것 같았다. 순간적으로 허리를 물어 공중을 향해 몇 번 흔들다가 패대기를 쳤다. 행동은 무척 빨랐다.

다도는 뱀의 정수리를 노렸지만 여의치 않았다. 뱀이 한껏 아가리를 벌리고 대항하자 허리 부분을 물어 버린 것 같았다. 땅에 떨어진 뱀은 얼른 기민하게 자세를 고쳐 입을 벌려 당장 깨물듯 공격하려 했다. 순간적으로 뱀의 입에서 하얀 액체가 튀어 나왔다. 다도의 얼굴에 명중시켰다. 뱀의 공격은 정확했다.

다도는 엉겁결에 분사된 분비물을 고스란히 맞았다. 색깔은 우윳빛에 가까웠다. 다도는 뜻밖의 공격에 머리를 마구 흔들며 입에 묻은 액체를 토해내려고 애썼다. 진저리쳤다. 아빠는 분비물에서 삼키기 어려운 독한 냄새가 났거나 아니면 맛이 매우 역겹다고 생각했다.

몇 번 뱉어내는 분비물은 다도의 침까지 섞여 걸쭉했다. 다도는 여러 번 '퉤퉤' 하면서 게워 냈다. 아빠는 은근히 걱정되었다. 혹여 독성이 있으면 어떻게 하나 걱정한 것이다. 뱀은 이 기회를 틈타 '나 살려라!' 하면서 재빨리 지그재그 유유히 달아났다. 다시 다도가 공격하려고 쫓아가려 했다.

아빠는 말했다.

"다도야. 이제, 그만. 다른 데로 가자."

들고 있던 목줄을 걸어 다도를 데리고 다음 코스로 이동했다. 이 날 다도와 뱀 싸움은 무승부였다 할 것이다. 후유증은 없었다. 독사가 아니라서 다행이었다.

이러한 경험을 떠 올리며 지금은 계절적으로 뱀들이 동면에 들어갔으리라 생각했다. 하지만 늦게 활동하는 뱀이 있을 수 있다고 생각되어 걱정한 것이다. 아빠가 산책길에서 목격한 바로는 11월 하순에도 뱀의 출현을 보았기 때문이다.

아빠의 공상은 계속 이어졌다. 천적한테 당한 것이 아니라면 떠돌이 유기견으로 신고되어 잡혀간 것 아닌지 하는 생각이 들었다. 일단 집으로 왔다. 승용차 열쇠를 찾아 지하에 있는 승용차를 꺼내 다도를 찾아 나선 것이었다. 이사 온 다음 날 다도와 함께 걸었던 구정면 제비리에 있는 강원예술고등학교 일대와 논밭을 비롯한 인근 수풀까지 광범위하게 저속으로 이동하면서 관찰했다. 그러나 눈에 띄지 않았다.

아빠는 운전하면서 역사를 떠올렸다. 차를 타고 가다가 가끔 도로에 고양이, 개, 고라니들의 참혹한 교통사고를 보았던 생각이 난 것이다. 도로 위에 다도가 너부러져 있거나 핏자국이 있나 하고 주변을 두리번거리며 차를 몰았다. 망령된 생각이었다. 그런 흔적이 보이지 않아 한편으로는 다행으로 생각했다. 살아 있기만을 기도했다.

다시 차를 몰아 성산면에 있는 유기견 센터에 찾아갔다. 강릉시가 운영하는 곳이다. 그곳에 다도는 없었다. 이곳에서 뜻밖의 상황을 목격했다. 유기견 실상을 목격할 수 있었다. 주인에게 버림받았거나 길 잃은 유기견들의 초췌한 모습을 보았다. 줄에 묶여 있거나 우리에 갇힌 채 죽을 날만 기다리는 것 같아 안타까웠다. 진돗개를 비롯한 중·대형 개들도 보였다. 모두 기막힌 사연을 가슴에 안고 들어 온 상처 받은 개들로 보였다.

아빠가 나타나자 일부 개들은 요란히 짖어댔다. 낯선 사람을 경계하는 것으로 생각했다. 개중에는 꼬리를 흔들며 반가움을 표시하는 개도 있었다. 어떤 개는 하소연하는 것처럼 끙끙거리며 울음도 섞여 있었다. 모두 타는 목마름으로 은인을 기다린다고 생각했다.

한편에서는 철망으로 된 우리 속에 병들어 잔뜩 웅크린 채 앓고 있는 개가 힘겹게 숨을 몰아쉬고 있어 측은해 보였다. 틀림없이 주인이 기르다가 병들자 모질게 거리에 내팽개친 개라는 생각이 들었다.

어떤 개는 처음 보는 아빠에게 귀를 뒤로 한껏 젖히고 연신 꼬리를 흔들며 애소했다. 요미걸련 하는 모습이었다.

"제발 이곳 사지에서 구해주세요. 네."

센터 주인은 말했다. 이곳에서 유기견은 일정 기간 수용될 뿐 오랫동안 있지 못한다는 것이다. 원래의 주인이 나타나 데려가거나 입양희망자가 없으면 안락사시키는 것이 규칙이라고 말해 주었다. 결국, 유기견의 운명은 죽음을 목전에 둔 비참한 신세였다. 목불인견의 참담한 처지의 유기견들을 보는 아빠의 마음은 정말 착잡했다. 생각 같아서는 모두 구해주고 싶었다. 앓는 개는 당장 가축병원에 데려가고 싶은 충동을 느꼈다.

하지만 마음뿐 속수무책이라는 현실이 너무나도 야속했다. 차라리 이들의 처참한 모습을 보지 말아야 했다는 생각이 들었다. 이러한 모습은 강릉뿐만이 아니라 전국적으로 생각보다 많은 유기견이 막다른 상황에 몰려 비참한 처지에 놓여 있을 것이라는 생각이다.

참고 자료를 찾아보았다.

농림축산식품부가 주철현 국회의원실에 제출한 '유기견 안락사 처분현황'에 따르면 2019년 2만9,620마리를 포함해 2016년부터 최근 5년간 11만9,783마리의 유기견이 안락사됐고, 포획부터 안락사까지 소요된 기간은 2020년에 32일, 2021년에도 42일에 불과한 것으로 나타났다.

이처럼 다수의 유기견이 단기간에 안락사되는 이유는 보호시설 수용 능력의 한계 때문이라는 것이다. 이와 반대로 유기동물 신세로 있다가 입양 구조된 경우는 2020년 한해에만 13만 401마리(개 73.1%, 고양이 25.7%)라는 사실은 매우 고무적이었다.

얼마 전 경남 창원에서 '동물보호문화축제'를 열고 유기견 입양과 길고양이 보호 캠페인을 벌였다는 소식은 반가웠다. 반려동물을 무료 건강검진, 무료 위생 미용 이벤트 행사를 벌였다는 것이다. 이에 더하여 반려견 입양 운동 캠페인을 범사회적으로 전개하여 좋은 성과를 이룰 수 있다면 금상첨화라 할 것이다.

아빠는 반려동물을 키우는 세상 사람들에게 말하려 한다. 즉흥적으로 동물을 입양(분양)하거나 쉽게 내치는 악습은 스스로 경계해야 한다는 것이다. 일단 연을 맺은 동물들은 가족같이 사랑하는 마음이 가득해야 한다.

헤아리기조차 어려울 정도로 많고 많은 동물 중 하필 '너하고 나하고' 인연(因緣)을 맺게 되었을까 생각하면 기막힌 것이다. 사람과 사람의 만남도 그렇다. 모래알처럼 많은 사람 중에 부모로, 연인으로, 친구로, 사회조직에서 특별한 연을 맺는다는 것은 범상치 않은 것이다. 인연의 대상은 사람과 동물일 수도 있고 사물일 수도 있다. 아빠는 사랑했던 동물들과 죽는 마지막 순간까지 사랑하는 마음으로 함께 하는 것은 당연하다고 생각한다.

아빠는 유기견 센터 주인에게 다도의 생김새와 특징을 설명하고 혹시 이곳에 들어오면 꼭 알려달라고 신신당부하고 돌아섰다. 돌아오는 길에 다시 한번 혹시나 하고 아까 순회했던 곳을 한 바퀴 돌아보았다. 역시 헛수고였다. 집에 돌아와 유기견 센터에 몇 차례 전화했다. 그동안 다도가 들어 왔는지 물었지만 들어오지 않았다고 했다.

아빠의 심정은 허탈했다. 무턱대고 다도를 남대천에 풀어 준 것은 후회막급이 아닐 수 없다. 이번에는 아무래도 다도를 찾지 못할 것 같은 불길한 생각이 앞질렀다. 다도를 다시 보지 못할 것 같다는 생각에 울컥하는 감정이 솟구쳤다. 후회한들 이미 엎질러진 물, 애오라지 다도가 무사히 돌아오기만을 기다리는 마음 간절했다.

사흘째 되던 날 아침.

간밤에도 다도 생각에 잠을 설쳤다. 새벽 먼동이 밝아 오자 주섬주섬 옷을 걸쳐 입었다. 평소대로 일찍 일어나 다도를 찾을 겸 걷기 운동하려고 밖을 나섰다.

아파트 출입문을 열고 나와 바로 승강기를 탔다. 숫자 1 버튼을

눌렀다. 바로 내려가면 1층 문이 저절로 열렸다. 이어 공동현관문으로 몇 발자국 옮기면 감지기작동으로 저절로 문이 활짝 열린다.

공동현관문은 바깥 현관으로 이어진다. 계단과 나지막한 휠체어 쇼핑카트 전용 길하고 연결된다. 아빠는 공동현관문이 스르르 열리자 무심코 발걸음을 밖으로 옮겼다. 늘 하던 대로 습관적이었다. 바로 그때다. 바깥 현관 오른쪽 구석진 곳에 서 있던 다도가 살래살래 꼬리를 흔들며 다가오는 것 아닌가. 뜻밖의 상황이었다. 놀라움과 반가움이 교차했다.

아빠는 다도가 이곳에 언제 왔는지는 모를 일이다. 밤늦게 와서 추위에 덜덜 떨면서 여러 시간을 기다렸을 것 같다는 생각이 들었다. 현관 유리문을 애타게 주시하면서 오매불망 아빠가 나타나기만을 기다렸다. 심리적으로 1분 1초도 지체하기 힘들어했을 것이다. 집 나간 지 사흘째가 되어 어서 빨리 집에 들어가고 싶었기 때문이다.

'언제 아빠가 나타나지.', '빨리 새벽이 와야 할 텐데'. 아침이 되면 틀림없이 우리 아빠가 나타나 날 텐데…. 안 나타나면 어떻게 하지.' 별의별 생각을 다 했을 성싶었다.

다도는 아빠의 이른 아침 운동시간을 정확히 측정하고 있다는 생각이 들었다. 초조하게 기다리다가 아빠가 나타나자 다도는 반가운 마음뿐이었다. 아빠는 다도가 이른 시간에 이렇게 아파트 현관에서 기다리고 있을 줄은 전혀 생각하지도 못했다.

아빠는 다도 머리를 쓰다듬으며 말했다.

"그럼 그렇지. 우리 새끼. 용케 집을 찾아 왔구나."

기특한 생각이 앞섰다. 아빠는 극적인 상봉에 감격하여 이내 눈시울이 뜨거워졌다. 이번에는 정말 다도와 영원히 이별하는 줄 알았다. 그런데 제 발로 멀쩡하게 살아온 것이다. 아빠는 연신 다도의 머리를 쓰다듬으며 물었다.

"다도야. 고생 많았지. 도대체 어디를 돌아다니다가 이제 온 거야? 아빠가 그렇게도 찾아 헤맸는데 말이야."

다도는 할 말이 많았다. 그러나 말을 할 수 없는 동물이다. 겸연쩍은 표정을 지으며 연신 꼬리를 흔들었다. 아빠는 생각했다. 살아 돌아온 것만 해도 천만다행이었다.

다도의 몰골을 찬찬히 살펴보니 형편없었다. 한 눈으로 보아도 초췌했다. 양 눈가에 흘러내린 눈물 자국은 추위 탓이라고 생각했다. 아니면 아빠 엄마가 보고 싶거나 그리운 집 생각에 흘린 눈물인지도 모를 일이다. 다도의 모습을 보면서 문득 '집 나가면 개고생'이라는 말이 떠 올랐다.

다도는 어린 시절에는 바람막이가 잘 되어있는 사무실에서 추위를 모르고 살았다. 나중에 더샾 아파트에 이사 와서도 추위를 모르고 지냈다. 다도가 겨울에 외출할 때는 방한복 패딩 옷을 입혔다. 또 방한복으로 모직 옷을 별도로 준비해 두고 번갈아 입혔다. 하지만 이번 가출에서는 알몸이었다. 더욱이 엄동설한이었다. 사흘 동안 알몸으로 찬바람이 휘몰아치는 남대천 강변과 노천(露天)을 헤맸다. 고생이 오죽했겠나 싶어 가여운 생각이 들었다.

밤낮으로 추위에 시달려 고생이 이만저만이 아니었다. 원래의 분홍색 뱃가죽은 벌겋게 충혈되어 있었다. 살갗이 얼었다고 생각했다. 게다가 사흘 동안 제대로 먹지 못해 뱃가죽이 홀쭉했다. 한마디로 꾀죄죄한 모습이었다. 아빠는 나름대로 저간의 사정을 정리해 보았다. 다도는 생소한 남대천 제방에 가벼운 마음으로 산책갔다가 순간적으로 아빠와 엄마로부터 이탈하여 저 멀리 뛰어갔다. 천방지축, 방향도 가늠하지 못한 채 뛰어간 것이다.

둑 아래는 온통 동물 흔적이었다. 사방에서 동물 냄새가 났다. 덤불, 검불을 정신없이 뒤졌다. 너구리, 오소리 체취를 냄새 맡고 여기저기 집적대다가 시간 가는 줄 몰랐다. 고라니를 발견하여 예의 추격전이 벌어졌을 것이다. 행동반경은 연곡해변이나 청량은 유도 아니었다. 쭉 뻗은 강변에서 자유를 만끽하면서 신바람이 났다.

한참 쫓아다니다가 '아차, 너무 시간이 지났구나. 아빠 엄마한테 가야지.' 제정신을 차리고 아빠 엄마한테 오려고 했다. 방향 감각을 잃어버려 지형을 구분할 수 없었다. 아빠와 엄마가 있었던 장소를 가늠하기 쉽지 않았다. 깜깜한 밤에 하천에서 제방 위를 올려다보면 길게 뻗은 둑길만 보일 뿐 어디가 어딘지 제대로 분간하기 어려웠다. 비슷비슷한 지형이었다. 다도는 더욱 사세난연했다.

초행길인 길게 뻗은 강줄기를 따라 천방지축 돌아치다가 원위치를 잃은 것이다. 아빠가 생각할 때 다도는 남대천 상류까지 간 것 같았다. 줄잡아 4km 거리를 동분서주하면서 처음의 장소를 찾아 헤맸지만 찾지 못했다.

다도는 갈피를 잡지 못한 채 하천을 헤맨 증거는 몸 상태를 보면 알 수 있었다. 온통 덤불에 긁히고 나뭇가지에 찔린 상처가 여러 군데에 있었다. 다행한 것은 가벼운 찰과상 정도였다, 천적들과 싸워 생긴 상처는 발견되지 않았다. 떠돌이 유기견들과 싸울 수도 있었다. 간혹 남대천 상류에 출몰한다는 산돼지와 우연히 만나 불가피하게 싸울 수 있는 개연성은 충분했다. 산돼지를 만났더라면 다도의 상처는 심각했을 것이다. 자칫 죽을 수도 있었다.

천신만고 끝에 아빠 엄마와 헤어진 곳을 찾아 왔다고 해도 헛수고였다. 이미 아빠 엄마는 사라지고 없었다. 다도는 영특했다. 아니 악착같았다는 말이 더 어울릴지도 모른다. 기어코 아빠와 엄마가 사는 아파트를 찾아낸 것이었다. R 아파트 동네 여러 곳에 아파트가 있다.

다도는 이사 와서 하루 이틀밖에 경험하지 않은 아파트단지였다. 찾기가 쉽지 않을 수 있다. 설령 아파트를 찾았다고 해도 동을 쉽게 구별할 수 없다. 사람들도 아파트 번호를 알아도 처음 접하는 경우는 수월하게 찾기 쉽지 않다. 동을 안다고 하더라도 다음에는 몇 호 라인인 줄 알아야 한다. 북에서 온 탈북자들의 경우다. 처음 아파트를 배정받고는 동네 구경을 위해 외출했다가 귀가할 때 자신의 집을 찾지 못해 촌극을 빚는 경우가 허다했다고 한다. 건물 생김새가 같거나 여기가 거기고 거기가 여기인 것 같아 헷갈린 것이다.

사람의 경우는 동호수 숫자를 식별하거나 알쏭달쏭하면 다른 사람들에게 물어보면 알 수 있다. 일반적으로 아파트단지 안에서 동 입구 구조는 비슷하여 한두 번으로는 헷갈리기 마련이다. 그런데도 다도는 제집 아파트 라인 입구를 정확히 찾아온 것이다. 아빠는 다도의 영리함에 탄복했다. 다도 어린 시절 체육공원에서 이탈하였다가 하루가 지나 원위치에 와서 기다린 것도 미스터리였다. 나중의 일이다. 더샾 아파트 부근 소나무 군락지에서 아빠 곁을 이탈하였다가 하루가 지나 아파트 후문 쪽에서 기다렸던 과거를 떠올렸다. 그

때부터 다도가 범상치 않았다고 생각했었다.

  아빠는 다도에게 물어보고 싶은 것이 많았다. 그날 저녁 남대천 강변에서 아빠 엄마 곁을 이탈하여 며칠 동안 어디에서 헤매다가 이렇게 찾아 왔느냐고 물어보고 싶었다. "어디서 잠을 잤느냐?", "배가 고파 무엇을 먹었느냐?", "천적은 만나지 않았느냐?" 등등.

  하지만 대화 자체가 되지 않아 궁금한 사항을 전혀 알 수 없었다. 다도가 사흘 동안 떠돌이 생활하다가 무사히 귀가하게 된 이면의 사정은 영원한 수수께끼였다. 아빠는 기쁜 마음으로 다도를 데리고 냉큼 승강기를 타고 아파트로 올라갔다.

  "여보. 우리 다도가 제 발로 찾아와 출입문 현관에서 기다리고 있었어."

  엄마가 반기며 말했다.

  "다도야. 어디 가서 고생하다 인제 왔어? 아빠 엄마가 얼마나 걱정한 줄 알아. 어떻게 집을 찾아 왔어. 참 용하구나. 하여튼 다도는 알아줘야 한다니까."

  아빠는 배에 생긴 찰과상을 소독했다. 그리고 연고를 발라 주었다. 바이러스 감염이나 화농을 예방하려는 조처였다. 연고가 몸에 스며들기를 기다린 뒤 욕조에 다도를 들어가도록 했다. 다도는 능숙하게 두 발로 껑충 욕조 안으로 들어갔다. 한두 번 해본 솜씨가 아니었다. 샤워 꼭지를 온수로 틀어 다도의 온몸을 흠뻑 적신 후 세숫비누로 겨드랑이와 사타구니를 비롯하여 구석구석 칠한 다음 발톱까지 후벼 팠다. 발톱 사이에 세균이 끼어 있으면 안 되었기 때문이다. 욕조 바닥에 시커먼 물이 수챗구멍으로 빠져나갔다. 다시 샴푸로 마무리 샤워했다. 더러워진 털이 새하얗게 드러났다. 어엿한 신데렐라 모습으로 변신했다.

목욕을 끝내고 사료를 밥그릇에 담아 주었더니 금방 비웠다. 그만큼 배가 고팠다는 증거였다. 제 자리에서 웅크린 채 한두 번 뒤척이더니 금방 곯아떨어졌다. 사흘 동안 추위에 떨며 고생했던 피로가 한꺼번에 몰려온 것이다. 다도는 R 아파트에 이사 오자마자 호된 신고식을 치른 셈이다.

이곳 아파트 주변을 배회하는 떠돌이 개 5~6마리가 몰려다녔다. 대부분 까만 털이 섞인 혼혈 스피치 중형 견이었다. 아빠는 이들 떠돌이 개를 집시(Gypsy) 견(犬)이라고 명명했다. 집시를 말하려면 오래전의 러시아 여행을 먼저 이야기해야 할 것 같다. 아빠는 평소 러시아는 생전에 꼭 가 보고 싶었던 선망의 나라였다. 푸시킨, 톨스토이와 도스토옙스키 등 대문호를 배출한 나라라는 사실에 동경했다. 소싯적 그들의 작품을 대할 때마다 언젠가는 가 볼 것이라고 벼르고 있었다.

마침내 기회가 왔다. 대망의 러시아 땅을 밟은 것은 정확히 1994년 9월 28일이었다. 1991년 4월 한국과 소비에트연방공화국(소련)은 역사적인 수교가 있었다. 노태우 정권 때 일이다. 미하일 고르바초프가 페레스트로이카 덕분이었다. 소련식 개혁개방 정책은 지구촌을 흔들었다. 소련은 해체되고 러시아 고유 국가 이름을 되찾았다.

한러 수교 3년여 만에 러시아를 여행할 수 있었던 것은 행운이었다. 한국에서 일본 나리타를 거쳐 제법 먼 시간을 날아가 모스크바

국제공항에 도착했다. 단체여행이었다. 비행기는 러시아 국적 비행기로 승무원은 대부분 나이 많은 여자들이었다. 표정도 무표정했다. 그저 기계적으로 움직였다. 구형 비행기 기내 분위기조차 우중충했다. 이때만 해도 나는 외국 여행에 미숙하였다. 제대로 된 정보 없이 싼 비행기만 찾다가 생긴 일이었다.

　러시아에 도착한 첫인상은 우리 일행을 완전히 실망하게 했다. 수화물을 찾는 시간도 꽤 걸렸다. 공항 관계자들이 굼벵이처럼 움직인 탓이었다. 선진국의 서비스 문화는 찾아볼 수 없었다. 겨우 화물을 찾아 이상 여부를 확인했다. 뭔가 도구를 이용하여 가방 틈새를 벌린 흔적을 발견했다. 그 안에 들어 있는 물건을 훔쳐 간이었다. 동행한 가이드 말이 더욱 어처구니없었다. 이런 일은 자주 있다면서 어디다 하소연할 때도 없다는 것이다. 문제를 제기하면 여행 일정만 망친다는 것이다. 울며 겨자 먹기식이었다.

　검색대에서 통관 절차를 밟는데 느리기만 했다. 지루하다 못해 답답했다. 로마에 가면 로마법을 따르라는 말이 생각났다. 러시아 땅을 밟은 이상 러시아 규칙을 따라야 했다. 한참을 기다리다가 우리 일행 차례가 되었다. 이번에는 말도 안 되는 꼬투리를 잡아 여행객을 짜증나게 했다. 우리 일행 중 한 사람의 비자서류를 문제 삼았다.

　러시아에서 발행한 문서였다. 우리나라가 가난했던 시절 사용했던 질 나쁜 종이를 새삼 여기서 구경하게 된 것이다. '똥 종이'로도 불렸다. 관공서 서류나 학교 시험지에 널리 사용하던 종이다. 지금은 우리나라의 종이 질은 향상되어 모조지, 스노우지 같은 고급종이가 일반화되어 지천으로 깔려 있다시피 한다. 갱지 따위는 고물이 된 지 오래다. 후진국 러시아는 16절 크기의 갱지 2장을 겹치게끔 한쪽 모서리를 스테이플러(종이찍개)로 집어 비자를 발급했다. 그 사람이 서류를 손가방에서 꺼내다가 스테이플러 심이 떨어져 나가 두 장의 종이가 각각 분리되었다. 종이의 질감이 형편없었다.

그렇다고 서류가 찢어져 잘못된 것은 아니었다. 두 장이 한군데에 찍혀 있지 않았을 뿐인데 검색대 통과를 거부했다. 이해할 수 없는 일이었다. 우리 일행 전체가 발이 묶일 판이었다. 검색은 마냥 늦어졌다. 군복 차림의 검색대 직원들은 저들끼리 키드득거렸다. 한쪽에 빛바랜 고물 소형 라디오에서 음악이 흘러나왔다. 흘러나오는 음악에 흥얼거리며 몸을 가볍게 들썩거리며 즐겼다. 외국 관광객에 대한 친절 따위는 고사하고 아예 안중에도 없어 보였다.

공항에서 발이 묶인 우리 일행은 이들의 완전한 볼모였다. 한시 바삐 검색대를 빠져나가야 하는데 공항관계자들은 아랑곳하지 않고 '세월아 네월아.' 하는 답답한 상황이었다. 돌아갈 수만 있으면 한국으로 다시 가고 싶은 생각뿐이었다. 하지만 현실적으로 당장 돌아갈 수도 없는 처지였다. 그들의 수작은 의도가 뻔했다. 돈을 뜯으려는 속셈이었다. '너희들 맘대로 버텨 봐라. 우리는 답답할 것 하나도 없거든.' 식이었다.

이제 우리 일행이 지쳐가기 시작했다. 마냥 서서 기다리는 것도 문제였지만 여행 일정도 틀어졌다. 생각지도 않은 봉변을 속수무책으로 고스란히 당하고 있어야 했다.

한국에서 같이 간 여행사 가이드에게 협상해 보라고 시켰다. 울며 겨자 먹기식이었다. 그들은 우리 일행을 비웃는 것 같았다.

"그럼 그렇지. 너희 한국 속담에 목마른 놈이 우물 판다는 말이 있지? 진즉 통행세를 낼 일이지. 일찍 항복하지 않고 버티긴 왜 버텨?"

검색대 직원은 기다렸다는 듯 미화 100불을 요구했다. 너무 과하다 싶었다. 50불을 놓고 티격태격했다. 결국은 50불 주고 겨우 빠져나올 수 있었다. 원인은 러시아에서 발행한 조악한 서류로 인한 시비였다. 그들이 사과해도 시원찮을 판에 완전히 적반하장이었다.

외국 관광객에게 노골적으로 금품을 요구하는 것은 칼만 안 들었지 검색대 직원들은 떼강도였다. 이때의 러시아 직원의 급여는 평균 한국 돈으로 7~8만 원이었다. 100불이면 적은 돈이 아니었다. 한화 11만 원에 해당하는 돈이었다. 우리 일행이 러시아 여행에서 본 것은 가난과 부패였다.

당시 러시아는 경제적으로 몹시 피폐했다. 소비에트 연방국 해체에 따른 혼돈과 혼란의 연속이었다. 인민들은 빵을 구걸하기 위한 긴 행렬에 서서 몇 시간씩 기다려야 했다. 거리를 집단으로 열을 지어 이동하는 노동자들의 얼굴은 창백했으며 파리해 보였다. 제대로 먹지 못한 탓이라고 생각되었다.

잘생긴 여자들은 짙은 화장을 하고 외국 관광객들에게 몸을 팔기 위해 호텔에 진을 쳤다. 마치 2차 대전 이후 패망한 일본을 연상했다. 달러를 벌기 위해 일본 여자들이 전승국 미군에게 몸을 맡겼다. 러시아는 마피아가 조직적으로 콜걸을 운영한다는 것이 현지 여론이었다. 말만 들었던 사회주의 국가의 진면모를 보았다. 오죽하면 미하일 고르바초프가 소련을 해체하고 개혁개방 정책에 착수했는지 알 수 있을 것 같았다. 부푼 기대와 달리 러시아 첫 입경은 기분을 잡쳤다.

우리는 첫날 유서 깊은 모스크바 코스모스 호텔에 투숙했다. 1980년 올림픽대회를 치를 때 명성을 떨친 호텔이었다. 우리나라 초가을이면 러시아는 영하권이다. 한밤에 추위에 오돌오돌 떨다가 금시 감기에 걸리고 말았다. 이부자리도 빈약했다. 보일러는 전혀 가동되지 않았다. 이튿날 오전 호텔면세점에 가서 두툼한 외투를 사서 입으려 쫓아 내려갔다. 기대와 달리 면세점은 텅 비어 있다시피 했다.

나중에 핀란드에 가서야 겨우 방한복을 사 입을 수 있었다. 아빠는 여행 내내 감기 때문에 콜록거렸다. 러시아와 국경을 같이하고 있는 핀란드는 러시아와 비교하면 별천지였다. 지상의 낙원이라는 생각이 들었다. 시내 중앙 도로에 나 있는 레일을 달리는 빨간색의 전차가 인상적이었다. 핀란드는 스칸디나비아반도 옆 발트해와 맞닿아 있는 의회민주주의를 시행하는 민주공화국으로 풍요와 번영의 나라였다. 핀란드 여행에서 유서 깊은 발트해 언저리에서 검푸른 바닷물을 구경할 수 있었다. 한때 어디서 읽었던 발트해를 무대로한 바이킹의 전성시대를 떠 올렸다. 이내 차가운 겨울바람이 목을 파고 들었다.

모스크바에 체류할 때 흔한 기념품은 목각 인형이었다. 아니면 노점에서 파는 골동품이었다. 호텔 기념품 판매대에서 고르바초프를 비롯하여 미니어처 몇 개 샀다. 이때 점원이 물건을 싸준 것은 쇼핑백이나 비닐 종류가 아닌 허접스러운 갱지에 둘둘 말아 주었다. 서비스는 제로였다. 온통 빈곤해 보였다.

대표적 명소 크렘린궁을 시간에 쫓겨 수박 겉핥기식으로 구경했다. 이어 지적에 있는 레닌묘를 관광했다. 인상적인 것은 볼셰비키 혁명을 성공시킨 레닌을 볼 수 있었다. 차르 니콜라이 2세를 비롯한 가족들을 혁명이라는 이름으로 무참하게 총살한 레닌의 주검과 맞닥뜨렸다.

작은 키에 레닌의 시신은 방부 처리되어 양복을 입은 채 투명한 유리관 안에 안치되어 있었다. 두 번째 암살 기도에서 맞은 총탄은 왼쪽 어깨에 다른 한발은 목 아래 왼쪽 박혀 있다고 현지 가이드 고려족 마 소피아는 설명했다. 이로 인해 불구가 되었다는 것이다. 이로 인해 한쪽 팔을 마음대로 쓸 수 없었다. 사후에도 다친 손을 가슴에 얹은 채 잠들어있어 절대 권력자의 비참한 말로를 생각하면서 밖으로 나왔다.

다음 코스로 이동하기 위해 우리를 기다리는 버스가 있는 곳으로 향했다. 이때 남루한 옷차림의 10대 소년, 소녀 수명을 만났다. 집시족이었다. 집시의 사전적 의미는 정처 없이 떠돌아다니며 방랑 생활을 하는 사람을 비유적으로 이르는 말이라고 정의하고 있다.

이들은 떼거리로 몰려다니면서 외국 관광객을 보면 돈을 달라고 강요했다. 우릴 보자 어디선가 달려온 것이다. 말이 통하지 않으니까 불쑥 손을 내밀어 무엇인가 내놓으라는 시늉을 했다. 백주에 노상에서 벌어진 일이었다. 일행 중 누군가 지갑에서 5불짜리 달러를 주었다. 집시는 냉큼 받아쥐었다. 그러나 가지 않고 계속 따라왔다.

리더로 보이는 집시는 우리 일행 중 나이 많은 연장자에게 집착했다. 눈빛이 예사롭지 않았다. 집시들은 연장자의 어깨 멜빵 가방을 노렸다. 어깻죽지에 걸쳐 있는 가방이 만만해 보였다. 순간적으로 잽싸게 채어 달아나기 쉬웠기 때문이다. 가방 속에 달러와 여권 등 귀중품이 들어 있었다. 집시는 그것을 익히 알고 표적으로 삼은 것이다.

단숨에 멜빵 가방을 잡아당기면 훌러덩 벗기기 쉽다고 생각하고 집요하게 따라붙었다. 다른 사람들은 허리에 작은 가방을 차고 있었다. 두툼한 의복 호주머니에 귀중품이 들어 있었다. 우리 일행은 처음 당하는 일이라 위협을 느낄 정도였다.

집시들은 연장자에게 원형으로 에워싸는 자세를 취했다. 가운데 몰아넣고 순간적으로 가방을 낚아챌 심산이었다. 우리 일행은 이를 간파하고 약속이나 한 것처럼 소리 쳤다. 험악한 인상을 쓰면서 한국어로 "저리 가!" 고함치면서 일제히 손사래를 쳤다. 그제야 집시는 여의치 않다고 생각했는지 흩어져 갔다.

집시에 대한 기억은 또 있었다. 2000년 중국 연변 조선족자치주에 공무 출장에서 꽃제비를 만났다. 조선족자치주 연변에 도문(圖們) 다리는 남북으로 가로질러 있다. 두만강 인접한 곳이다. 정확히 함경북도 은성군과 중국 땅 연변 사이에 있다. 다리 길이는 513m이다. 북한과 중국이 반반 건설했다고 한다. 멀리서 다리를 보면 교각은 일체감이 없다. 짝짝이로 보인다는 것이다. 양국에서 공사하는 방법이 달랐기 때문이다. 다리의 절반을 각각 북한과 조선족자치주가 관리한다.

아빠는 용정시 부시장이 안내하여 다리 중간 표식물에까지 직접 걸어가 보는 호사를 누렸다. 중간까지 조선족자치주 담당 구역이다. 다리 밑에는 경계 구분 없이 두만강에서 발원한 강물이 말없이 흘렀다.

마음만 먹으면 북쪽에서 도문 다리를 건너 연변에 오기 쉽다. 아이들의 경우는 매우 쉬운 것 같았다. 아이들이 구걸하여 번 돈으로 검문소 경비 군인에게 담배 따위의 뇌물을 주어 통과가 가능하다는 것이다. 이때는 북한의 경제 사정은 굶어 죽는 사람이 연일 부지기수로 발생할 때였다.

아빠가 연변을 드나들 때는 북한에서 수십만 명의 아사자가 발생했던 이른바 '고난의 행군' 시기와 맞물려 있었다. 이때 북한은 궁핍을 모면하려고 안간힘을 썼다. 하지만 하루아침에 해결할 처지가 아니었다. 이러한 과정에서 생겨난 것이 바로 꽃제비였다. 꽃제비들의 행색은 거지와 다를 바 없었다. 집시들과 같은 존재였다. 얼굴은 며칠이 아니라 몇 달 동안 물을 묻혀 본 적이 없을 정도로 더러웠다. 꽃제비들은 한국 관광객만 보면 우르르 몰려들었다.

한국 여행객들은 하나같이 동정을 베풀기 마련이다. 얼마가 되었든 간에 몇 푼 준다. 이때만 해도 한국 돈 1만 원 화폐가치는 제법 컸다. 씀씀이 있는 사람은 꽃제비나 노래방 도우미에게 1~2만 원 쾌척에 인색하지 않다. 어찌 되었든 집시나 꽃제비들은 가련한 존재였다.

4

떠돌이 개의 순정

떠돌이 개의 순정

아빠는 R 아파트에 이사 와서 떠돌이 유기견을 목격한 것은 생각 밖이었다. 보는 순간 까마득히 잊고 있었던 모스크바에서 만났던 집시와 연변에서의 꽃제비를 떠 올린 것이다. 물론 대상은 인간과 동물의 차이다. 하지만 이들의 공통점은 모두가 안전한 보금자리가 없는 방랑자 신분이라는 사실이다.

아빠가 떠돌이 개들을 집시 견이라고 명명한 것은 이런 연유에서였다. 오갈 데 없는 떠돌이 개들의 초췌한 몰골을 보면서 까마득히 잊고 있던 외국에서의 집시와 꽃제비를 연상한 것이다. 아빠 만의 감정인지도 모른다. 집시 견은 한 눈으로 보아도 너무 더러웠다. 저절로 동정이 가지 않을 수 없었다.

떠돌이 개들의 행태를 유심히 살펴보았다. 팀워크가 잘되어 있었다. 수컷 리더 견에 의해 일사불란하게 움직였다. 여러 마리의 집시 견들이 동네에 존재하는 이유를 주변 민가 주민들에게 들어 알게 되었다. 원래의 주인한테 버림받은 개들이었다. 애당초 이곳은 촌락이었다. 민가에서 살던 개였다. 아파트가 들어서자 하나둘씩 민가가 사라졌다.

　원주민들은 집과 토지를 처분하고 야멸차게 기르던 개를 팽개치고 떠나가 버렸다. 한때 주인에게 충성하면서 집 지킴이로 사명을 다했던 개들이다. 주인에게 버림받은 것이다. 하루아침에 오갈 데 없는 떠돌이 신세가 되어 버렸다. 한때 삶의 터전인 이곳을 떠나지 못하고 배회하는 것이었다. 언젠가 주인이 찾아올지 모른다는 희망의 끈을 놓치지 못하는 것인지도 모를 일이다. 아파트가 들어 선지 몇 년이 지나도 찾아오지 않았다. 그들이 바라는 꿈은 속절없는 것이 되고 말았다. 사람들은 유기견(遺棄犬)이라고 불렀다. 주인이 돌보지 않고 버린 개라는 뜻이다.

　배은망덕한 주인은 떠나갔지만 이웃했던 개들끼리 뭉친 것이다. 유유상종이다. 서로가 끈끈한 연대 속에 서로 의지하면서 몰려다녔다. 잠자리는 폐가에서 해결했다. 가련한 족속이 아닐 수 없다.

　이들 집시견은 원래 사람 손에 길들어졌다. 지금은 아니다. 오히려 사람의 접근을 극도로 경계했다. 혐오한다는 말이 어울릴지 모른다. 인간에게 배신당한 상처는 죽는 날까지 잊지 못할 것 같았다.

　아빠가 측은한 생각에서 아는 척해도 눈길 한번 주지 않고 매몰차게 거부했다. 가까이 가려고 하면 저만치 도망갔다. 과거 주인에 대한 불신이 컸다. 떠돌이 생활에서 못된 사람들로부터 괄시를 받은 까닭이라고 생각했다. 인간 자체를 불신한다는 생각을 하지 않을 수 없었다.

　제대로 먹지 못해 늘 굶는 것 같았다. 아빠는 불쌍한 생각이 들어

으슥한 장소에 사료를 비롯하여 먹이를 가져다 놓았다. 절대로 보는 앞에서 바로 먹지 않았다. 아빠가 떠난 다음 아니면 다음 날 가 보면 먹이 그릇이 비어 있었다. 그렇다고 매일 가져다줄 형편은 아니었다. 여러 마리를 관리한다는 것은 벅찬 것이다. 이따금 가져주는 정도였다. 다행한 것은 주변에 사는 사람들이나 아파트 주민들이 간혹 먹이를 가져다주었다. 고마운 사람들이었다. 주로 집시 견에게 연민의 정을 느끼는 여자들이었다.

아파트 주변에서 먹이 구하기는 매우 어렵다. 음식물 찌꺼기를 철저히 분리수거 하기 때문이다. 음식점에서 배출되는 쓰레기도 마찬가지다. 쓰레기 봉지를 뒤져도 먹을 만한 것이 없다.

수개월을 관찰했다. 집시 견들은 여전히 떼 지어 다녔다. 신기했다. 제대로 먹지 못하는 것 같은데도 늘 살아 있다는 것이다. 최소한의 먹이로 근근이 버티는 것 같았다.

집시 견들은 아파트 주변만 배회하는 것은 아니었다. 행동반경은 넓었다. 추수하고 난 농토나 논둑에 몰려다니다가 양지바른 곳에 엎드려 쉬기도 했다. 활기차게 장난치거나 신나게 노는 모습을 본 적은 거의 없다. 기운이 없거나 삶의 의욕을 잃어 그런가 보다 했다. 인근에 있는 야산 깊숙한 곳으로 들어가는 것을 여러 번 목격했다. 이들의 먹이는 어떻게 해결하는지 궁금했다. 사람이 간혹 가져다주는 먹이로는 부족하다고 생각한 것이다. 산속에는 쥐와 두더지 등 야생 동물이 있어 사냥해서 먹고 사는지도 모를 일이다. 집시 견들은 오랫동안 떠돌이 생활로 야성 화 되어있을 것만 같았다.

다도는 산책길에서 집시 견과 여러 번 마주쳤다. 처음에는 서로 냄새를 맡는가 하더니 이내 경계했다. 집시 견들은 다도가 저들보다 덩치가 커서인지 피하는 눈치였다. 다도 역시 본척만척했다. 서로의 신분이 다르다는 것을 알았을까 싶었다.

긴장 관계를 유지하다가 조금씩 마음의 문을 열었다. 다도와 집시 견들은 서로 아는 척했다. 사귐은 급속도로 발전했다. 자주 얼굴을 대하다 보니 말문이 열렸다. 다도가 나타나면 집시 견들은 떼 지어 몰려왔다. 저들만의 인사 방식인 꼬리를 흔드는 의례를 나누었다. 그동안 잘 지냈느냐, 별일 없었지? 묻는 것 같기도 했다. 만날 때마다 반갑다고 꼬리를 흔들거나 냄새를 맡는 따위로 반가움을 표시했다.

다도는 항상 목줄을 하고 있어 유기견들이 먼저 다가왔다. 그러면서도 아빠를 매우 경계하는 눈치였다. 아빠는 다도의 목줄을 최대한 늦추어 저네들의 소통을 배려했다. 이러는 사이 곰비임비 좋은 친구로 발전해 갔다.

집시 견 중에서도 수컷 리더는 다도를 무척 좋아했다. 다도도 마찬가지였다. 절친한 사이로 변해갔다. 어떨 때의 일이다. 집시 리더는 무리와 더불어 저만큼 도로를 건너가 어디론가 가고 있었다. 리더는 힐끔 뒤를 돌아다보았다. 특유의 다도 냄새를 감지했던 모양이다. 아빠와 함께 걷고 있는 다도를 발견하고 얼른 건너왔다. 차가 쌩쌩 달리는 위험한 4차선을 가로질러 되돌아와 다도를 반겼다. 서로의 눈빛이 달랐다. 반가워 어쩔 줄 몰라 하는 몸짓은 예사롭지 않았다. 하루 이틀 연정이 쌓여갔다.

어느 날이었다. 아빠는 다도와 함께 벼농사 수확이 끝난 넓은 버덩 농로를 지나갔다. 남대천 강둑과 인접한 곳이다. 들판에는 텃새인 가치가 자주 등장한다. 산비둘기도 보인다. 추수하고 남은 알곡을 열심히 주워 먹었다.

어떨 때는 참새들도 신기에 가까운 곡예를 벌리면서 떼를 지어 날아와 모이를 주워 먹기에 여념 없다. 참새들은 주로 저공비행을 한다. 새들은 생김새가 다르지만 서로 다투는 법이 없다. 평화롭게 공존한다. 이들의 모습은 가을걷이가 끝난 허허벌판을 정겹게 한다.

다도를 풀어 놓았다. 텃새들을 신나게 쫓아다니다가 싱거운지 제풀에 멈춘다. 이윽고 바닥 냄새를 맡으며 추적을 시작한다. 분주하게 냄새를 맡는가 싶더니 아빠를 힐끔 한번 쳐다보고는 논바닥을 가로질러 인접한 야산으로 달아났다.

아빠가 휘파람을 불거나 이름을 불러도 제멋대로다. 통하지 않은 것이다. 다도의 가출 병벽(病癖)은 어찌해볼 방법이 없었다. 아빠가 아무리 신경을 써 주어도 딴에는 마음에 차지 않는 것 같았다. 제한된 공간인 아파트에서 나와 모처럼 자유의 몸이 되자 쏘다니고 싶은 충동을 억제하지 못한 것이다. 다도의 유전인자도 야성이 근본이라고 생각했다.

다도가 들판에서 야산으로 사라진 지 이틀이 되어도 집에 들어오지 않았다. 은근히 걱정되었다. 아빠는 수시로 아파트 거실 창문을 내다보면서 주변을 서성거리는지 아니면 아파트 경내에 두루 다니면서 배회하는지 살펴보았다. 그러나 보이질 않았다. 손수 자가용을 몰아 사라진 야산 주변을 비롯한 인근 지역을 샅샅이 뒤졌지만 오리

무중이었다.

　다도가 가출한 사흘째 되던 날 오후. 아빠는 엄마와 함께 차를 타고 다도를 찾아 나섰다. 때마침 차를 타고 달려가다가 다도를 발견했다. 저 멀리 들판에서 다도가 집시 견들과 어울려 야산 쪽으로 걸어가는 모습을 발견했다. 아빠와 엄마는 반가운 마음으로 얼른 자동차 오른쪽 앞뒤 차창을 열어젖히고 "다도!" 하고 큰 소리로 불렀다.

　아빠 목소리를 듣고 힐끔 쳐다보면서 두세 번 꼬리를 흔들었다. 집 나간 지 며칠 되어 당장 쫓아 올 줄 알았는데 생각이 빗나갔다. 천만의 말씀이었다.

　"아빠 걱정하지 말아요. 친구들하고 재미있게 놀다가 갈게요."

　오히려 아빠와 엄마를 안심시키는 것 같았다. 집시 견 무리에서 다도 덩치가 제일 커 호위무사처럼 보였다. 집시 견에게는 든든한 배경이었다. 어떠한 천적을 만나도 다도가 있는 한 자신만만했을 것 같았다. 군계일학이라는 말처럼 다도의 모습은 잡견 무리에서 위풍당당했다.

　사람들 사이에도 서로 통하면 친구 따라 강남 간다는 말이 있다. 개들의 세계도 친구가 되면 함께 스스럼없이 뭉친다는 사실을 알 수 있었다. 하지만 아빠는 순간적으로 야속한 생각이 들었다. 며칠 만에 아빠와 엄마를 만났는데도 냉큼 쫓아오지 않았기 때문이다. 이토록 사귄 친구가 좋을까 생각하니 한편 이해되기도 했다. 그래도 일단 다도를 발견한 이상 데리고 와야 한다고 생각했다.

　다도는 잠깐 사이에 시야에서 사라졌다. 야산으로 들어간 것이다. 아빠는 얼른 차를 야산 쪽으로 차를 몰았다. 도로에서 우회전하여 좁은 길을 따라 다도가 사라진 야산 쪽으로 금방 달려갔다. 보이지 않았다. 흔적도 찾을 수 없었다. 아빠는 도로에서 야산 쪽을 멀거니 바라볼 뿐이었다. 닭 쫓던 개 지붕 쳐다보는 격이었다.

소나무 군락지 숲속으로 감쪽같이 사라진 것이다. 야산치고는 제법 표고가 높아 보였다. 숲속을 뒤진다는 것은 엄두조차 낼 수 없었다. 아빠가 늙은 나이인데 다가 체력이 감당되지 않았기 때문이다.

아빠는 다소 허탈했다. 하지만 다행히도 "사고를 당한 것은 아니었구나." 하는 생각에 일단 마음이 놓였다. 초저녁이 되어도 들어오지 않았다. 제 발로 걸어 들어 올 것으로 생각했다. 혹시나 해서 아파트 경내와 주변을 살펴보았다. 하지만 다도는 보이지 않았다. 가출한 지 사흘째 되는 오늘 밤도 집에 들어오지 않았다. 꼭 찾아야겠다고 생각했다. 방임했다가는 떠돌이 들개가 되기에 십상이었다. 안 될 일이다. 저녁 식사를 마치고 엄마와 같이 동네 위주로 다도를 찾아 나섰다. 우선 집시 견들의 아지트를 찾는 것이 관건이었다. 이때 중요한 단서를 포착했다.

이곳에서 오래 살았던 원주민 증언에 의하면 폐가 두 군데에 개들이 머물 것이라고 했다. 밤만 되면 그곳에 모여 잔다는 것이다. 아빠는 아직 이곳 아파트에 이사 온 지 얼마 안 되어 동네 사정에 밝지 못했다. 가르쳐 준 그곳이 어딘지를 물어 위치를 알아냈다. 이사 온 R 아파트 후문 쪽 도로에 있는 폐가가 한 채 있었다. 서희 아파트 입구 건너 넓은 공터에 폐가가 한 채 있다는 것이다. R 아파트 폐가 위치는 이미 알고 있었다. 산책길에서 그 앞을 지나쳤기 때문이다.

아파트 후문을 나와 조금 지나가면 도로 옆에 방치된 폐가가 있다. 오래된 전통 기와 건물형태를 유지하고 있었지만 도괴 직전이었다. 아빠는 이곳에 이사 와서 처음 이곳을 지날 때 으스스했다. 폐가 분위기가 그렇게 느끼게 한 것이다. 폐가를 눈여겨보았다. 예전에 사람이 살았을 때는 고대광실은 아니더라도 제법 행세하던 집안 같았다. 한쪽에 2칸짜리 행랑채가 있는 것으로 보아 여러 명의 머슴을 거느렸던 모양이다. 사랑채도 있고 안채도 있었다. 솟을대문 흔적도 있었다. 어림쳐 대지 면적은 5백 평은 넘을 성싶었다. 폐가 도로변 쪽에 허물어진 돌담 잔해가 땅바닥에 나 뒹굴었다.

온갖 풍상을 겪으며 우거진 잡풀 속에 폐가는 덩그러니 홀로 있었다. 기와에 이끼가 가득 끼었다. 군데군데 기왓장이 떨어져 나갔다. 알몸을 들어낸 서까래는 당장이라도 무너져 버릴 것 같았다. 안채든 사랑채든 행랑채든 문짝이란 문짝은 모두 떨어져 나갔다. 쓸만한 것을 누군가 뜯어 갔는가 보다 생각했다. 아니면 집주인이 노숙자들이나 사람들이 범접하지 못하게 고의로 부숴버린 것이라고 짐작했다. 그럴 바에야 아예 철거해버리지 않은 이유가 궁금했다.

앞마당과 뒷마당은 수풀과 덤불이 제멋대로 얽히고설켜 휘감겨 있어 지저분했다. 건물 주변 사방에 울타리 삼아 심어놓은 크고 작은 나무들이 옛 영화를 짐작하게 했다. 그러나 지금은 아니다. 제멋대로 자라났다. 가지치기 한지도 아주 오래 인 것 같았다. 가지런하지 않다. 한마디로 볼품없다. 게다가 사이사이에 앙상하게 말라죽은 나무들도 적지 않다. 미풍에 일렁이는 가련한 나뭇가지 모습은 지나치는 사람들에게 "여보시오, 나 죽어가고 있소!" 하고 절규하는 것 같았다.

　마당과 집채 곳곳에 감나무를 비롯한 크고 작은 나무들이 자리를 지키고 있었다. 한결같이 수령이 오래되었다. 한때 보기 좋았을 상수리나무가 키다리 장승처럼 우뚝 서 있었다. 어떤 나무는 9척 장신이었다. 아빠는 이 폐가 앞을 지날 때 분위기에 영 마음에 들지 않았다. 봉두난발 한 험상궂은 거인이 폐가 어딘가 숨어 있을 것만 같았다. 느닷없이 도끼를 들고 덤불을 헤치며 괴성을 지르며 쫓아 나올 것 같은 공포를 느꼈다. 언젠가 보았던 괴이한 영화의 한 장면이 데자뷔 되는 것이다. 한동안 이곳을 지날 때 기분이 영 찝찝하여 폐가 앞이 아닌 뒤쪽으로 난 큰길로 에둘러 다니기도 했다.

　원주민은 밤에 가 보면 애들이 모여 있을 것이라고 했다. 늦은 저녁이 되기를 기다렸다. 마침내 늦은 시간이 되었다. 폐가로 갔다. 밤에 가 본 폐가는 낮에 보던 분위기와 또 달랐다. 암흑천지였다. 폐가 전체와 수목들이 어둠 속에 쌓여 시커먼 괴물처럼 둔갑하여 버티고 있었다. 오싹오싹했다. 공교롭게도 폐가 부근에 흔해 빠진 가로등 하나 없어 깜깜한 분위기는 전율을 느낄 정도였다.

　옛날이야기에 등장하는 도깨비들의 굿판을 연상했다. 허름한 집 대청마루에 우스꽝스러운 차림에 가시 달린 방망이를 든 도깨비들이 모였다. 푸른 도깨비 불빛이 사방을 비췄다. 욕심 많은 혹부리 첨지를 혼내 줄 방안을 의논하는 모습을 떠올렸다. 물론 엉뚱한 생각이다.

　인간의 지능은 곧잘 제멋대로 상상하게 한다. 상상은 허구에서 비롯하는 경우 없지 않다. 허구의 영역은 무궁무진하다. 제멋대로인 것이다. 다른 말로 공상이라고도 한다. 하여튼 대명천지 세상에 이런 건물이 철거되지 않고 사람의 내왕이 빈번한 주택가에 오래된 폐가가 버젓이 존재한다는 사실은 아이러니가 아닐 수 없다. 도저히 공포 분위기에 덤불을 헤치고 마당 안으로 들어가기 싫었다. 도로변에서 손전등을 들고 이곳저곳을 비추면서 다도 이름을 불렀다.

"다도! 다도!"

아무런 기척이 없었다. 행랑채에 있던 고양이 두 마리가 화들짝 놀라 '야옹' 소리를 내며 뛰쳐나와 마당을 지나 어둠 속으로 사라졌다. 집시 견도 반응이 없었다. 잔뜩 벼르고 왔다가 허탕 친 것이다.

첫 번째 수색에 실패했다. 두 번째로 서희 아파트 정문 쪽으로 갔다. R 아파트 정문 4차선 도로 옆 인도를 거쳐 시멘트 다리를 건넜다. 아닌 게 아니라 나무가 우거진 숲속에 폐가가 보였다. 사전에 원주민으로부터 정보를 얻어 접근이 쉬웠다.

과연 깜깜한 어둠 속에 집시 견들이 모여 있었다. 저마다 바닥에 흩어져 있었다. 고된 하루살이를 마치고 잠을 청하는 것 같았다. 다도도 보였다. 털빛이 유난히 하얗게 드러나 보여 금방 알 수 있었다. 다도는 집 시견 무리 곁 땅바닥에 엎드려 있었다. 무엇인가 골똘하게 생각하는 모습이었다.

'역시, 친구들하고 몰려다니며 생활하니까 너무 좋아. 이렇게 자유롭게 살아야 사는 맛이 나는 것이지. 나는 아파트 생활은 체질에 맞지 않아.' 하는지도 몰랐다.

아빠는 다도가 떠돌이 개들과 함께 생활할 줄 정말 몰랐다. 이처럼 엉뚱한 데가 있다는 걸 처음 알았다. 아빠는 속으로 말했다.

'웃기는 녀석이네. 떠돌이 신세가 그렇게 좋단 말이야. 아빠, 엄마도 필요 없다 이거지?'

다도가 집시 견들과 함께 생활한다는 것은 얼른 이해되지 않았다. 더욱이 300m 정도 떨어진 지척에 제가 사는 R 아파트가 지척에 있었다. 며칠씩 집에 들어오지 않는다는 것은 의문이었다. 도대체 무엇 때문일까. 마냥 돌아다니고 싶은 본능이 강하다 해도 정도 문제라고 생각했다. 아니면 집시 리더와 사랑에 빠져서인지 도무지 감이 잡히지 않았다.

아빠는 엄마에게 귓속말로 나직하게 말했다. 혹여 다도가 낌새를 알고 도망갈지 모르니 조심하라고 했다. 아빠는 반대 방향으로 돌아갔다. 잽싸게 손전등을 비추면서 "다도!" 하고 불렀다. 그러자 다도는 놀란듯한 표정이었다. 아빠가 찾아올 줄은 몰랐던 것 같았다. 도망칠 생각을 않고 엉거주춤 자세로 양 귀를 뒤로 젖히고 아빠에게 어슬렁어슬렁 다가왔다. 순종한다는 표시였다. 다소 겁을 먹었을 때 특유의 표정이기도 했다. 준비해간 목줄을 다도 목걸이에 걸었더니 순순히 따라왔다.

이 모습을 본 집시 견 리더와 또 다른 한 녀석이 뒤따랐다. 친구 다도가 아빠에게 잡혀가는 것을 보고 걱정되었던 모양이다. 시멘트 다리를 건너 건널목을 건너 아파트 입구까지 걸어왔다. 집시 견 두 마리는 일정 거리를 두고 졸졸 따라 왔다.

아빠는 아파트 현관문을 전자 카드로 열었다. 엄마도 다도도 함께 들어갔다. 따라온 두 마리의 집시 견은 출입문 계단 아래까지 따라와 다도가 들어가는 모습을 물끄러미 쳐다보고 있었다. 집시 견은 시골에서 살았기 때문에 아파트 출입문은 처음 보는 광경인지도 모른다. '와. 다도가 사는 집은 으리으리하구나.' 하고 생각했을 것이다. 저들은 풍찬노숙하면서 겨우 연명하는데 다도는 공주 대우를 받으며 정반대의 삶을 산다는 것을 알았을 성싶었다. 인간 세계에서 따지는 흙수저와 금수저 관계에 비유할 수 있다. 다도는 금수저인데 반해 자신들은 흙수저라는 것이다. 이것은 어디까지나 아빠의 생각이었다.

아빠는 집에 도착하자마자 다도를 욕조에 들어가라고 명령했다. 말을 알아들은 다도는 냉큼 욕조에 들어갔다. 수도꼭지를 조작하여 따뜻한 물로 온몸을 적셨다. 흠뻑 적신 다음 전신을 비누칠했다. 샅샅이 씻겼다. 사흘이나 떠돌이 생활에서 불결해졌기 때문이다. 다도는 어렸을 때부터 씻는데 길 들여져 거부감은 없다. 화장실에 들어가면 으레 목욕하는 것으로 인식했다. 즐기는 것 같기도 했다. 아무리 개들을 깨끗하게 관리해도 몸에서 비린내가 난다. 때론 냄새가 고약할 때도 있다. 자주 목욕시키고 간간이 향수를 뿌려 주는 것 이외 방법이 없다.

다도가 샤워하는 사이에 엄마가 쓰레기를 버리려고 아파트 재활용장이 있는 밖에 나갔다 왔다.

엄마가 말했다.

"여보. 다도를 따라왔던 개들이 가지 않고 밖에서 서성거리고 있어요. 다도를 기다리는 것 같기도 해요."

아빠는 그 말을 듣고 아파트 밖으로 내려가 보았다.

출입구에 집시 견 두 마리가 현관문을 하염없이 바라보면서 서 있었다. 다도의 안위를 걱정하는 것 같았다. 이때 나타난 아빠를 보고 리더 견이 말했다.

"아저씨, 우리 친구. 다도 괜찮지요. 때려 주거나 혼내 준 것은 아니죠?"

아빠는 얼른 눈치를 알아차리고 말했다.

"다도는 목욕하고 나서 밥 먹고 자고 있단다. 걱정해 주지 않아도 되니까 너희들도 이제 돌아가거라."

두 마리는 갈 생각을 않고 그대로 서 있었다. 아빠는 다시 아파트로 올라왔다. 다음 날 아침이 되었다. 밖에 나가보니 그대로 선체로 간밤을 새웠는지 집시 견 리더 혼자 서 있었다. 그다음 날에도 가지 않았고 혼자서 출입문 밖에서 다도가 나오기를 기다렸다. 끈덕지다고 생각했다.

사흘째 되던 날은 정문 경비실 옆 잔디밭에 엎드려 하염없이 기다렸다. 끼니도 거른 채 기다리는 것 같았다. 아빠는 새삼 느꼈다. 개들의 세계에도 의리가 대단하다는 것을 알았다. 나흘째 되어서야 리더가 보이질 않았다. 기다리다 지친 모양이다.

이후 산책길에서 다도와 집시 견들은 몇 번 마주쳤다. 마주 보면서 반갑다고 꼬리를 치면서 인사를 나누었다. 서로의 존재를 냄새로 확인하는 절차는 여전했다. 이들 세계에서 통과의례인 셈이다. 아빠는 집시 견에게 관심 가지고 다가가려면 극구 피했다. 어림도 없었다. 리더 견은 더했다. 한마디로 아빠는 안중에 없었다. 오로지 다도였다. 그동안의 궁금했던 사연을 서로 교감했을지도 모른다는 생각을 했다. 그들의 대화를 번역해보면 다음과 같을 것이다.

리더 견이 다도에게 진지한 표정으로 말했다.

"다도야. 며칠씩 가출했다고 주인아저씨에게 혼나지 않았어?"

다도가 응답했다.

"응. 아무 일 없었어. 우리 아빠는 날 때려 주는 사람이 아니야. 오히려 융숭한 대접을 받았어. 목욕시켜주고 맛있는 것도 주어 좋았어. 친구들아. 걱정해 주어 정말 고마워."

리더 견은 말했다.

"다도야. 너희 주인에게 잡혀가 되게 혼나는 줄 알고 걱정되어 줄곧 밖에서 온전한 너희 모습을 확인하려고 기다린 것 알아?"

다도가 말했다.

"우리 아빠와 엄마가 너희들이 밖에서 기다리고 있다고 말해 주어 알고 있었어. 걱정 해주어 정말 고마워."

다른 집시 견이 말했다.

"그럼. 앞으로 그전처럼 우리와 같이 산으로 들로 쏘다니기 어렵겠네."

다도가 말했다.

"그건, 어려울지 몰라. 우리 아빠가 목줄을 풀어놓지 않으면 곤란하거든. 이번에 사흘씩이나 들어가지 않아 단속이 심할 것 같아."

집시 견들의 실망은 이만저만이 아니었다. 함께 쏘다니지 못하게 되었다니 슬픈 일이었다. 리더 견은 충격으로 받아들였다. 함께 마음 놓고 쏘다녔던 사흘이 꿈만 같았다. 이들의 사연을 영화화한다면 '사흘간의 아름다운 사랑' 이란 제목이 어울릴성싶었다. 집시 견들은 멋쟁이 미견(美犬) 다도와 함께했다는 사실 자체는 행복했다.

리더 견이 말했다.

"다도야. 우리는 며칠 동안 행복했었단다. 그리고 말이야. 내가 다도를 엄청나게 사랑한다는 것 알고 있겠지. 우리 한번 맺은 의리 변치 말자."

다도는 말했다.

"나도 마찬가지야. 앞으로도 이따금 만나더라도 변하지 말고 소통을 이어가자."

다도와 집시 견들은 서로 냄새를 맡으며 존재를 확인했다. 그리고 뭐가 그리 좋은지 서로 얼굴을 마주 보며 꼬리를 흔들어 굳게 약속했다. 다도와 집시 견 리더와 지순한 사랑은 그렇게 이어졌다.

우리가 사는 건너편 아파트에는 젊은 부부가 살았다. 아직 어린 아이는 없다. 대신 애완용 푸들 한 마리를 길렀다. 아빠는 마음이 놓였다. 개들로 인한 분쟁은 걱정하지 않아도 된다고 생각에 마음이 놓였다. 피차 개를 기르는 사정을 이해하기 쉽다고 생각한 것이다.

그 집 부부와 서로 인사하면서 잘 친해 보자는 덕담을 주고받으며 인사를 나눴다. 다도는 올해 열 한 살 되었다. 눈치가 빨랐다. 나잇값을 했다. 어쩌다가 그 집 주인이나 푸들을 현관이나 승강기에서 만나도 무덤덤했다. 영리하기 짝이 없었다. 아빠가 다도를 충분히 타일렀기 때문이라도 생각했다.

오히려 그 집 개가 앙알거리며 소리를 내어도 반응하지 않았다. 우리 다도는 밖에 나가서도 작은 개들이 먼저 공격을 해 오지 않는 한 먼저 으르렁거리거나 물려고 이빨을 드러내 보이질 않는다. 그러나 비슷한 체격의 개들이 먼저 덤벼들면 가차 없었다.

　새로 옮긴 아파트에서 별문제 없이 살았다. 1년쯤 되어 전혀 생각지도 않았던 문제가 생겼다. 맞은편 여자가 시비를 걸어왔기 때문이다. 다도가 한밤에 짓는다면서 엄마에게 짜증스러운 어투로 짖지 못하게 하라는 당당한 요구였다.

　다도는 그들 부부의 인기척을 느껴도 짖지 않는다. 기껏 가벼운 정도의 헛기침 정도였다. 이미 목소리와 냄새를 머릿속에 입력해두어 이웃임을 알았기 때문이다. 이따금 우체국 배달부나 음식 배달원이나 택배 배달이 오면 반응했다. 크게 짖는 것이 아니라 '컹컹' 소리 내는 정도였다. 경계하라는 뜻이었다. 상대방에게도 함부로 설치지 말라고 경고음을 발동하는 것이라고 여겼다.

　개 짖음을 들어보면 상황에 따라 갖가지로 반응한다. 고음, 저음, 콧소리, 나지막한 톤으로 으르렁거림 등 다양하다. 다도는 아닌 게 아니라 한밤에 인기척이 나자 킁킁 소리를 냈다. 다도는 나직한 목소리로 마치 헛기침하듯 작은 목소리로 반응했다. 눈치코치가 백 단이다. "아빠, 엄마, 밖에 누가 왔어요." 주의를 환기하려는 것 같았다.

　다도는 아빠와 함께 생활하면서 파수꾼 역할은 책임이자 의무였다. 제법 밥값을 한다고 생각했다. 사실 짖을 줄 모르는 개는 개가 아니다. 어떤 개들은 아무나 보아도 설레발 치면서 전혀 짖지 않는 개들도 있다. 이런 개들은 도둑이 와도 짖지 않을뿐더러 남이 안고 가도 짖지 않는다. 사람으로 치면 무골호인이라 할지 모른다. 이런 개는 순둥이가 아니라 바보 멍청이라는 생각이다.

　애완견을 기르는 어떤 사람들은 일부러 동물 병원에 가서 멀쩡한 성대를 끊어내는 잔학 행위를 거리낌 없이 자행한다. 애완견 처지에서는 천부적인 본래의 목소리를 잃고 허스키한 소리를 내며 평생을 살아간다는 것은 슬픈 일이 아닐 수 없는 것이다. 아름다운 목소리의 카나리아가 소리를 잃으면 새가 아닌 것과 같다. 개의 용맹성은 늠름한 자태에서 나오지만, 목청 좋은 목소리에서도 나온다.

어느 날 괴괴한 한밤에 다도가 헛기침하듯 짖었다. 처음에는 그 집 내외 중 누군가 외출했다가 밤늦게 귀가하는가 싶어 대수롭지 않게 생각했었다. 그 집 남자는 30대로 아빠에게는 손자뻘이다. 모 회사 연구원으로 근무하는 사람이었다. 온순하여 예의 바른 사람으로 아빠는 좋은 이웃을 만났다고 생각하던 참이었다.

공동주택인 아파트에서의 생활은 이웃을 잘 만나야 하는 것은 불문율이자 행운이다. 아파트 바로 건너편, 위층, 아래층 입주민을 잘 만나야 불편 없이 살아갈 수 있기 때문이다. 잘못 만난 이웃 때문에 불편한 사이가 된다. 심지어는 별것 아닌 문제로 인해 사람을 죽이는 막가파 세태다. 특히 층간 소음 분쟁은 심각하다. 서로가 조심하거나 양보하면 어느 정도 해결할 수 있는 일이다. 그런데도 곧잘 칼부림 사건이 생겨 사회적인 큰 문제가 된다. 그래서 이웃이 무섭다는 말이 공연하게 회자 되는 세상이다.

한밤에 다도가 반응하는 것을 알고 나서 이상한 예감이 들었다. 전례 없기 때문이다. 가끔 언론에 아파트를 중심으로 일어나는 사건 사고 소식을 접하게 된다. 혹여 불순한 마음을 갖고 기웃거리는 침입자가 서성거리는 것은 아닌지 하는 생각을 했다.

아빠는 다도가 소리를 내는 것은 반드시 곡절이 있으리라 생각했다. 자연히 밖의 동정에 귀 기울이던 어느 날 다도가 또 목소리를 냈다. "옳거니!" 하면서 얼른 출입문을 열고 삐쭉이 밖을 내다보았다. 때마침 체격 큰 어떤 남자가 급히 승강기를 타는 뒷모습이 힐끗 보였다. 승강기는 우리 집 곁에 있었다.

정체불명의 사람이 건너편 집에서 나와 승강기를 타고 재빠르게 사라진 것이다. 다도의 예민한 후각과 청각이 동시에 작동하였다. 본능적으로 반응한 것이었다. 낯선 사람이 나타났으니 조심하라고 경계령을 발동한 것으로 이해했다.

'그럼 그렇지.' 다도가 새벽녘에 짖는 것은 필유곡절이 있다고 확신하였다. 괴괴한 밤에 어떤 남자가 승강기를 타고 잽싸게 살아진다는 것은 괴이하다고 생각하지 않을 수 없다. 분명 이상야릇한 사건이었다.

-새벽 4~5시 전후하여 어떤 남자가 그 집에 나와 승강기를 타고 사라진다.?!-

그럼 누굴까. 다도가 원래의 집주인 남자를 착각한 것인가. 아빠가 본 남자는 체격으로 보아 주인 남자는 아니었다. 남자의 정체에 대한 궁금증이 더해졌다. 하지만 당장은 알 길 없다. 한참 시일이 지나 궁금증이 조금 밝혀졌다. 어느 날 그 집 주인 남자를 아파트 현관에서 우연히 마주쳤다. 시치미 떼고 물어보았다.

"여보게. 요즈음 통 얼굴을 볼 수 없는데 어떻게 된 일이야?"
그 남자는 공손한 어조로 말했다.

"네. 회사 일로 한 달간 연수가 있어 장기간 출장 다녀왔습니다."
"오, 그래서 한동안 얼굴을 볼 수가 없었구나. 장기간 출장 갔다가 오느라 수고 많았네."

비로소 다도가 간간이 짖었던 이유에 대한 심증을 굳힐 수 있었다. 건너편 집 남편이 한 달간 출장 간 사이에 벌어진 일이었다. 남편 없는 틈을 이용하여 그 여자는 깜찍하게도 숨겨 놓은 남자와 통정을 즐겼던 것이었다. 아빠는 그 집 남자는 가끔 업무 때문에 장기간 출타한다는 사실을 처음 알게 된 것이다.

그 여자의 인상착의를 말해보자. 20대 후반의 나이에 신장은 왜소했다. 얼굴은 고양이 면상보다 조금 컸다. 신경질적 형이었다. 외출할 때 모습은 유치찬란했다. 언제나 짙은 화장으로 못생긴 얼굴을 커버했다. 속 눈썹까지 달았다. 딴에는 처녀처럼 보이고 싶었는지 어울리지도 않는 젊은 아이들 옷을 걸쳤다.

옷에서 향수가 진동했다. 현관이나 승강기 안까지도 냄새가 자욱했다. 손톱 치장은 가관이었다. 광대 차림 같아 천하게 보였다. 한때 유럽을 풍미했던 팝페라 가수 키메라를 떠 올리게 했다. 짙은 색조 화장을 함 모습에서 떠올린 것이다. 한마디로 허영과 사치에 물든 바람난 암캐 같았다.

언젠가 아빠는 우연히 그 여자를 만나 승강기를 같이 타게 되었다. 여자는 쓰레기를 버리러 가는 참이었다. 이때 이 여자의 화장기 없는 민낯을 처음 보았다. 짙은 화장의 모습과 전혀 딴판이었다. 마치 야누스와 같은 두 얼굴을 보았다. 짙은 화장을 즐기는 화류계 여성이 화장을 지우면 영락없이 추녀이듯 이 여자도 또 같았다. 정말 못생겼다.

  결혼 한지 여러 해 되었는데도 자식이 없다는 것은 이해하기 어려웠다. 아이가 있으면 육아에 집중할 나이지만 허송세월하는 것 같아 안타까웠다. 아예 아이를 낳지 않으려고 작심한 것인지 아니면 자식이 생기지 않아서인지 이유는 알 수 없었다. 시간이 많이 남으면 무료하기 마련이다. 시간적 여유는 엉뚱한 생각을 하게 하거나 유혹에 빠지기 쉽다.

  언젠가 아빠가 외출하려고 아파트 문을 열고 나섰다가 이웃집 젊은 여자와 현관에서 마주쳐 승강기를 같이 타게 되었다.

"어디 다니는가 봐요? 이 늦은 시간에."

그 여자는 스스럼없이 말했다.

"프랜차이점에 야간 알바 나가요."

"뭐 하는 곳인데요?"

"햄버거와 음료수 파는 곳이에요."

  아빠는 여자의 말을 이해할 수 없었다. 무엇보다 남편이 동의했는지 궁금했다. 알바 나가는 이유는 생계에 보탬을 위해서가 아닌 심심풀이라고 생각했다. 남편이 먼 데로 출장 간 사이 심심하여 시간 아르바이트 나가는 것 같기도 했다. 하지만 굳이 야간에 나간다는 것은 이해할 수 없었다. 이후에 외간 남자가 그 집을 출입한 것이다.

  아빠 나름대로 추리했다. 남편이 출타 중에 프랜차이점에서 만난 남자와 배꼽을 맞춘 것으로 생각했다. 여자는 보통 배짱이 아니었다. 외간 남자를 집에 끌어 드리는 짓거리는 아무나 하는 소행은 아니었다. 일단 눈이 맞은 남녀는 질펀하게 애욕을 즐겼다. 운우지정은 달콤했다. 그러나 남의 눈을 의식해야 했다. 새벽 시간대에 빠져나와 도망치듯 승강기를 탔다. 용의주도하게 행동한답시고 조심했다. 하지만 복병이 있었다. 번번이 다도의 레이더에 포착된 것이다. 다도의 후각과 청각은 예민했다.

그 집 여자는 다도가 밉살스러웠다. 다도한테 자신들의 불륜 사실이 들켜 간섭당하는 꼴이 되어 몹시 미웠다. 그 여자는 참다못해 엄마에게 왜 다도가 한밤중에 짖느냐고 볼멘소리했다. 앞으로 짖지 않게 해 달라고 정색하면서 요구했다는 것이다. 얼굴에서 찬바람이 쌩쌩 지나갈 듯한 표정이었다. 엄마는 손녀뻘인 앞집 여자의 당돌한 행동에 어처구니가 없었다. 하지만 이따금 다도가 컹컹 소리를 내는 것은 사실이기 때문에 난처했다.

우리 집은 아빠와 다도와 셋, 저쪽 집은 젊은 부부와 애완견 셋이 살았다. 좋은 이웃으로 살기 바랐지만 생각지도 않은 속상한 일이 생긴 것이다. 그렇다고 함부로 한밤에 외간 남자 출입이 웬일이냐고 따져 물을 수도 없었다. 아직 확증은 없었다. 좋게 말해 친인척일 수도 있다. 설령 사실이라고 해도 불륜을 쉽게 내뱉을 말은 아니었다.

엄청난 파장을 불러일으킬 수 있는 중대사였다. 나잇살 먹은 처지에 남의 가정사에 간섭하는 꼴은 바람직하지 않았다. 아빠는 건너편 집 젊은이와 털어놓고 전후 사정을 이야기하고 싶은 생각 없지 않았다. 하지만 이러한 방법 역시 부작용이 만만치 않다고 생각되어 꿀 먹은 벙어리가 되어야 했다.

아빠는 이후 고민이 생겼다. 앞집 남자가 부재중일 때 외간 남자가 몰래 출입을 계속하는 한 다도가 짖지 않는다는 보장이 없었기 때문이다. 앞집 여자와 좁은 공간인 현관이나 승강기에서 간혹 마주치는 경우도 문제였다. 태연할 수도 없었다. 속 좁은 여자가 은연중 눈을 흘기는 모습을 못 본 체하기도 어려웠다. 그렇다고 쫓기듯 당장 이사 갈 형편도 아니었다.

졸지에 평화롭게 지내던 이웃집과 불편한 관계가 되어 버렸다. 아빠는 이웃집과 불편한 관계는 바람직하지 않았다. 나이로 보아도 할아버지, 할머니뻘인 우리가 양보해야 하는 상황이었다. 아빠는 궁여지책 끝에 삼촌에게 위탁하는 방법을 생각했다. 하지만 막상 결단하기가 쉽지 않았다. 애지중지하면서 같이 살아온 자식 같은 다도를 보낸다는 것은 마음이 내키지 않았다. 의리부동한 행위다.

아빠의 동생 삼촌이 사는 지역은 전라남도 나주시 외곽이다. 농사지으며 염소나 닭을 기르며 살고 있었다. 마당도 넓었다. 주변은 대자연으로 둘러싸여 있었다. 다도에는 좁은 아파트보다는 주거 환경이 훨씬 유리했다. 하지만 아빠와 떨어져 살아야 한다는 사실에 쉽게 결정하지 못하고 차일피일했다.

다도와 11년 동안 살면서 단 한 번 떨어진 일이 있었다. 삼천리 아파트에서 살 때였다. 인도네시아 자카르타에 회사 일로 체류 중인 작은 오빠(아빠에게는 둘째 아들)의 초청을 받고 한 달간 그곳에서 머물렀다. 혼자 남게 된 다도를 부득불 아파트 경비원에게 사무실 열쇠를 맡기면서 챙겨 달라고 부탁했었다. 그런 일 말고 지금까지 다도는 아빠 곁에서 줄곧 살았다. 나주로 보낸다는 자체는 생이별이다. 좀처럼 용단하기 어려웠다.

이때 아빠의 신상에 좋지 않은 일이 생겼다. 느닷없는 청천의 벼락이었다. 충격적인 일이 생겨 난 것이다. 아빠에게 "특발성폐섬유화증"이 폐에 퍼졌다는 진단이었다.

　2019년 4월의 일이다. 강릉에서 건강검진을 위해 가슴 X레이를 찍었다가 우연히 발견한 것이었다. 폐부분이 하얗게 보였다. 다시 서울 대형병원에 가서 정밀 검사를 하여 내린 병명이었다.

　이 병은 남에게 전염되지 않는다고 한다. 허파꽈리가 서서히 딱딱하게 굳는 병으로 기침과 가래가 끓고 호흡곤란을 유발하여 마침내 죽음에 이르는 난치병이라고 한다. 서울 대형병원에서 3년밖에 살지 못한다고 했다. 어이 상실이었다. 졸지에 시한부 인생이 된 것이다.

　아빠는 서울에서 태어나 그곳에서 태를 묻었다. 어린 시절 육이오를 만나 부모를 따라 경기도 안성으로 피란 갔다. 피란에서 독한 감기에 걸려 폐렴을 앓았다. 제대로 치료할 수 없는 환경이었다. 어머니 말씀에 의하면 얼마나 심하게 앓았는지 곧 죽을 것만 같아 버린 자식이라고 생각했다는 것이다. 그런데도 용케 살아났다. 이때 기관지가 많이 손상되어 젊은 시절부터 잔기침과 가래가 끓는다고 생각하며 살았다.

　'특발성폐섬유화증'은 공교롭게도 특별한 치료 방법이 없다는 사실이다. 추적 관리로 예후를 지켜보는 것 외에 별다른 수단이 없다는 말에 아연했다. 아빠는 이 말을 듣는 순간 정신이 아득했다. 현대의학이 발달한 세상에 살면서 치료 방법이 없다는 것은 이해 할 수 없었다. 아빠는 평생 술 담배를 멀리하였다. 담배는 피워본 적조차 없다. 이병의 최대 천적은 담배라고 했다. 매연을 흡입해도 안 되는 것이며 음습한 생활 환경의 곰팡이도 이 병을 유발한다는 것이다. 이 병은 냄새에 민감했다.

　아빠는 젊은 날부터 매일 걷기 운동을 열심히 한 덕분에 혈압과 당뇨 따위는 아예 없다. 비교적 건강하다고 자부하던 터에 병명조차 생소한 예상하지 못한 진단에 당혹스러웠다. 검증되지 않은 신약이 있기는 했지만, 부작용이 너무 심해 복용할 엄두를 내지 못했다. 그보다도 약효를 장담할 수 없다는 사실이다. 결국, 아니면 말고 식의 임상 시험 대상이라는 사실이다.

　엄마는 말했다.

　"여보. 내가 습득한 수지 뜸으로 다스려 보면 어때요."

　나는 말했다.

　"특효약이 없다는데 수지로 해결될까 모르겠네."

　엄마는 말했다.

　"당신이 언젠가 목에서 쉰 소리가 날 때 생각 안 나요. 그때 병원에서 전신마취를 하고 성대 쪽에 생긴 물혹을 제거하는 수술 하자고 했을 때 내가 뭐라고 했어요. 수지 뜸으로 고쳐 보자고 했잖아요. 당신은 내 말 듣고 뜸을 뜨기 시작하여 3개월 만에 해결되었잖아요."

　아빠는 평생 전신마취를 한 적 없어 덜컥 겁났다. 문헌을 읽어보니 후유증도 만만치 않았다. 아빠가 주저하자 엄마가 수지 뜸을 제안하여 성공한 것이다. 이보다 앞서 큰 며느리가 학원을 운영하면서 성대를 과하게 사용하여 목이 쉬었다. 병원에서 물혹이 생겼다고 했다. 목을 많이 사용하는 아나운서와 가수들이 흔하게 걸리는 병이다. 병원에서 며느리에게도 전신마취하고 제거 수술해야 한다고 했다. 수술 날까지 잡아 두었다. 엄마는 며느리에게 말했다.

"내 말만 듣고 수지 온열 뜸으로 해결해보자."

며느리는 반신반의하면서도 시어머니의 권유에 수지 온열 뜸으로 해결했다. 이보다 훨씬 앞선 일이다. 둘째 아들이 낳은 손녀가 아빠 따라 외국 생활에서 풀장에서 수영을 즐기다가 중이염에 걸렸다. 인도네시아 자카르타에서 살 때였다. 의술이 허술하여 난청이 되었다. 국내에 돌아와 초등학교에 입학했으나 학교생활이 어려웠다. 잘 들리지 않았기 때문이다. 교실 맨 앞에 앉아도 소통이 어려웠다. 작은 며느리는 딸을 데리고 병원에 갔더니 보청기 착용을 권했다.

뒤늦게 이 사실을 안 할머니는 크게 낙담했다. 어린애한테 보청기라니 말도 안 된다고 했다. 학교에서 철없는 아이들에게 청각장애인이라고 흉잡힐까 걱정했다.

"작은 며느리야. 내가 시키는 대로 온열 뜸으로 해결 보면 어떨까 싶다."

작은 며느리는 시어머니의 말이 미덥지 않아 주저하면서 말했다.

"어머니. 병원에서도 고치기 쉽지 않다는 데 온열 뜸으로 될까요?"

병원에서도 고치기 어려워 보청기를 사용하라고 하는 판에 생전에 알지도 못한 온열 뜸으로 치료해 보라고 하니 선뜻 수긍하지 할 수 없는 것은 당연했다.

시어머니는 말했다.

"얘야. 속는 섬 치고 내가 시키는 대로 해 보거라. 보청기를 사용하면서 말이다. 그 대신 조급히 굴지 말고 꾸준히 해야 한다."

시어머니의 간곡한 조언에 순응하여 8개월 정도 꾸준히 온열 뜸을 떴다. 놀랍게도 난청이었던 한쪽 귀가 뚫렸다. 나중에 병원 의사도 확인해보고 놀랐다. 약물치료 한 적 없이 보청기만 끼고 있었는데 나은 것이다. 며느리는 온열 뜸에 대해서 전혀 말하지 않았다고 했다. 혹여 의사의 자존심이 상할까 봐 배려하는 마음에서였다. 의사는 다시 처방하여 수백만 원에 이르는 고가의 보청기를 반납하고 환불받게 해 주었다. 착한 의사였다.

엄마는 오랫동안 수지 뜸에 천착했다. 초급반, 중급반, 고급반을 거쳐 오랜 세월 경험을 쌓아 그 분야에서 대가라 할 수 있다. 많은 사람을 대상으로 '약손 봉사회'를 보직하여 도움을 주었다. 신기하게도 많은 이들에게 도움이 되었다. 예전에는 쑥뜸과 침봉으로 다뤘지만, 지금은 한층 업그레이드되어 쑥뜸은 온열 뜸기로 침봉은 기마크봉 S가 대신했다. 단추 형태로 되어있어 사용하기 아주 간편했다. 중요한 것은 기맥을 잘 찾는 것이 기술이었다.

이를 다른 말로 금경술 자극법이라고 했다. 척추에 있는 척수신경을 자극하는 방법으로 경추·흉추·요추·천골·미골 등 각추 간부에 새로운 내장 관련 중금 혈(穴)과 횡적 자극계통인 중금 경혈을 새로이 정리하여 정한 것으로 난치성 질병 치료에 꼭 필요한 이론이라고 정의하고 있다.

엄마는 하루 20분씩 2회에 걸쳐 '온열 뜸기'로 아빠의 병을 다스리고 있다. 효험이 있어서인지 건강은 현상 유지는 되는 것 같다. 검증되지 않은 신약을 함부로 쓰는 것에 비해 훨씬 안정적이라고 생각했다.

처음에 병원에서 중병을 진단을 받고 나서 여러 가지 걱정이 뒤

따랐다. 아빠의 형편이 이 지경에 이르자 당장 다도의 앞날이 큰 걱정이었다. 아직 다도는 건강하여 수년은 더 살 것 같다. 그 이전에 아빠가 잘못되면 다도의 운명은 어떻게 될 것인가 하는 근심 걱정이 생겨났다. 아빠의 신상에 변고가 생기면 엄마가 전적으로 다도를 책임질 수 없는 처지다. 엄마 역시 나이가 많은 데다가 연약한 체력이 따라 주지 않기 때문이다. 아빠처럼 매일 산책을 시켜 주는 것은 언감생심이다. 시간 맞춰 배설을 해결해주는 것은 곤란했다. 어떻게 하나 노심초사하던 중에 앞집 여자가 느닷없이 다도가 짖는다고 시비를 걸어 온 것이었다.

내키지 않았지만, 번민을 거듭하다가 마침내 결단했다. 삼촌한테 보내기로 작심한 것이다. 이왕 보내기로 한 이상 하루라도 일찍 보내는 것이 옳다고 생각했다. 혹시 아빠 신상에 잘못된 이후 다도가 삼촌 집에 가는 것보다 미리 가서 적응하는 편이 나을 것 같다는 생각에서였다.

다도와 헤어진다는 고통이었다. 사랑하는 다도와 생이별한다는 것은 가슴 아픈 일이 아닐 수 없다. 하지만 막상 결심하고 나자 마음이 편했다.

드디어 다도가 떠나는 날.

아직 여름이다. 다도가 강릉에서 나주까지 가는 것이 만만치 않았다. 너무 멀었다. 5시간 이상 걸렸다. 아빠가 자가용으로 장거리 운전은 애당초 무리였다. 나이 탓이기도 했다. 세종시에서 사는 큰오빠가 학원용 봉고차를 가지고 강릉으로 왔다. 수송 작전이 시작되었다. 세종시-강릉시-나주시 당일치기로는 만만치 않은 거리였다.

나주에서 다도를 내려놓고 다시 돌아서야 했다. 강릉에 아빠를 내려주고 보금자리인 세종으로 가야 했다. 종일 운전해야 하는 큰오빠에게 미안했다. 아빠는 어쩌면 아빠와 마지막 이별이 될지 모른다는 생각에서 함께 탔다. 장거리 여행에 다도를 안심시키려는 생각도 없지 않았다.

다도는 영문 모른 채 장시간 아빠와 긴 이별 여행을 한 것이다. 오늘따라 잔뜩 날씨가 흐렸다. 비가 올 것만 같았다. 우중충한 날 나주로 달려갔다. 가다가 몇 번을 쉬었다. 졸음운전과 생리 해결을 위해서였다. 아빠는 연신 다도를 쓰다듬으면서 안심시켰다.

"다도야. 삼촌한테 가서 정 붙이고 잘 살아야 해."

다도는 아빠 말을 알아들었는지 알 수 없었다. 두 눈만 멀뚱멀뚱한 채 아빠를 쳐다 보았다. 그리고 손등을 핥았다. 하지만 알아들었다면 이렇게 말했을 것이다.

"아빠. 나 잘못한 것 없는데 왜 헤어져야 하는 거야? 어디 아픈 데라도 있어? 나 아빠하고 헤어지는 것 싫단 말이야."

아빠는 말했다.

"사랑하는 다도야. 정말 할 말이 없구나. 아빠가 큰 죄를 지었어."

다도는 이별을 생각하면서 매우 슬퍼했을 것이다. 어르고 달래가며 나주로 향했다. 거의 도착할 무렵 제법 많은 비가 내렸다. 다도와 이별을 슬퍼하는 비라고 생각되었다. 일단은 삼촌이 준비한 비닐하우스에 다도의 거처를 정했다. 차에 싣고 온 다도가 사용하던 용품을 내려놓았다. 즐겨 먹던 고급 사료 여러 포대와 식기, 깔개들이었다. 모두 다도가 사용했던 것들이다. 자신의 체취가 배어 있어 적응하기 쉽게 하려는 배려에서이었다.

다도로서는 난생처음 장거리 여행을 경험했다. 그리고 새로운 환경이었다. 아빠는 오빠의 일정상 지체할 수 없어 바로 되돌아와야 했다. 오빠가 다시 강릉까지 아빠를 데려다주고 자신의 거처인 세종시까지 가려면 15시간 이상 강행하는 운전이었다. 오빠는 봉고차 시동을 걸고 떠날 채비를 했다.

아빠는 막상 다도와 헤어지려니 차마 발걸음이 떨어지지 않았다. 이별의 슬픔이 물 밀듯 넘쳐흘렀다. 비닐하우스에서 마침 아무도 없어 다도를 부둥켜안고 통곡했다. 다시는 다도를 보지 못할 것 같은 생각에 흘러나오는 눈물은 주체하지 못할 정도였다.

다도는 아빠의 이런 모습은 처음 보는 것으로 도대체 왜 이러는 것이지 하고 어리둥절했을 것이다. 아니면 영리한 다도는 심상치 않은 이별의 상황을 눈치채고 마음속으로 함께 울었을지도 모른다고 생각했다.

흔히들 사람들은 경험칙을 근거로 말한다. 아키다와 진돗개는 처음 맺은 주인과 죽는 날까지 평생에 걸쳐 의리와 충성심은 유별나다는 것이다. 우리 다도는 아빠밖에 모른다. 엄마는 서열 2위다. 오로지 아빠밖에 모르는 다도를 머나먼 나주에 놔두고 오는 심정 오죽했을까 싶다. 다도와 그때의 슬픈 이별 장면은 아빠가 두 눈을 감을 때까지 잊을 수 없을 것이다.

그나마 위로가 되는 것은, 삼촌 역시 개를 좋아한다는 것이다. 또 아빠가 다도를 끔찍이 사랑한다는 것을 알고 있다는 사실이다. 지극정성으로 보살펴 줄 것으로 믿었다. 그곳에는 이미 다른 개들이 여러 마리가 있어 외롭지 않다고 생각했다. 이미 강릉에서도 집시 견들과 소통했던 경험이 있어 넓은 공간에서 다른 개들과 어울려 살면 외롭지 않다고 생각했다. 오히려 잘된 일인지도 모를 일이다.

다도가 나주에 간 사흘 되던 날 아침, 삼촌한테 뜻밖의 전화가 왔다. 다도가 어제 오전에 가출했다가 조금 전에 들어왔다는 것이다. 다도는 어린 시절부터 가출하는 습벽이 있다는 것은 익히 알고 있었다. 하지만 낯설기만 한 그곳에서 가출했다는 것은 뜻밖의 소식이었다.

자초지종 이야기를 들어보았다. 어제 농원에 매여있다가 체인 줄을 단 채로 사라졌다가 오늘 아침에 찾았다는 것이다. 삼촌은 형님인 아빠에게 다도가 없어졌다는 말을 차마 하지 못했다. 마음 졸이면서 분주히 찾아 나섰다가 허탕 쳤다. 하루 지나 다음날 삼촌이 아침 일찍 찾아 나섰다. 봉고차를 손수 운전하여 찾아다니다가 우연히 대로변에서 다도를 발견했다.

삼촌이 사는 곳은 나주시 외곽인 '다시면(面)'이다. 목포로 향하는 대로에서 중간쯤에서 오른쪽 사잇길로 접어들면 다시면이 시작된다. 이곳 어귀에 접어들어 20분 거리에 농원이 있다. 다도는 엊그제 이곳에 처음으로 왔기 때문에 미처 지형지물을 익힐 시간이 없었다. 아빠와 함께 이곳에 올 때 다도는 봉고차에 앉은 채였다. 이따금 같은 자세로 엎드려 있기 불편하여 일어나 밖을 내다보아도 창에 빗물이 맺혀 밖을 제대로 볼 수 없다. 휙 스쳐 지나갔을 뿐이다. 도중에 내려서 소변을 보거나 걸어 본 적이 없다.

다도는 생소한 농원 가는 길을 찾아 터덜터덜 걸어왔다. 방향을 정확히 예측했다는 것은 신기했다. 걸어오다가 삼촌 눈에 띈 것이다. 삼촌은 가톨릭 신부였다. 성모님께 기도했더니 응답한 결과하고 했다. 삼촌은 다도를 찾지 못할 줄 알고 가슴앓이하다가 다도를 발견하자 반가워 어찌할 줄 몰랐다. 반가운 마음으로 다도를 차에 싣고 농원에 와서 단단히 묶어 놓은 뒤 아빠에게 전화한 것이었다.

삼촌은 말했다.

"형님. 다도가 도대체 어디를 하루 동안 다니다가 나타났는지 모르겠어요."

"나도 마찬가지 생각이다."

"하여튼 다도의 지능이 보통 개는 아닌 것 같아요. 이곳 사정을 전혀 모르는데 실컷 돌아다니다가 찾아온다는 것은 신통방통하네요."

농원 주변은 온통 야산으로 에워 쌓여있다. 조금 더 들어가면 저수지도 나온다. 이곳을 두루 섭렵했다. 아빠는 삼촌한테 전후 사정을 듣고 다시 한번 감탄하지 않을 수 없었다. 사람도 이곳 초행길에 잘못 헤매다가 보면 길을 잃을 수 있다. 사방 분간이 어려운 곳이다.

짐작건대 다도는 도로가 아닌 야산으로 들어갔을 것이다. 산속 깊은 곳에 하루 이상을 지낸 것이다. 원래의 자리인 농원으로 가려면 초행으로 지형상 찾기 어렵다. 그런데도 도로에 접어들어 농원을 찾아오려는 참이었다.

국도나 고속도로를 이용하지 않았다는 것은 다행이었다. 큰 도로에 나가 무모하게 자신이 살던 강릉 집을 찾아 나서지 않았다는 사실이다. 이제 고작 이틀 묵었던 농원을 찾아간 것은 현명했다.

만일 다도가 나주를 벗어나 강원도로 향했다면 국도나 고속도로에서 역사(轢死) 당했을 것이다. 아니면 영원히 방향을 잃어 유기견이 되어 쫓기는 신세가 되었을 것이다. 유기견이 되면 낯설고 물선 객지에서 아빠를 원망하면서 괄시와 굶주림 속에서 죽어갔을 것이다. 전라남도에서 전라북도를 거쳐 충청도를 지나 강원도 땅에 접어든다는 것은 상상조차 할 수 없는 불가능한 일이다.

섣불리 생소한 길을 나섰다가는 비명횡사는 불문가지였다. 본가가 있는 강릉으로 찾아 나섰다가는 개죽음이라는 것을 알았던 같다. 다도는 참으로 지혜로운 개였다. 고작 만 하루 생활했던 낯 설은 농원 쪽으로 되돌아 오려고 방향을 잡았다는 것은 예사로운 일이 아니었다. 다도 IQ가 보통 아니라고 생각되어 전문가에 의뢰하여 측정해 보고 싶은 충동 없지 않았다. 동물의 세계에 출연하는 여느 개들도 머리가 우수한 개들을 보면 상상을 초월하는 경우 없지 않다는 것을 자주 보아온 터였다.

5

아빠의 어린 시절과 '네루'

아빠의 어린 시절과 '네루'

아빠의 어린 시절이 떠올랐다.

서울에서 태어나 육이오전쟁을 겪고 대구로 피난 가서 살았다. 초등학교 5학년 때라고 기억된다. 7살에 학교에 입학했으니 11살 때쯤이다. 아는 사람한테 강아지 한 마리를 얻어 기르게 되었다. 세퍼드 종 잡견 암컷이었다. 이름은 '네루'였다.

어머니가 지은 이름이다. 당시 언론에 인도의 네루 수상이 회자되었다. 그 시대에 TV는 존재하지 않았다. 접할 수 있었던 것은 라디오나 신문이 고작이었다. 어머니는 가끔 신문을 보셨다. 가정 형편상 정기 구독은 아닌 것 같고 구문(舊聞)을 보신 것 같다. 라디오나 신문에서 네루 수상 이름을 접했던 것이다.

피난민 처지에 단칸방에서 살아야 했다. 1950년대는 우리나라는 전쟁의 상흔이 가시지 않아 뒤죽박죽이었다. 동족상잔은 승패를 떠나 민족적 비극이자 불행이었다. 전쟁으로 죽은 자의 시체가 산하를 메우고 핏물이 강물을 이루는 끔찍한 참상이 연일 연출되는 기막힌 상황이다.

아빠는 말한다. 우리는 1950년에 발발한 전쟁의 교훈을 잊어서는 안 될 일이다. 지금도 몰지각한 호전론자들은 공공연하게 전쟁 불사를 외친다. 소위 대통령이라는 사람도 마찬가지다. 그의 무책임한 워딩을 들어보면 영락없는 호전광(好戰狂)이다. 그것도 이해하기 힘든 병명으로 병역의 의무조차 하지 않아 군사전력에 무지한 사람이 지껄이는 소리는 만용인 것이다. 돈키호테와 같은 발상이다.

남북 간에 평화공존을 지향하지 않고 한바탕 붙어보자는 것은 자살행위다. 전쟁은 너 죽고 나 죽자는 식의 공멸이다. 작금에 벌어지고 있는 우크라이나와 러시아의 전쟁, 이스라엘과 하마스의 전쟁에서의 살육전이 잘 웅변해 주고 있다.

공식통계(지식백과)를 보자. 육이오전쟁으로 남측이 입은 피해는 한국군(경찰포함) 62만여 명 유엔군 15만여 명, 이재민 1,000만 명에 이른다. 대구 일부와 부산을 제외한 전 국토는 폐허가 되어야 했다. 끔찍한 동족상잔의 부담복철은 용인되어서는 안 된다는 것은 역사적인 소명이다.

평화공존 만이 답이다. 비록 시간이 걸리더라도 남북은 한반도 평화구축에 매진해야 한다. 강대 강 대결 구도로는 통일은 어렵다. 외세 간섭 없는 영세무장중립국은 어떨까 싶다. 이상형이라고 생각한다. 120년 전처럼 열강들에 의해 먹잇감이 되어서는 안 된다. 역사의 시계를 되돌릴 수는 없는 것이다. 지금도 한·미·일대 북·중·러 간의 각축장이 될 개연성 없지 않다. 호시탐탐 으르렁거리는 형세다. 더는 한반도가 비운의 전쟁터가 되어서는 안 된다는 것이 아빠의 전쟁 불가론이다.

　대구는 전쟁을 피해 내려온 피난민 천국이었다. 다리 밑이나 공터에 가마니로 얼기설기 지은 움막이 즐비했다. 노숙자도 많았다. 깡통을 들고 문전걸식하는 걸인들 천지였다. 맨발에 코흘리개 고아들이 거리를 방황했다. 전쟁 중에 다친 상이용사들은 동냥을 호소하며 거리를 헤맸다. 목불인견의 참상이었다.

　아빠 가족은 헐벗고 굶주리는 세태에서 비록 셋방살이일망정 이에 비하면 호강이었다. 이때 적산가옥이 되었든 어찌 되었든 간에 번듯한 자가 주택을 가지고 있는 사람은 중산층이었다. 우리 가족은 간신히 풍찬노숙은 면했다.

　암컷 네루는 아빠에게는 동생뻘이었다. 그것은 어머니가 주도적으로 개를 길렀기 때문에 서열상 그렇다고 구분하는 것이다. 그래서 지금의 다도 아빠는 오빠인 셈이다. 어렸을 때부터 네루는 오빠와 죽고 못 사는 사이였다. 친동생처럼 귀여워했다. 마침 형제도 없어 외로운 처지였다. 어머니도 네루를 무척 사랑했다. 네루가 어렸을 때 방에서 함께 살다가 덩치가 커지자 부득이 마당에서 길렀다.

　색깔은 검은색 계통이었다. 주둥이는 긴 편이고 귀가 똑바로 서 있어 늠름했다. 충성심도 대단했다. 동작이 민첩하여 마당에 모이를 주워 먹으려 날아온 참새를 날렵한 솜씨로 잡았다. 그뿐만 아니다. 아침에 일어나서 보면 밤사이에 한두 마리 쥐를 꼭 잡아 놓았다. 이때만 해도 전국적으로 쥐 천지였다.

　어느 날 학교에서 방과 후 집에 왔다. 항상 오빠를 기다리고 있다가 반겨 맞아주던 네루가 보이질 않았다. 어머니한테 물어보았다. 아버지가 데리고 나가 누군가에게 팔았다는 것이다. 충격적이었다. 네루는 아버지가 엄마한테 술주정하면 언제나 엄마 편이었다. 역성 드는 행동이 보통 아니었다. 이빨을 보이며 결사적으로 대들었다. 아버지로서는 얼마나 약이 올랐을까 싶다. 오빠는 아버지의 서슬에 눌려 가정불화가 나면 눈치를 보는데 네루는 악착같았다.

어느 날 아버지가 엄마에게 술주정하면서 싸웠다 네루는 언제나 그러했듯이 싸움을 말리려고 아버지 코앞에서 그만하라고 짖어댔다. 성질이 난 아버지가 막대기로 후려치려 하자 마루 밑에 들어가 숨었다. 분이 풀리지 않은 아버지는 마루 밑을 막대기로 마구 쑤셔 댔다. 네루는 휘두르는 막대기에 한쪽 다리가 부러져버렸다. 한동안 제대로 걷지 못했다. 그 시대엔 동물 병원이 없어 제대로 된 치료를 받지 못했다. 어머니가 대충 다친 다리에 나무를 이용하여 깁스해 주는 것이 고작이었다.

오빠는 아버지의 위세에 눌려 네루를 찾아오라고 대들지 못했다. 이불속에서 훌쩍 거리 거나 아니면 방구석에 혼자 앉아 눈물을 삼키는 것이 고작이었다. 네루 생각을 슬피 우는 것 이외에 아무것도 할 수 없었다. 나중에 알고 보니 아버지는 술값이 궁한 데다가 평소 미운털이 박힌 네루를 팔아먹었다는 어처구니없는 사실을 알았다.

오빠는 팔려간 네루를 한시도 잊을 수 없었다. 보고 싶은 간절한 마음에서 팔려 간 집을 수소문하였다. 학교에서 파하고 돌아오는 길에 그 집을 찾아갔다. 오 사장이라는 사람 집이었다. 네루가 우리 가족과 함께 살았던 계산동에서 멀리 떨어진 거리였다.

마당이 넓은 그럴싸한 큰집이었다. 이런 집에는 응당 집 지킴이로 큰 개가 있어야 한다고 생각했다. 네루는 마당 한쪽에서 쇠줄에 묶여 바닥에 엎드린 채 무엇인가 골똘하게 생각하고 있었다. 보고픈 어머니와 오빠를 생각하고 있는지도 몰랐다. 아니면 내가 무엇을 잘못했기에 낯선 곳에 묶여 있는 처량한 신세를 한탄하는 중이라고 생각했다. 장차 내 운명은 어떻게 될 것인가 고민하고 있는지도 모른다고 생각했다.

네루는 생각했다. 어떻게 해서라도 이곳을 빠져나가야만 한다. 어머니와 오빠가 있는 집으로 가야만 한다는 일념에 사로잡혀 있었을 것이다. 개집 앞에는 소뼈가 놓여 있었다. 거들떠보지도 않은 것 같았다. 비록 말 못 하는 네루지만 잘 먹는 것보다 사랑이 우선이었다. 모름지기 동물들은 주인이 얼마나 애정을 갖고 대해 주는가에 따라 친소관계가 성립된다. 견마지로는 공연한 말이 아니다.

오빠는 송판으로 얼기설기 엮은 담장 사이로 들여다보았다. 누가 들을세라 작은 소리로 "네루! 네루!" 하고 연달아 불렀다. 이때만 해도 담장은 대부분 벽돌이 아닌 송판을 사용했다. 드문드문 틈새가 훤하게 보였다. 네루는 난데없는 오빠의 목소리를 듣자마자 반사적으로 벌떡 일어나 길길이 날뛰었다. 나중에는 울부짖듯 큰소리로 짖어댔다. 오빠는 담장 틈새로 네루를 응시하면서 하염없이 눈물만 주르륵 흘렸다.

막상 보고 싶은 네루를 먼발치에서 보았지만 속수무책이었다. 어린 나이의 오빠는 아무 일도 할 수 없었다. 고작 훌쩍거리며 우는 정도였다. 눈물 콧물이 범벅이 된 채 네루를 한참 지켜보다가 힘없이 되돌아서야 했다. 헤어져야 하는 마음은 비통하기 짝이 없었다. 차마 발걸음이 떨어지지 않았지만 무거운 발걸음을 옮겨야 했다.

오빠가 힘없는 목소리로 말했다.

"네루야. 잘 있어. 다음에 또 올게."

네루는 알아듣기나 한 것처럼 애원했다.

"오빠, 나도 같이 데리고 가!"

당장이라도 뛰쳐나올 기세로 펄펄 뛰면서 큰 소리로 짖어댔다. 목에 걸린 쇠줄은 팽창해 질대로 당겨져 곧 끊어질 것만 같았다.

안채에서 요란한 개 짖는 소리에 누군가 나오는 것 같았다. 오빠는 얼른 종종걸음으로 자리를 피했다. 어른 같았으면 개가 보고 싶어 왔다고 당당히 말했을 것이다.

"네루가 보고 싶어 왔어요. 잠시 들어가서 네루 얼굴이라도 만져 보면 안 될까요?" 하지만 어린 나이로 엄두도 내지 못했다. 연신 눈물을 훔치며 뒷걸음치면서 이별을 못내 슬퍼했다.

오빠가 네루를 남몰래 만나고 온 며칠 후 이른 아침에 네루가 나타났다. 뜻밖의 상황이었다. 목에 쇠줄을 단 채 대문을 연신 발로 긁으면서 짖어댔다. 우리가 사는 집은 여러 집이 세 들어 살았다. 낯익은 개 짖는 소리와 대문 긁는 달그락 소리에 문을 여니 네루가 냅다 마당 안으로 들어왔다.

네루 쇠 목줄은 반 정도 끊겨 있었다. 얼마나 힘들었을까 싶었다. 네루는 미친 듯이 어머니와 오빠에게 번갈아 뛰어오르면서 끙끙거렸다. 어머니와 오빠는 감격하여 눈물을 흘렸다.

"엄마, 오빠가 보고 싶어 미칠 것 같아 도망쳐 왔어요."

어머니가 말했다.

"어떻게 쇠줄이 끊긴 채로 왔어? 힘 안 들었어?"

네루가 말했따.

"마당 대문이 열려 있기에 '기회는 이때다' 싶어 있는 힘을 다해 고리를 끊고 단숨에 달려왔어요."

오죽이나 가족이 보고 싶었으면 쇠줄을 끊고 달려왔을까 싶었다.

어린 오빠는 말했다.

"우리 네루, 잘했어. 이제 우리 집에서 예전처럼 살자."

기쁜 마음으로 꼭 안아주었다. 이보다 더 좋은 일이 어디 있을까 싶었다. 네루는 오빠 손과 얼굴을 연신 핥았다. 기쁘다는 표시였다. 아빠는 네루가 제 발로 돌아오자 신이 났다. 다시 같이 살 수 있다고 생각했다. 하지만 현실은 야속했다. 아버지는 이미 돈을 받고 팔았다면서 다시 주인에게 데려다주어야 한다고 단호히 말했다.

어머니도 아버지의 고집을 꺾을 수가 없었다. 아무런 힘이 없는 어머니와 오빠가 할 수 있는 일이란 것은 네루를 얼싸안은 채 아버지 눈치가 무서워 울음을 삼키며 하염없이 눈물만 흘려야 했다.

오빠는 아버지가 그렇게도 미울 수 없었다. 속으로 '정말 인정머리 없는 나쁜 사람'이라고 원망했다. 가족같이 사랑했던 네루를 돈 몇 푼에 팔아 버리다니 영 이해가 되지 않았다. 가족을 팔아먹은 것이다. 아버지가 다시 목줄을 채우자 눈치를 알아차린 영리한 네루는 전전긍긍했다. 네루는 어머니와 아빠밖에 믿을 데가 없었다. 애원했다.

"엄마, 오빠. 나, 안 갈 거야. 여기서 살 거야. 제발 살려줘요."

네루 심정은 매우 참담했다. 어렵사리 천신만고 끝에 탈출하여 본집으로 달려왔다. 오직 오매불망 어머니와 오빠가 보고 싶어서였다. 이때의 네루 나이는 3살이었다. 네루는 다시 끌려가면서 애오라지 믿었던 어머니와 오빠를 원망하고 또 원망했을 것이다.

"엄마, 오빠는 천치바보야. 나, 가기 싫단 말이야. 엄마와 오빠와 같이 살게 해줘."

귓전을 울리는 네루의 절규에도 어머니와 아빠는 아무것도 할 수 없었다. 엄마의 눈가에 눈물이 흥건히 젖어있었다. 우리 모자는 서러운 생각뿐이었다. 네루는 질질 끌려가면서 연신 힐끔힐끔 어머니와 오빠를 뒤돌아보았다. 아버지는 태연자약하게 네루의 목줄을 잡아당겨 골목길로 사라졌다.

어머니와 오빠는 끌려가는 네루 모습에 망연자실했다. 흐르는 눈물을 양손으로 닦아내며 끌려가는 네루를 보면서 슬퍼했다.

아빠가 이때의 어릴 때 받은 상처는 70년이 지났어도 기억이 생생하다. 뇌리를 떠나지 않아 트라우마로 남아 있다. 네루와 생이별한 후에 아빠는 많은 생각을 했다. 앞으로는 개를 기르더라도 네루와 같은 슬픈 생이별은 없을 것이라고 다짐했다. 그동안 평생에 걸쳐 길렀던 개들은 모두 천수를 다하고 세상을 떠났다. 단 스피치과 (科) '몬로'의 경우는 예외다. 천수를 다하지 못하고 어처구니없는 비명횡사를 당했다. (나중에 구체적으로 이야기를 하려 한다.)

아빠가 개를 기르게 되면 생이별은 절대 없다고 다짐했건만 허사였다. 멀쩡한 다도와 생이별해야 하는 현실은 야속하기만 했다. 이번의 다도와 이별은 수십 년 전 네루와 슬픔이 기시감이 되어 떠올랐다.

다도는 삼촌 집에서 큰 탈 없이 2년 가까이 살았다. 그동안 더 이상의 가출은 없었다는 소식에 다행이라 생각했다. 철저하게 목줄을 관리한 덕분이라고 생각되었다.

세상사에서 회자정리라 하여 만남이 있으면 헤어짐은 정한 이치라는 것이다. 또 거자필반이란 말도 있다. 헤어진 사람은 반드시 돌아온다는 말이다. 이 모두 불가의 묘법연화경에 나오는 구절이다. 아빠하고 다도 사이에 해당하는 말인 것인 것 같았다.

아빠와 엄마는 다도가 무척 보고 싶어질 때 나주로 갔다. KTX 편으로 강릉에서 서울을 거쳐 나주로 갔었다. 제법 먼 길이었다. 두 번 다도한테 갔다 왔다. 그곳에서 며칠 동안 다도와 살갑게 지냈다. 하지만 다시 헤어질 때는 여전히 마음이 편치 않았다.

아빠는 다도가 그리워질 때는 삼촌이 수시로 스마트폰으로 찍어 보낸 사진이나 동영상을 보면서 그리움을 달랬다. 어떨 때는 하루에도 몇 번씩 동영상을 보면서 혼자서 빙그레 웃곤 했다. 비록 떨어져 있어도 다도를 보는 것은 하나의 낙(樂)이었다.

다도는 나주에서 농원과 삼촌 숙소를 번갈아 오가면서 생활했다. 삼촌이 농사일을 보기 위해 농원에 같이 출근했다가 저녁이면 돌아왔다. 어느 날 삼촌은 다도가 발정했다는 것을 눈치챘다. 여러 마리 개가 있는 농원에서 데려와 비닐하우스에 격리했다. 임신하지 못하게 하려는 조치였다. 비닐하우스는 숙소와 인접해 있었다. 관리하기가 편하다고 생각했다. 농원은 개방된 곳이기 때문에 위험했다.

평소 보지 못한 진돗개 수컷 한 마리가 비닐하우스 주변을 배회했다. 아빠는 다도를 위탁하면서 절대로 임신해서는 안 된다고 부탁했었다. 다도가 나이가 많은 만큼 임신위험을 철저히 방비할 것을 신신당부한 것이다.

  삼촌은 수컷의 출현에 대비했다. 범접하지 못하게 판자로 하우스 출입문을 봉쇄 조치했다. 하지만 수컷의 집착은 뜨거웠다. 사람이 있을 때는 저만큼 피해 있었다. 그러다가도 기회를 노렸다. 하루에도 몇 시간씩 기다렸다. 온종일 기다리는 것 같았다고 했다. 동물의 열정도 뜨겁다는 것을 알 수 있다.

  마침내 기회가 왔다. 삼촌이 출타한 틈을 이용했다. 삼촌은 두꺼운 판자로 하우스 출입문을 이중으로 막아 놓고 볼일 보러 나갔다. 수컷은 악착같았다. 때는 이때다 싶었다. 별의별 수단으로 판자를 넘어트리는 데 성공했다. 저들만의 밀회를 즐겼다. 셰익스피어의 희곡 로미오와 줄리엣에 버금가는 뜨거운 불꽃 같은 사랑을 나누고 사라졌다. 전광석화와 같았다. 동물들의 생식본능은 대단한 것이다. 수컷은 일단 볼일을 마치면 뒤도 돌아보지 않고 유유히 사라진다.

  이제부터 나머지는 암컷이 알아서 하는 것이다. 이때 다도가 임신했다. 다도 나이 12살에 새끼를 낳은 것은 사건이다. 사람으로 치면 여든 노인이 출산하는 것에 비유할 수 있다. 견공들만이 보는 신문이 있다면 토픽감이다. 노령견이 노산(老産)하였으니 말이다. 이번에는 한 마리만 낳아 다행이었다.

  다도는 출산하면 예외 없이 여러 마리를 한꺼번에 낳는다. 다도의 건강을 위해 한 마리 출산은 천만다행이라고 생각했다. 삼촌이 외출에서 돌아왔다. 하우스 출입문에 방비한 판자가 무너진 것을 발견했다. 하지만 사고를 쳤는지 알 수 없었다. 목격하지 못했기 때문이다. 한참 지났다. 다도는 배가 부르지 않아 임신했는지 긴가민가했다. 어느 날 자고 일어났더니 다도가 새끼 한 마리를 가슴에 품고 있었다. 간밤 혼자서 출산 한 것이었다. 다도를 닮았다.

왕년에 다도가 분만할 때마다 아빠와 엄마가 옆에서 도와줬다. 특히 엄마의 수고가 컸다. 동물들의 출산은 누가 가르쳐 주지 않아도 어미가 척척 알아 해결한다. 이러한 모습을 볼 때마다 창조주의 섭리에 경탄하지 않을 수 없다. 태어날 때부터 오묘한 창조주에 의해 머릿속에 저마다 동물들은 자식 키우기 DNA를 가지고 있다는 생각이다. 일거일동을 눈여겨보면 배운 적도 없는데 스스로 척척 알아서 하는 것은 신비스럽다.

하지만 아빠와 엄마는 인간의 잣대로 동물의 출산 고통을 덜어주려는 안타까운 마음에서 거들었다. 막상 조산을 경험해보니 확실히 어미에게 도움이 되었다. 동물들도 해산의 고통은 인간과 크게 다를 바 없다는 생각이다.

더샾 아파트에서 살 때 다도의 세 번째 출산에서 7마리의 새끼를 낳았다. 젊은 날 두 번의 출산에서는 힘이 좋아 쑥쑥 새끼들이 빠져나왔다. 그러나 세 번째 출산은 산통이 심해 엄청나게 힘들어했다. 한참 나이인데도 출산에 3일이나 걸렸다. 이틀에 걸쳐 새끼를 여섯 마리 낳았다. 이제 다 낳은 것으로 생각했다. 그런데 마지막 한 마리가 뜬금없이 삼 일째 되던 날 아침에 태어났다. 전례 없는 일이었다.

개들은 보통 1년에 두 번 정도 생리한다. 기간은 보통 1주일에서 10일 내외다. 개에 따라 조금씩 다르기도 하다. 멘스가 끝나면서 자궁 외음부가 퉁퉁 붓다가 일정 시간 지나면 저절로 주저앉기 시작한다. 곶감처럼 말랑말랑하게 느껴진다. 이때가 임신절정기인 것이다.

아빠는 이제 임신 주기가 끝난 줄 알았다. 안심했다. 그동안 외출에서 한 번도 목줄을 풀어주지 못했다. 풀어주었다가 수컷을 찾아 도망칠까 봐 조심한 것이다. 아빠는 지금 더샾 아파트에서 살 때의 에피소드를 회고하는 것이다. 인적없는 어린 소나무 묘목 단지에 이르러 잠시 풀어주었다. 다도는 이 기회를 기다렸다는 듯 도망쳤다. 아빠를 한번 힐끔 돌아보고는 쏜살같이 줄행랑쳤다. 천려일실은 이를 두고 하는 말이다.

'아뿔싸!' 실수했다고 생각했다. 임신절정기를 착각한 것이다. 이를 어쩌랴. 이미 다도는 아빠의 시야에서 사라진 후였다. 다도는 발정기가 되면 성적 스트레스를 꼭 풀어야만 했다. 아빠는 다도의 행방을 쫓아 동네방네 찾아다니다가 지쳐 그대로 집에 돌아왔다. 이튿날 아빠는 일찍 일어났다. 식사도 거른 채 다도를 찾기 위해 동네를 한 바퀴 돌아볼 요량이었다. 실컷 즐기고 아파트 인근을 배회하는 것은 아닐지 지레짐작했다. 아파트 안에 나 있는 긴 산책로를 돌아보아도 보이지 않았다. 정문으로 나와 도로변을 따라 걸었지만 보이질 않았다.

다시 아파트 후문으로 나왔다. 어제 도망친 소나무 묘목 단지에 가려고 발걸음을 옮겼다. 혹여 그곳에 와서 기다리나 싶었기 때문이다. 인도를 걸어가다가 무심코 왼쪽 야산에 눈길을 힐끗 주었다. 직선으로 100m 거리였다. 다도가 보였다. 빤히 바라다보이는 인근 동산 잔디밭에 엎드려 있었다. 한 눈으로 보아도 아빠의 시야에 흰 색깔의 다도 모습이 눈에 들어왔다. 틀림없는 우리 다도였다.

아빠가 나타나길 기다리고 있었다. 다도는 참으로 영리했다. 아파트단지 안에서 배회하거나 인근 도로에 배회하다 보면 민원이 야기된다는 것을 알았을까 싶다. 함부로 다니질 않고 무척 조심했던 것 같았다. 웬만한 개라면 아파트 경내를 배회했을 것이다. 아니면 자주 드나드는 아파트 출입구 부근에서 서성거렸을 것이다. 사람이라도 그랬을 것 같았다. 그런데 일정 거리를 두고 야산에서 기다린 것은 대단한 지혜였다.

우리들의 산책 코스 초입 야산에서 아빠를 기다렸다. 아빠를 기다리다 보면 꼭 만날 수 있다고 생각했다. 칭찬하고도 남을 일이다. 다시 한번 '기다림의 미학'을 떠 올렸다. 다도는 나대거나 촐랑거리지 않고 아빠를 기다린 것이다. 어떤 의미에서는 사람보다 지혜가 월등하다고 생각했다. 아빠에게 기다림에 대해 한 수 가르쳐 주었다.

다도는 아빠하고 걷다가 아는 사람과 만나 말을 나누는 경우가 종종 있다. 눈치가 보통 아니다. 대화가 길어지면 땅바닥에 다소곳하게 앉거나 엎드려 기다렸다. 한 번도 지루하다고 끙끙거리며 보챈 적 없다. 무조건 대화가 끝날 때까지 참을성 있게 기다렸다.

아빠와 다도는 주로 후문을 이용하여 산책에 나선다. 간간이 야트막한 이 야산에 올라간 경험이 있어 다도에게는 익숙한 곳이었다. 그곳에는 무덤 두기가 있었다. 무덤 상석(床石) 앞 잔디밭에서 밑을 내려다보면 아파트 후문에서 드나드는 차량 사정을 훤하게 볼 수 있다. 사람들의 통행도 한 눈으로 볼 수 있는 위치다. 다도는 이곳에 자리를 잡고 엎드려 아빠의 출현을 주시하고 있었다. 만일 아빠가 모르고 지나치면 얼른 야산에서 쫓아 내려와 꼬리를 흔들며 애교 섞인 응석받이 목소리로 말했을 것 같았다.
 "메롱. 아빠. 나, 여기 있잖아요. 어제 가출해서 미안해. 걱정 많이 했지요. 실컷 동네 개들과 어울리다가 바람 쐬다가 왔단 말이야."
 아빠는 어떤 수컷하고 교미한 것을 단박에 알았다. 깨끗했던 등판 털이 더러워졌기 때문이다. 수컷이 올라탄 자국이라고 생각했다. 속으로 큰일 났다고 생각했다. 임신 기간 60일 내외, 출산 후 90일 동안 보살펴줘야 했다. 뒤치다꺼리는 쉽지 않기 때문이다. 무척 신경 써야 했다. 일단 아파트로 데려와 욕조에서 목욕을 시켰다. 더러워진 털을 씻기기 위해서였다. 제 딴에는 과로했는지 목욕을 마치자 한껏 물을 마시고는 금방 깊은 잠에 빠졌다.
 한바탕 소동이 있은 지 얼마 지나지 않아 점점 배가 불러 올랐다. 다도의 틀림없는 임신을 확인할 수 있었다. 처음에는 등판이 더러워졌다 해도 개들과 장난을 치다가 생긴 흔적일 수도 있다고 생각했다. 아무래도 임신한 것은 분명했다. 이때 7마리의 새끼를 낳은 것이다. 새끼를 보고서야 수컷 역시 진돗개 종류라는 것을 알았다. 새끼 모두 흰털 가죽을 입고 태어난 것이었기 때문이다.
 이후 아빠는 다도가 연례행사처럼 찾아오는 발정기가 되면 철저하게 대비했다. 더는 다도가 새끼를 수태하는 실수하지 말아야 한다고 다짐했다. 1년에 두 번씩 찾아오는 발정기를 넘기는 것도 여간 신경 쓰이는 게 아니었다. 자칫 부주의하다 보면 또 사건(?)을 저지르기 때문이었다.
 다도가 더는 새끼를 낳으면 안 되는 이유가 있다. 무엇보다 노령견으로 건강이 염려되었다. 막상 새끼를 낳아도 분양하기 쉽지 않았다. 매번 새끼들을 분양할 때마다 겪는 고충이었다. 가족처럼 생각하는 사람을 만나기가 쉽지 않아 애를 먹었다.

아빠는 다도가 힘들여 낳은 새끼를 금지옥엽 관리했다. 메뉴엘대로 예방주사와 회충약까지 먹여가며 돌보아 주었다. 영양식도 빠지지 않았다. 분양할 때가 되었다. 막상 분양하려고 하니 마음에 드는 사람을 고르기가 쉽지 않았다. 아무에게나 다도 새끼를 넘겨줄 수 없었다. 새끼를 분양할 때 돈 받고 파는 것은 아니다. 첫째도 둘째도 조건은 가족처럼 사랑하는 사람이다. 분신으로 여기는 사람이면 금상첨화였다

아빠 집에서 듬뿍 사랑받고 태어난 다도 새끼다. 행복하게 살아야 할 권리는 당연하다. 분양권은 아빠에게 있는 만큼 적임자 선택에 보통 신경 쓰이는 것이 아니었다. 단 한 번뿐인 선택은 새끼들의 운명과 직결되어 있다. 사람들이 사위나 며느리를 고르는 것 못지않게 신중을 거듭했다. 이러한 아빠를 두고 유별나다고 해도 어쩔 수 없었다. 허투루 분양은 안 될 말이다.

엄선해서 분양했지만, 사람 팔자 알 수 없듯이 나중에 천덕꾸러기로 취급받는 것을 보면 속상했다. 당장 파양하고 데려오고 싶은 충동에 사로잡혔다. 돈을 주고 판 것이 아니라서 얼마든지 도로 데리고 올 수 있었지만, 그것도 말처럼 쉬운 것은 아니다. 주인을 잘못 골랐다고 후회할 때는 이미 돌이킬 수 없었다.

삼촌이 단말기로 전송해온 강아지 사진을 자세히 보았다. 한 마리뿐인 새끼는 어미 다도를 쏙 빼닮았다. 어미의 가슴에 안겨 잠든

새끼를 보니 앙증맞아 보였다. 다도가 노산에 힘들게 낳은 새끼라 그런지 유난히 귀엽게 느껴졌다.

모든 동물의 새끼들은 하루가 다르게 성장한다. 성장 속도가 빠르다. 다도는 새끼들에게 얼마나 자애로운지 모른다. 쉴새 없이 새끼들이 배설하는 똥을 입으로 삼키고 오줌은 핥아먹는다. 연신 입으로 새끼들의 털을 핥아 윤이 반지르르하다. 새끼를 관리하느라 밤잠을 설친다. 지극정성이다.

이에 비하면 못된 인간들은 자식을 학대하여 사회 문제가 되는 세상이다. 심지어는 죽이기까지 한다. 낳자마자 숨통을 끊어 쓰레기장이나 변기에 버리는 인면수심이 다반사다. 이런 인간은 인두겁만 썼을 뿐 개만도 못한 짐승이다. 천벌을 받아 마땅한 인간이기를 포기한 흉포한 존재다. 인간 공동체에서 같이 살 자격도 없는 인간말종 중에서도 태어나서는 안 되는 먹이를 축내는 최하의 미물인 것이다.

늘그막에 새끼를 낳은 다도는 분별력과 생각이 깊고 어질기 짝이 없는 개라고 할 것이다. 한 마리뿐인 새끼가 엄청 귀여웠을 것이다. 삼촌이 수시로 보내오는 동영상을 보면 애틋하기 그지없다. 새끼가 조금씩 커 가자 연신 입으로 물고 쓰러트리는 운동을 반복적으로 학습시켰다. 나이가 많아 귀찮을 만도 했겠지만 철없는 새끼의 장난과 응석을 다 받아 주었다.

다도는 전 생애에 걸쳐 네 번의 출산이 있었다. 삼천리 아파트 사무실에서 살 때 첫 출산이 있었다. 생후 6개월 만에 어김없이 찾아온 임신기를 넘겨버렸다. 어린 나이에 너무 빠르다고 생각되었기 때

문이다. 굳이 일찍 새끼를 낳을 이유도 없었지만, 일찍 산모가 되어 뱃가죽이 늘어나고 젖꼭지가 돌출되는 것을 피하려는 생각에서였다. 쭉쭉 빵빵한 날씬한 처녀 개로 데리고 있고 싶은 것은 따지고 보면 인간의 욕심이었다.

다시 다도가 발정(發情)한 것이다. 두 번째였다. 1년 만이었다. 근거 있는 말인지는 모르지만 적기에 새끼를 갖지 못하면 불임 개가 된다는 소리를 어디선가 들은 것 같았다. 이번에는 신랑감을 찾아 주어야겠다고 생각했다. 사방에 신랑감을 물색했다. 아빠는 이왕이면 우량 종자를 원했다. 동가홍상 격이다. 생각과 달리 마땅한 개가 제때 나타나지 않았다. 개똥도 약에 쓸려고 하니 보이지 않는다는 말이 생각났다. 실기하면 임신할 수 없다는 생각에서 다소 초조했다.

수소문 끝에 주문진 향호리에 풍산개가 있다고 소개받았다. 다도를 승용차에 태워 신랑감 만나러 갔다. 수컷은 마당 구석진 어두 컴컴한 헛간에 묶여 있었다. 허름한 창고를 지키는 개에 지나지 않았다. 한눈에 보아도 구질구질했다. 한마디로 개 관리 수준은 엉망이라고 생각했다. 수컷은 다도를 보는 순간 단번에 미친 듯 날뛰었다. '이게 웬 떡이냐.' 싶었던 같았다.

호박이 넝쿨째 굴러 들오는 격이었다. 간밤 길한 꿈을 꾸었는지도 모를 일이다. 그렇지 않아도 헛간에서 고독하게 지내는 개 팔자였다. 느닷없이 참하게 생긴 규수가 나타났으니 신이 났다. 하지만 웬걸, 멀찌감치에서 바라다본 다도가 뒷걸음질 쳤다.

"아빠, 내가 원하는 타입은 쟤가 아니거든. 무섭기도 하고 싫단 말이야."

다도는 먼저 돌아서 목으로 목줄을 당겼다. 그냥 가자는 것이다. 아빠 역시 인간의 눈높이로 보아도 탐탁지 않았다. 인간의 잣대와 동물의 잣대가 다르지 않다고 생각했다. 아빠가 여러 마리의 개를 길러 보면서 경험한 것은 암컷이 수컷이 마음에 들지 않으면 절대로 교미하지 않는다. 인간 사회에서 지조 없이 이놈 저놈 가리지 않고 붙어먹는 헤픈 여자보다 정조 관념이 강한 개들이 훨씬 낫다. 수컷이 등 뒤에 올라타려고 하면 암컷은 꼬리를 사타구니 사이에 집어넣고 거부한다.

어떤 개는 땅바닥에 벌렁 나자빠져 이빨을 드러내 보이며 수컷에게 으르렁거리기도 한다. 이처럼 노골적으로 거부한다. 영리한 수컷은 암컷을 달래기 위해 웬만한 행악에도 애교로 받아 주면서 어른다. 목적 달성을 위한 나름의 지혜다. 고약한 수컷은 성질을 내면서 암컷을 가차 없이 물어 제압하는 경우 없지 않다. 개들도 성격 나름이라는 것을 알 수 있다. 아빠는 다도가 싫다는 것을 눈치채고 현장을 빠져나왔다.

다시 수소문하였다. 사천면에 있는 진돗개 신랑감을 만나러 갔다. 견주는 청와대 경비견 후손이라고 자랑했다. 다도보다는 몸집이 조금 작아 보였다. 썩 마음에 들지 않았지만 어쩔 수 없었다. 배부른 흥정 할 처지가 아니었기 때문이다.

다도와 수컷은 처음부터 눈빛이 예사롭지 않았다. 냄새로 서로의 존재를 확인하면서 좋아서 어찌할 줄 몰라 좋아했다. 처음 만난 사이인데도 서로 장난치면서 애정 표시하기 바빴다. 다도는 수컷이 자궁을 혀끝으로 건드리자 꼬리를 바짝 쳐들어 오케이! 오케이! 사인을 연발했다.

제 눈에 안경이라더니 이를 두고 하는 말 같았다. 금세 교접이 성사됐다. 정확히 14분 걸렸다. 아빠는 수컷 진돗개에 주인에게 고맙다고 인사를 했다. 나중에 순대 한 접시를 사다가 수컷에게도 답례하였다. 묶여만 있던 수컷 역시 잘생긴 처녀 다도와 만난 것은 뜻밖의 행운이었다. 이제 다도는 숫처녀가 아니다. 어엿한 임산부였다. 이때의 첫 출산에서 낳은 새끼는 5마리였다.

두 번째 출산은 특별한 사연이 있었다. 홍질목 야산에 운동 나갔을 때였다. 이날도 늘 다니던 고샅길을 따라 산책하고 돌아오던 참이었다. 한적한 곳에 이르러 가벼운 스트레칭을 위해 땅바닥에 노출되어있는 소나무 뿌리에 다도 목에 걸린 체인을 가볍게 걸어 두었다.

아빠가 막 스트레칭을 시작하려고 하는데 다도는 순간적으로 힘을 써 뿌리 중간을 끊고 냅다 도망쳤다. 찰나의 순간이었다. 얼마나 힘이 셌던지 손가락보다 굵은 소나무 뿌리 중간이 끊어지는 '탁!' 하는 둔탁한 소리가 들렸다. 다도는 목에 달린 쇠로 된 줄을 질질 끌면서 비탈진 내리막길을 달려 줄행랑쳤다.

아빠는 다급한 마음으로 다도 이름을 부르면서 황급히 붙잡으려고 했다. 도저히 내리막길에서 네발 달린 다도를 따라잡을 수 없었다. 이때 다도는 한창 발정기였다. 여간 조심하지 않았는데 나무뿌리를 끊고 달아날 줄은 미처 생각하지 못했던 일이었다.

아빠는 뒤뚱거리며 내리막길을 조심스럽게 내려가 평지에 이르렀다. 이어 다도가 도망친 방향으로 쫓아갔다. 그곳은 내리막길을 지나야 했다. 달려가기에는 여건이 만만치 않았다. 아랫동네에 어떤 젊은이가 여러 마리의 개를 기르고 있었다. 이 사람은 식용을 목적으로 개를 사육했다.

　아빠는 이 사실을 뒤늦게 알고 애써 피했다. 어쩌다가 길에서 만나도 대충 눈인사만 했다. 비호감이었기 때문이다. 아빠는 돈벌이 수단으로 집에서 기르는 개를 도살하여 생체를 판다는 것을 이해할 수 없었다. 그 집에는 어린아이도 있었다. 아이들이 개를 도살하는 장면을 보면 정서 발달에 지장을 준다는 생각까지 했다.

　아빠는 숨을 몰아쉬며 다도가 도망친 곳에 당도했을 때는 그 집 진돗개 수컷과 볼일을 마친 직후였다. 아빠가 바쁘게 쫓아가도 시간이 걸려 제지하기에는 허사였다. 다도와 수컷은 행위가 끝나고 사랑스러운 몸짓으로 서로를 핥아 주고 있었다.

　수컷은 그 집 수문장 역할을 하는 개였다. 다도는 산책길에서 두 번 정도 얼굴을 익혔던 구면 사이였다. 그때 다도는 유사시에 '내 임은 어디에 있는지' 머릿속에 입력되어 있었던 셈이다. 이때 임신에서 6마리의 새끼를 낳았다. 더샾 아파트 가출에서 임신하여 출산한 7마리와 이번 나주 삼촌 집에서 출산한 한 마리를 포함하면 모두 19마리였다.

　이만하면 다도가 세상에 태어나 종족 보존을 위해 많은 역할을 남긴 것이다. 다도 뱃속에서 태어난 새끼들은 저마다 혈통을 유지하면서 대를 이어 번성하고 있을 것이다. 생명의 고귀함을 새삼 느끼게 하는 것이다. 성서 창세기에 등장하는 "너희는 자식을 많이 낳아 번성하리라. (9장: 7절)"라는 구절을 떠 올리게 했다.

개중에는 세월의 흐름과 열악한 사육환경으로 어미 다도보다 먼저 세상에서 소멸한 후손들도 없지 않을 것이다. 이에 비하면 다도는 장수하는 편이다.

6

토사구팽 당하는 가련한 개들

토사구팽 당하는 가련한 개들

 다도는 천방지축 몰상식한 개가 아니다. 품위가 있다. 어릴 때부터 그러했다. 또 그렇게 길들였다. 이제는 나이 먹어 더욱 노숙해졌다. 눈치코치가 보통이 아니다. 상황을 잘 알아차린다는 뜻이다. 하지만 상대 개가 공격할 듯한 자세이거나 코앞까지 와서 덤비면 재빨리 반응했다.
 아빠는 다도가 다른 개들과 싸우는 것을 싫어한다. 사람의 싸움도 그렇지만 동물 세계에서도 마찬가지다. 아빠의 신조는 이기고 지고는 것을 떠나 피차 상당한 상처를 입기 마련이라는 것이다. 아빠 소싯적 철모를 때 친구들과 어울려 이 동네 저 동네 찾아다니면서 패싸움이나 맞짱을 떠본 경험 없지 않았다. 누구에게나 있을 법한 추억이다.
 '사나운 개 콧등 아물 날이 없다'라는 속담처럼 싸움의 결과 육체든 정신이든 상처뿐이다. 젊은 날 섣부른 주먹다짐은 치기에 불과하고 성인의 싸움은 객기에 불과하다는 생각이다. 처음부터 싸움을 피하는 것이 상책이다. 잠시 숨을 고르고 '참을 인'(忍) 자 3개만 머리에 그리면 싸우지 않을 수 있다. 알고 보면 주먹 자랑은 허장성세에 불과하다. 특히 애견가들은 동물들 간에 싸움은 피해야 한다고 강조하는 바다.

아빠가 예전에 주문진읍에서 살 때 이웃에 어떤 사람이 투견 한 마리를 길렀다. 투견 이름은 '청호'였다. 생김새는 도사와 불도그의 혼혈종으로 털빛은 호랑이 형태의 가죽을 가지고 태어났다. 한 눈으로 보아도 인상이 고약한 데다가 단단한 근육질을 갖고 태어나 투견으로는 손색이 없어 보였다.

개 주인은 수시로 청호를 투견장에 내보내 돈벌이 수단으로 삼았다. 출전하는 날은 까만 구두약으로 얼굴을 검게 칠했다. 사납고 용맹스럽게 보이기 위해서라고 했다. 청호는 비교적 잘 싸웠다. 하지만 싸움에 백전백승은 없는 법이다.

아빠는 투견 청호를 보면서 콜로세움 검투사를 떠 올렸다. 대부분 전쟁 노예들을 검투사로 활동했다. 때론 맹수와도 싸워야 했다. 이들에게는 두 번 싸움은 없다. 오직 한 번에 승패가 결정되는 가련한 운명이었다. 오직 '죽이느냐, 죽느냐'의 건곤일척의 검투사들은 열광하는 관중들의 눈요깃감으로 죽음을 앞둔 희생물이었다.

검투사는 절체절명의 벼랑길에서 살아남기 위해 있는 목숨을 걸고 싸워야 했다. 승자에게는 환호가 뒤따랐다. 패자는 만신창이가 된 채 질질 끌려나가는 것으로 운명을 마감했다. 이런 모습은 지금도 영화에서 흔하게 재현된다. 아빠도 오래전 로마 여행에서 고색창연한 원형 투기장을 관광한 적 있다. 원형 투기장은 원형으로 만들어졌고 계단식으로 된 관중석이 있었다. 지금은 오랜 세월의 풍상과 더불어 잔해만 남아있다.

　아빠는 검투사나 투견의 처지는 별반 다르지 않다고 생각한다. 시공과 방법만 다를 뿐이다. 제한된 공간에서 혈투를 벌이다가 생을 마감하는 숙명적인 슬픈 운명은 같은 것이다. 투계(鬪鷄)도 마찬가지일 것이다.

　용감한 청호는 싸움에 지는 날에 가혹한 체벌이 뒤따랐다. 벌칙으로 굶겼다. 놀음 수단으로 개들의 싸움에서 승부에 따라 적지 않은 돈이 오고 간다. 청호뿐만 아니다. 판돈을 잃은 견주는 최선을 다해 싸운 투견에게 먹을 조차 제대로 주지 않는 경우 종종 있다는 것이다. 때론 화풀이로 두들겨 맞는다는 것이다. 청호는 백전노장답게 온몸은 상처투성이였다. 상처뿐인 훈장은 곧 청호의 상징이었다.

　청호는 다시 투견장에 싸우러 갔다. 이번의 싸움 상대는 젊고 날렵했다. 좁은 철망에 들어간 두 개는 단숨에 엉겨 붙었다. 처음부터 청호는 열세에 몰렸다. 급소를 물린 청호는 얼마 버티지 못하고 축 늘어졌다. 상대 개는 청호 목을 더욱 세차게 물고 마구 흔들어댔다.

　청호는 주인의 돈벌이를 위해 투견장에서 처절한 최후를 맞이했다. 주인은 자신을 위해 평생을 바친 청호를 고이 묻어 주지 않았다. 친구들을 불러 보신탕을 해 먹었다. 이를 두고 토사구팽이라 할 것이다.

　청호 주인은 보통 잔인한 사람이 아니다. 작은아버지 가족과 같은 마당을 사용하면서 같이 살았다. 대가족이라 할 수 있다. 육이오 사변 때 북에서 피난 온 사람들이었다. 허름한 판잣집 한쪽은 큰 집이, 다른 방향으로 나 있는 집은 작은집이 사용했다. 폐철도 부지를 무단으로 점유해서 지은 거처였다.

어느 날 작은아버지 내외가 외출했다. 조카들도 모두 학교에 가고 없었다. 친구 두세 명을 불러 작은아버지가 기르는 개를 잡아 보신탕 해 먹기로 작당했다. 그 개는 마당을 같이 사용하기 때문에 청호 주인하고도 매우 친숙한 사이였다. 개 이름을 부르자 영문도 모르고 꼬리를 흔들며 다가왔다.

그때 목을 바짝 움켜쥐고 육중한 주먹으로 머리를 몇 번 내려쳤다. 이내 즉사했다. 뇌진탕으로 죽은 것이다. 친구들에게 넘겨주면서 보신탕을 준비하라고 시켰다. 집에서 기르는 개를 주먹으로 때려 죽이는 일은 아무나 할 수 있는 일은 아니었다.

이 사람은 자신의 용맹성을 친구들 앞에서 과시했다. 살아 있는 뱀 가죽을 벗기고 내장을 훑어 낸 뒤 그 자리에서 우걱우걱 씹어 먹는 만용을 과시했다. 그러면서 정력에 좋다고 너스레를 떨었다. 정상적인 사고가 아니었다. 게다가 우람한 체격에 술을 먹으면 남에게 주먹질을 곧잘 했다. 문란한 성생활로 불치의 성병에 걸려 곤욕을 겪어야 했다. 말년까지 무자(無子) 신세를 면치 못했다.

아빠는 이런 경우를 보면서 성선설과 성악설을 생각하는 것이다. 인간의 본성은 원래 선한 것인데 외부 환경에 본성이 바뀐다는 맹자의 주장을 떠 올리게 하는 것이다. 원래 이 사람의 집안은 인의예지와는 거리가 멀었다.

평소 돼지고기 껍데기와 기름기 있는 고기를 즐겼다. 폭음을 일삼다가 덜컥 중풍을 만났다. 처의 지극한 간호 덕분에 휠체어를 타고 문밖출입을 하게 되었다. 살기 위한 일념으로 재활운동을 열심히 했다. 처가 직접 차를 몰아 차량 통행이 뜸한 외곽에 내려놓고 시간이 되면 데리러 오곤 했다. 일단 땅에 내려놓으면 혼자서 휠체어를 조작하면서 여기저기를 다녔다. 유산소 운동을 겸한 불편한 근육을 이완시키기를 거듭했다.

어떤 날 여느 때처럼 외진 곳으로 운동 나갔다. 전동 휠체어를 잘못 조작하여 그만 옆으로 맥없이 쓰러졌다. 공교롭게도 아무도 보는 이가 없었다. 그대로 땅바닥에 얼굴을 처박은 채 호흡곤란으로 숨을 거두었다. 얄궂은 비참한 운명이었다. 이 사람의 나이 50대 후반이었다.

아빠와 다도가 함께 산책하는 코스 길갓집에 천 씨가 살았다. 그 집은 주인은 여러 마리의 소도 기르고 닭도 길렀다. 인근 논과 밭에서 농사짓는 전형적 농민이었다. 그 집에 스피츠 종인 잡견 한 마리가 마당 한구석에 묶여 있었다. 아빠하고 친구가 되었다. 지날 때마다 반갑다고 아는체하는 사이였다. 때때로 먹을 것을 가져다주었다. 아빠는 동물만 보면 그냥 지나치지 않는다.

누가 이런 아빠를 보면 꽤 싱거운 사람이라 할지 모르겠다. 자신도 개를 기르면서 남의 동물에 신경 쓰는 것은 오지랖이 넓다는 비아냥일 수도 있다. 아빠는 아랑곳하지 않는다. 그만큼 동물을 좋아하는 내 맘인 것이다. 남의 개한테까지도 사랑을 베푼다는 것은 결코 비웃음의 대상이 아니라는 생각이다.

그러는 사이에 천 씨네 개와 정이 들었다. 그 개는 일찌감치 아빠의 발걸음 소리와 체취를 감지하고 기다린다. 아빠가 지나치면 반갑다고 짖으며 길길이 날뛴다. 다가가면 반가워서 어찌할 줄 몰라 땅바닥에 뒹굴었다. 놀다 가라는 뜻이다. 다도 역시 이러한 광경에 꼬리를 흔들어 주었다.

그 개는 사랑이 그리웠다. 지나다니면서 눈여겨보면 개 주인은 바빠서인지 감정이 무뎌서인지 알 수 없지만 한 번도 개를 쓰다듬어 주는 것을 보지 못했다. 그 집 여자도 마찬가지였다. 개는 지킴이로 묶여 있을 뿐이었다. 아빠는 그 집 앞을 자주 지나다니면서 그 집 개를 모른 척할 수 없는 사이가 되었다. 다도 역시 아빠가 그 집 개와 친숙하다는 것을 알고 있다.

다도가 속으로 말했다.

"하여튼 우리 아빠는 동네 개만 보면 못 말린다니까. 그렇게 동물을 좋아하는 것은 타고 난 천성인가 봐. 정말 알아줘야 한다니까."

어느 날 그 집 개가 보이지 않고 대신 젖 뗀 지 얼마 되지 않은 강아지 한 마리가 묶여 있었다.

아빠가 그 집 주인에게 물었다.

"집에 있던 개가 엊그제까지도 있었는데 오늘은 보이지 않고 대신 강아지가 묶여 있네요."

주인은 스스럼없이 천연덕스럽게 말했다.

"아들이 온다고 해서 개소주를 담갔어요."

풀이하자면 외지에 있는 자식이 온다고 해서 보양식으로 먹이려고 여러 가지 약재를 섞어 액즙을 만들었다는 뜻이다. 아빠는 이 말을 듣고 어이가 없었다. 집에서 기르던 개를 잡아 개소주를 담가 먹는다는 것은 상식 밖의 일이었다.

그 사람은 아빠와 비슷한 나이의 또래였다. 아빠는 스스럼없이 말하는 천연덕스러운 그 사람 얼굴을 빤히 쳐다보았다. 속으로 욕이 나왔다. "에끼, 나쁜 인간 같으니라고. 주인을 위해 충성한 개를 잡아먹다니." 할 수만 있다면 얼굴에 침이라도 뱉어 주고 싶은 충동을 억제해야 했다. 도저히 이해할 수 없었다. 오히려 그 사람은 뻔뻔했다. 내가 기른 개 내가 잡아먹는데 뭐가 문제라는 식이다. 당연하다는 투다. 그럼 아빠가 문제인가.

어떤 사람이 집 지킴이 개를 기르는 사람이 있었다. 이 사람은 마당 출입문 바깥쪽에 있는 PVC 견사에 개를 길렀다. 홍질목 체육공원에서 자주 만나는 사이다. 자신도 개를 기른다고 했다. 우연히 개 이야기가 시작되었다. 자신은 개를 데리고 나와 산책을 시키거나 목욕시켜 본적도 없다면서 자랑삼아 말을 했다. 아마 아빠가 매일 다도를 데리고 나오는 것을 눈여겨보았다. 딴에는 아빠가 유별나다고 생각한 모양이다.

그 사람은 자기 집에서 기르는 개는 굶지 않을 만큼 사료와 물을 준다고 했다. 사료는 이틀에 한 번 준다고 했다. 간식 따위는 아예 없다고 했다. 개는 처음부터 행동거지를 잘 들여야 한다고 큰소리쳤다. 데리고 다니기 시작하면 매일 데리고 나와야 한다면서 귀찮다는 것이다. 사료를 먹이는데 따로 간식은 줄 필요가 없다고 했다.

아빠는 말했다. 개가 종일 묶여 있으면 스트레스가 엄청 날 것이라고 했다. 가끔 산책시키고 먹이도 최소한 하루 두세 번 주거나 아예 그릇에 넉넉하게 담아 놓으면 알아서 먹을 것이라고 말해 주었다. 간식을 주면 개가 좋아할 것이라고 덧붙였다.

"있잖소. 개는 배때기가 부르면 집은 잘 안 지키고 잠만 자잖소. 우리 집 개는 사료를 적게 줘도 집만 잘 지키잖소야."

그 사람은 강릉 특유의 사투리로 아빠한테 들으라고 하는 말처럼 내뱉었다.

아빠는 말했다.

"그래도 전생에 연이 있어 속세에서 한집에 사는 가족이 되었는데 잘 보살펴 주는 것이 온당한 이치 아닐까요?"라고 했다. 그 사람 내외는 불교 신자였다. 일부러 세속의 연을 강조한 것이다. 속세는 불교에서 흔히 쓰는 단어였다.

그 사람은 반박 조로 응수했다.

"정 선생, 있잖소. 개는 어디까지나 개일 뿐이오. 가족이라니요. 나는 있잖소. 개한테 아빠, 엄마, 하는 것은 질색이오. 개와 어떻게 사람이 동급이란 말이오?"

그 사람의 이야기는 틀린 말은 아니다. 족보상 가족이 될 수 없는 것은 사실이다.

아빠가 말했다.

"한 집안에서 오랫동안 살게 되다 보니 애칭(愛稱) 상 아빠, 엄마라고 하는 것 아니겠소. 정다운 부부 사이도 여자가 남편에게 아빠, 오빠라고 부르는 것도 같은 이치가 아니겠소."

그 사람이 받아쳤다.

"이보시오야. 그것도 잘못된 것이잖소. 남편보고 아빠, 오빠라니 무슨 당치도 않는 소리요. 그럼 남편이 아버지란 말이오. 오빠라라는 것 역시 한 부모 자식인 남매라는 뜻 아니오. 조선에 이런 촌수는 없는 것이오."

하기야 공자 왈, 맹자 왈, 유교 문화에 익숙한 사람들은 대경실색할 이야기인 것이다. 그 사람의 이야기를 딱 떼어놓고 논하자면 맞는 말이다. 그는 아빠보다 몇 살 위인 올해 일흔의 나이였다. 젊은 사람들이 생각할 때는 꼰대라서 말이 통하지 않는 사람이라고 생각할 만했다.

아빠는 설명을 이어갔다.

"아내를 허물없이 '마누라'라고 부르지요. 따지고 보면 속되게 부르는 것이지요. 하지만 애칭으로 생각하고 부르는 용어라고 생각합니다. 그렇지 않나요?"

부부 사이를 '여보'라고 부르는 것도 '여기 보시오'의 변형된 단어다. '임자'라는 단어 역시 '자네'라는 말을 높여 부르는 이인칭 대명사다. 호칭 상 자네라고 낮추어 부를 수 없어 생긴 하나의 애칭이라 할 것이다.

자신의 반려자를 부인, 아내라는 호칭은 무난한 용어다. 어떤 사람은 자신의 부인을 공공연하게 '처'라고 격하하여 부른다. 다른 사람에게 아내를 인사시킬 때 "제 처입니다." 처는 봉건시대에 벼슬 없는 서민의 아내를 일컫는 가장 낮은 호칭인 것이다. 자신과 더불어 평생을 사는 반려자를 낮춰 '처'라니 개탄해 마지않을 일이다.

이러한 맥락에서 볼 때 한 가족으로 지내는 애완동물에게 아빠, 엄마, 오빠, 누나라는 호칭은 애교라고 생각한다고 설명해 주었다. 그 사람은 이번에는 아빠의 설명 얼른 받아쳐 반박하지 못했다.

아빠는 이왕 말을 난 김에 말을 이어 갔다.

"사람들이 자기 손주를 보면 '아이고, 우리 강아지 새끼!", "우리 병아리!" 하는 것 같은 이치지요. 사람 새끼가 강아지나 병아리가 될 수 없지요. 귀여운 나머지 그렇게 부르는 것으로 이해하면 됩니다."

새끼의 사전적 의미를 보자. 낳은 지 얼마 안 되는 어린 짐승, 자식을 낮잡아 이르는 말이라고 정의하고 있다. 어른 보고 새끼라고 하면 분명 욕이 될 것이다.

그러자 그 사람은 말했다.

"개는 어디까지나 개일 뿐이지요. 집만 잘 지키면 되고 사료는 굶지 않을 만큼 주면 되는 거요."

아빠는 아쉬운 마음에서 말했다.

"그래도, 한집에 사는 동물인데 살아 있는 동안 잘 보살펴 주면 좋은 것이겠지요."

그러자 그 사람은 한술 더 떠 말했다.

"있잖소. 우리 집 개 말이오. 이번 여름에 친구들하고 연곡천에서 복달임할 생각이오. 우리 개가 올해 다섯 살인데 나이 먹으면 눈치만 남아 사람 말 다 알아듣고 귀신이 된다고 하잖소. 개는 절대로 오래 기르면 안 되잖우. 늙어 병들어 귀찮아지기 전에 적당할 때 해치우고 다시 강아지를 데려다 기를 생각이잖소야."

아빠는 말문이 막혀버리고 말았다. 대화가 안 되는 사람에게 아무리 좋은 말을 해본들 소한테 경 읽어 주는 것과 같았기 때문이다. 동물이나 다른 생명에 대한 측은지심이 없는 사람들도 수두룩하다는 것을 새삼 느끼게 되는 기회였다.

어느 날 아빠는 다도와 함께 영진 해변을 산책했다. 따사로운 햇볕과 시원한 해풍이 불어오는 파란 바다와 찰싹거리는 파도 소리는 아름다운 풍광이었다. 생각에 젖은 채 걸어오는데 우연히 비구니 일행과 우연히 마주쳤다. 대여섯 명은 되어 보였다. 외지에서 관광 온 사람들로 보였다. 여승을 따라온 평상복 차림의 여자가 아빠를 쳐다보면서 말을 건넸다. 흔히 말하는 보살인지도 모른다.

여자가 말했다.

"개가 잘 생겼어요."

아빠는 말했다.

"네. 감사합니다."

다도를 두고 덕담한 것이 실마리가 되었다.

아빠는 나이든 여승에게 말을 건넸다. 불가의 윤회 사상에 대해 언급했다. 사람이 죽어 개로 태어나는 경우 인도환생의 지름길이냐고 물었다. 나이 든 여승은 그렇다고 대답했다.

아빠가 다시 물었다.

"그럼 이승에서 개고기를 즐겨 먹는 사람은 어떻게 보아야 합니까?"

여승은 막힘없이 말했다.

"그 사람의 일생 마지막 순간을 눈여겨보세요. 답이 보일 것입니다."

알쏭달쏭한 선문선답이었던 셈이다. 문득 예전에 이웃에서 살았던 투견 청호 주인이 기시감으로 떠올렸다. 자신을 위해 헌신했던 개와 한 마당을 같이 쓰는 작은아버지가 기르는 개를 잡아먹었던 인면수심의 청호 주인이 노상에서 생을 마감한 최후 모습이 머릿속에 아른거렸다.

마침 2024년 1월 9일 식용을 위해 개를 사육·증식·도살을 금지

하는 법안이 국회를 통과했다. '개 식용금지법'에는 식용을 목적으로 개를 사육·증식하거나 도살하는 행위, 개나 개를 원료로 조리·가공한 식품을 유통·판매하는 행위를 금지하는 내용이 골자다. 식용을 목적으로 개를 도살하면 3년 이하 징역 또는 3천만 원 이하 벌금, 사육·증식·유통하면 2년 이하 징역 또는 2천만 원 이하 벌금을 물리도록 했다.

애견가들에게는 낭보가 아닐 수 없다. 진즉에 생겨나야 할 만시지탄 법안이었다. 비로소 개고기 먹는 나라라는 오명을 씻을 기회가 온 것이다. 이보다도 더는 개들이 도살장으로 끌려가 참혹한 죽임을 당하지 않아도 된다는 대단히 고무적인 사건이다. 효력 발생은 시행은 법안 통과 3년 뒤로 정했다. 식용견을 취급하며 먹고사는 사람들에게 자립할 수 있는 시간적 여유를 주자는 취지라는 것이다. 그사이에 얼마나 많은 개가 도살당하게 될지 걱정되지 않는 것 아니지만, 이제 우리나라에 공공연하게 개를 때려잡아 죽이는 일은 사라지게 되었다. 이 소식에 아빠는 기쁘기만 하다.

7

유별난 개 사랑

유별난 개 사랑

　아빠는 다도가 태어나기 이전의 지난날 견족(犬族)들에 대한 에피소드를 들려주려고 한다. 아빠는 한때 서울 흑석동 한강 현대아파트에서 살았다. 1988년 강릉 주문진에서 4남매 자녀 교육 때문에 이곳으로 이사 와서 5년 살았다. 아빠가 사는 아파트는 국립현충원을 마주 보고 있었다. 인접한 곳에 조선일보 사주의 저택이 자리를 잡고 있다. 현충원 담장을 따라 구불구불하게 뻗어 있는 길을 오르내리면서 걷는 것은 큰 운동이었다. 담장 길이 끝나는 지점은 아랫동네 사람들이 사용하는 놀이터와 소공원과 맞닿아 있었다. 흑석동 현대아파트에는 강릉에서 함께 온 아빠 가족은 치아와 해피와 방울이 모녀와 함께 살았다. 촌뜨기 해피와 방울은 시골에서 서울 생활을 하게 된 것이다.
　어느 겨울이었다. 그날은 몹시 추웠다. 살을 에는 듯한 추위라는 말처럼 몸을 바짝 움츠리고 걸어야 할 정도로 찬 바람이 휘몰아쳤다. 초저녁이라 하지만 일몰이 일찍 시작되어 사위는 온통 어둠에

싸여 있었다. 가로등을 비롯하여 온갖 가게에서 비춰주는 불빛이 없었더라면 캄캄했을 것이다. 본격적인 밤이 이슥해지는 것이다.

아빠는 외출했다가 버스에서 내려 서둘러 귀가하려고 바삐 걸음을 옮겼다. 10분 정도는 걸어야 했다. 어떤 가게 부근을 지나려다가 개 한 마리를 발견했다. 부동산 사무실 앞이었다. 부동산 사무실은 퇴근하여 전등불은 꺼져 있었다. 사무실 유리창 셔터 박스 한구석에 놓여 있는 종이 상자에 개 한 마리가 오돌오돌 떨고 있었다.

개는 누런 색깔의 작은 체구의 스피츠 잡종이었다. 그나마 털이 수북해 다행이라 생각했다. 개 목줄은 셔터 박스 바닥 시멘트 가운데 뚫려 있는 고정 구멍에 연결되어있었다. 도망칠 수 없었다. 아빠는 무심코 그 앞을 지나다가 이 개를 발견한 것이다. 안쓰러운 생각이 들어 그냥 지나칠 수 없어 다가가 알은체했다. 상자 속에 쪼그리고 있던 개는 벌떡 일어나 꼬리를 흔들며 반겼다. 아주 순한 개였다. 하지만 무기력할 정도로 힘이 없어 보였다.

"아저씨. 추워 죽겠어요. 저 좀 살려주시면 안 될까요?"

애절하게 하소연하는 표정이 역력했다. 하지만 아빠는 당장 아무 것도 할 수 없었다. 개 앞에는 먹다 남은 붉은 색의 짬뽕 그릇이 놓여 있었다. 한 눈으로 보아도 얼어붙어 있었다. 도저히 개가 먹을 수 없는 것을 먹이로 놔둔 것이다. 아빠는 순간적으로 개 주인이 옆에 있었다면 "아무리 하찮은 개라고 하더라도 이건 너무 한 것 아니오." 하고 몰인정한 사람이라고 나무라고 싶었다.

엄동설한에 온기 없는 사무실 안도 춥다. 하물며 찬 바람이 부는 바깥에 개를 종이 상자에 처박아 놓고 퇴근한 것은 용납하기 어려웠다. 아빠는 오돌오돌 떨고 있는 개가 측은했다. 어떻게 하지?. 당장 그 개를 위해 할 수 있는 일은 아무것도 없었다. 머리를 연신 쓰다듬어 줄 뿐이다. 그러다가 문득 생각나는 것이 있었다.

부리나케 집으로 갔다. 도착하자마자 냉장고 문을 열었다. 돼지고기가 눈에 보였다. 돼지고기를 꺼내 도마를 놓고 뭉텅 자른 다음 잘게 썰었다. 옆에서 아빠가 하는 모습을 보고 있던 엄마가 말했다.

"외출했다가 집에 들어오자마자 외출복도 벗지 않고 뜬금없이 고기를 썰어 무엇에 쓸려고 그래요."

"불쌍한 개에게 가져다주려고."

"불쌍한 개라니요?"

"나중에 알게 돼요."

아빠는 가스 불을 켰다. 프라이팬을 올려놓고 들기름을 칠했다. 잘게 썬 돼지고기를 넣은 뒤 충분히 익혔다. 이어 밥솥에서 주걱으로 밥을 듬뿍 뜬 다음 섞어 볶았다. 한참 후 훌륭한 볶음밥이 탄생했다. 당근을 비롯한 채소가 들어가지 않았을 뿐 음식점에서 파는 볶음밥과 다를 바 없었다. 아빠는 식기 전에 개에게 가져다줘야 한다는 생각에 주섬주섬 용기에 담았다.

"당신도 같이 가봅시다. 밖은 몹시 추우니까 옷은 제대로 챙겨 입어요."

아빠는 외출할 때 입은 옷 그대로였다. 엄마가 따라나섰다. 다시 부동산 사무소로 갔다. 개는 종이 상자를 의지하여 쪼그리고 엎드려 추위에 움츠린 채 오돌오돌 떨고 있었다. 아빠를 보고는 어떻게 또 왔느냐는 듯 반갑다고 꼬리를 흔들었다. 아빠는 가지고 온 볶음밥을 별도로 가져온 빈 플라스틱 용기에 담아 주었다. 개는 게눈 감추듯이 해치웠다. 몹시 배가 고팠다. 연신 맛있다고 혓바닥을 날름거렸다. 좀 더 달라는 뜻 같았다.

엄마는 혼자 말처럼 말했다.

"아유. 불쌍해라. 이런데 개를 묶어 놓을 바에야 아예 기르지를 말지."

이튿날 저녁에 귀가하면서 다시 부동산 앞을 지났다. 역시 어제처럼 오늘도 개가 묶여 있었다. 아빠를 보고 구면이라 그런지 어제보다 더 살갑게 꼬리를 흔들었다. 옆에 어제와 같이 먹다 남은 짬뽕 그릇은 얼은 채 방치되어 있었다.

부동산 주인은 점심때마다 짬뽕을 시켜다가 먹고는 남은 것을 준 것이라는 생각이 들었다. 아주 고얀 사람이라는 생각이 절로 들었다. 개들에게 함부로 짬뽕 국물을 주는 자체가 매우 잘못된 것이다. 개 사육의 기본 상식도 모르는 무지한 사람이었다. 주인을 잘못 만난 불쌍한 개는 음식다운 음식을 제대로 먹지 못하고 늘 허기진 상태라고 생각했다.

집으로 가서 어제와 같이 충분하게 볶음밥을 만들었다. 이번에는 식수와 더불어 가져다주었다. 물그릇도 없는 것으로 보아 제대로 물을 먹지 못한다는 생각에서였다. 물을 가져갈 때는 플라스틱 용기를 가져다가 온수를 부어 주었다. 하지만 금방 식어버리거나 밤새 얼어버린다는 것을 알지만 다른 방법은 없었다.

당장이라도 목을 축이라는 배려였다. 아닌 게 아니라 물을 주었더니 얼마나 목이 말랐던지 혓바닥을 날름거리며 실컷 핥아먹었다.

다음에 볶은 밥을 주었더니 금방 짭짭 해치웠다. 양이 차지 않았는지 어제처럼 더 없느냐는 눈치였다. 참으로 가련했다.
　아빠는 미리 준비해 가지고 간 경고문을 스카치테이프를 이용하여 유리창에 붙였다. 내용은 죄 없는 불쌍한 개를 학대하지 말라는 충고였다.

　-주인님. 개를 기르려면 제대로 돌보아 주시오. 추운 겨울에 밖에 묶어 놓고 제대로 먹이도 주지 않고 얼어 죽으란 말이오.
　　사람으로서 그럼 안되는 것이지요.-

　육두문자로 경고하고 싶은 충동을 느꼈다.
　"옛기 이 사람아. 천하에 나쁜 인간 같으니라고, 어떻게 인간이 그 모양이란 말이오. 개를 기르려면 제대로 기르시오."
　일갈하고 싶은 마음 굴뚝 같았다. 혹여 공연히 죄 없는 개에게 화풀이할까 싶어 온건하게 썼다. 하지만 지나가는 사람 누구든 볼 수 있도록 큰 글씨로 방(榜)을 써 붙였다. 따끔한 일침을 가하기 위해서였다.
　사흘째 되던 날 귀갓길에 부동산을 들렸더니 개가 보이질 않았다. 경고문도 없어졌다. 허접한 개집 종이 상자도 짬뽕 그릇도 보이질 않았다. 은근히 걱정되었다. 어디에다가 유기했나 싶었다. 캄캄한 사무실 안을 들여다보았다. 처음에는 잘 보이질 않았다. 자세히 살펴보았다. 인근 상가 불빛으로 부동산 사무실 선팅한 틈새로 들여다보였다. 사무실 가운데 개가 어렴풋이 보였다. 바닥에는 종이 상자가 펼쳐져 있었다. 그 위에 엎드려 있었다. 인기척을 느꼈는지 벌떡 일어나 끙끙거렸다.

아빠는 얼른 자리를 피했다. 가져간 것은 아무것도 없었기 때문이다. 설령 있다 한들 출입문이 잠겨있어 전달할 방법이 없었다. 천만다행한 것은 개를 밖에 묶어 놓지 않았다는 사실을 위안 삼아 자리를 떴다. 이후 그 개는 어떻게 되었는지는 모른다.

노천에 방치된 개와 얽힌 이야기다. 지금 사는 R 아파트에서의 살 일이다. 일반적으로 개를 사육하는 환경은 다양하다. 집에서 분에 넘칠 정도로 호강하고 사는 개가 있는가 하면 추운 겨울에 밖에서 사는 개들도 많다는 사실이다.

아빠와 다도가 사는 아파트 후문 인근에 허름한 집이 있다. 사람이 살지 않아 폐가였다. 진돗개 한 마리가 살고 있을 뿐이다. 원래 이곳은 허름한 건물 입구 좁은 마당에 작은 철공소가 있었다. 주로 농기구를 고쳐주는 일을 했다. 농번기 때는 농민들이 몰려들어 경운기나 펌프 따위를 가져와 고쳐 달라는 사람들이 줄을 섰다.

어떨 때는 좁은 도로에 농기구를 싣고 온 소형화물차량과 오토바이가 즐비하게 순서를 기다렸다. 그 때문에 통행에 지장을 주어 피해 다녀야 했다. 오뉴월 메뚜기도 한철이라는 말처럼 제법 일거리가 있어 보였다.

오죽하면 번듯한 공장 하나 없이 남의 집 폐가 입구 좁은 마당에 엉성한 공장을 차렸는가 싶어 동정이 갔다. 공기순환 조차 잘 안 되는 곳에서 어떤 남자가 남루한 볕가리개 아래서 땀을 뻘뻘 흘리며 농기구를 수선했었다.

아빠는 다도와 함께 그 앞을 자주 지나다가 어느 날 주인하고 말을 섞게 되었다. 주인의 생김새는 비교적 순하게 보였다. 인사성도 밝았다. 인사 잘하는 데는 이유가 있어 보였다. 좁은 골목에 무허가 공장을 차린 것이 죄 밑이 된 것이다. 통행에 지장을 준다거나 공해 배출을 문제 삼는 사람이 있으면 골치 아프기 때문이다. 존대하고 뺨 맞는 법 없다는 말처럼 지나는 사람에게 상냥하게 대해 손해 볼 일은 없을 것이다.

그 사람은 아빠에게 자신을 소개했다. 원래 서울 사람이었다고 했다. 강릉이 처가 가인 연고로 이곳에 오게 되었다면서 살림집은 따로 있다고 했다. 일이 많을 때는 학생티를 벗지 못한 아들이 와서 거들었다. 부자 사이가 정겹게 보였다. 취직이 어려운 세상이다. 차라리 아버지한테 기술을 익히는 것은 좋은 것이라는 엉뚱한 생각을 해보았다.

공장을 운영하다가 어느 날 소리 소문도 없이 떠나갔다. 한철 농번기로는 수지가 맞지 않았던 모양이다. 이제 진돗개 한 마리가 묶여 허접한 공장을 지키고 있었다. 철공소를 지켰던 경비견이라고 해야 할 것 같다. 떠나가면서 그대로 내버려 뒀다. 데려갈 처지가 아니었던 모양이다. 그 개는 공장 지킴이로서 사명이 끝나 하루아침에 처량한 운명이 되어 버린 것이다.

문제는 이 개가 수시로 요란하게 짖는다는 사실이다. 개는 공장이 바라다보이는 뒤 빈터에 묶여 있었다. 주인 없이 홀로 남겨지자 사람이 그리워 짖는다고 생각했다. 아니면 제대로 먹지 못해 허기에

못 이겨 그럴 수도 있다고 생각했다. 아빠는 관심을 가지지 않을 수 없었다. 마음먹고 조심스럽게 다가가 보았다.

판자 조각으로 지어진 얼기설기한 개집은 너무나도 허접했다. 개집 크기는 강아지나 드나들 수 있을 정도로 협소하였다. 제법 덩치가 큰 경비견 집 용도로는 아주 부적합했다. 그나마 알량꼴량한 개집은 강풍이 불면 그대로 날아가 버릴 것만 같았다.

개집은 사방이 뚫려 있었다. 여름에는 통풍이 잘될지 몰라도 추운 겨울에는 무용지물이다. 지붕은 겨우 지탱할 정도였다. 사람의 집에 비유하면 붕괴 직전의 허름한 판잣집이었던 셈이다. 진돗개는 아예 개집에 들어가지 않고 밖에서 생활했다.

경비견은 경운기와 농사용 기계 수리 과정에서 발생하는 기름 냄새와 요란한 기계 소음이 고통스러웠을 것이다. 시나브로 골병들지 않았는지도 모를 일이다. 그나마 주인이 공장을 운영할 때는 사람 구경이라고 할 수 있었다. 지금은 혼자다. 사람이나 동물은 혼자 있을 때는 고독하다. 비록 말하지 못하는 동물일지라도 지각과 감성이 있어 고독을 안다. 이것은 아빠가 많은 동물을 길러 본 경험칙에서 하는 말이다. 특히 개들이 마당에 묶인 채 혼자서 엎드려 뭔가 생각에 잠겨 시름없는 눈망울을 한 모습은 처연하게 느껴진다.

아빠는 불쌍한 생각이 들어 그 앞을 지나는 길에 자주 들여다보았다. 간혹 주인 아들이 와서 사료와 마당에 꽂혀있는 수도꼭지를 틀어 호수로 물을 주는 것 같았다. 그러나 바람에 먼지가 내려앉아 더럽다. 사료통은 언제나 비어 있었다. 공급량이 충분하지 않다는 뜻이다. 가끔 와서 사료를 주는 것 같았다. 바야흐로 기온은 영하를 오르내리고 있었다. 세찬 바람이 불어내는 초겨울이다.

아빠는 보다못해 집에서 밥을 가져다가 먹였다. 밥은 주로 엄마가 지었다. 아예 그 개를 위해 20kg짜리 쌀 한 포대 구매했다. 간간이 닭고기나 생선을 섞여 먹였다. 속된 말로 환장하면서 게걸스럽게 먹어 치웠다. 다도는 어린 시절부터 생선을 먹이지 않아서인지 일절 생선을 먹지 않는다. 사료와 육 고기 위주다. 철공소 개는 예외였다. 주는 대로 남김없이 꿀 밥을 먹었다. 그만큼 배불리 먹지 못하고 겨우 연명한 것 같았다.

한 달 가까이 매일 넉넉하게 한 끼의 밥을 먹였다. 홀쭉하던 뱃가죽이 불룩해졌다. 제법 살이 붙은 것이다. 눈물 콧물이 흘러 지저분하게 보이든 개가 한결 인물이 좋아 보였다. 사람이나 동물은 식사가 보약인 셈이다. 어느 날 식사를 가져다주기 위해 진돗개한테 갔다가 철공소 집 아들을 만나게 됐다. 아들은 개 형편을 살피는 한편 허물어져 가는 창고에 무엇인가 연장을 가지러 온 것 같았다.

아빠는 말했다.

"여보게. 젊은이 잘 만났네. 날은 점점 추워 오는데 개를 저렇게 놔두면 되겠나?"

젊은이는 공손한 태도로 말했다.

"아. 예 그렇지 않아도 개집을 만들고 있습니다."

아빠는 덧붙여 말했다.

"그럼. 잘 되었네. 개를 데리고 가서 키울 형편이 아니면 이곳에서라도 제대로 살 수 있는 환경을 만들어 줘야 하지 않겠나?"

젊은이는 말했다.

"네. 다 만들어 갑니다."

아빠는 채근했다.

"속도를 내어 마무리해서 가져다가 제대로 개가 기거할 수 있도록 해 줘야 하지 않겠나. 벌써 12월이 시작되었네. 본격적으로 한파가 시작되는데도 개가 한데에서 살아야 하는 것은 불쌍해서 하는 말이네."

젊은이는 공손했다.

"예. 무슨 말씀인지 잘 알겠습니다."

젊은이는 아빠가 가끔 개에게 먹을 것을 가져다주는 것을 알고 있어서인지 고분고분했다.

"그리고 먹이 그릇은 항상 비어 있는 것 같네. 굶지 않도록 사료에 신경 쓰게나."

"예."

아빠가 밥을 가져다준다지만 하루 한 번이기 때문에 넉넉지 않다고 생각되어 한 말이었다. 그러나 젊은이는 해가 바뀌어도 새로 만든 개집은 가져다 놓지 않았다. 아마 으리으리한 고대광실이라도 짓는 것인지 모를 일이라고 아빠 혼자서 피식 웃어버렸다.

아빠는 타고난 성격인지는 모르겠다. 추운 겨울이나 열악한 환경에 처해 있는 들고양이나 개를 보면 측은한 생각이 절로 난다. 그냥 지나칠 수 없다. 일단 관심(feel)이 가면 여간 신경 쓰이는 것이 아니었다. 한두 번 먹을 것을 가져다주는 것으로 끝낼 일이 아니기 때문이다. 그렇다고 무작정 장기간에 걸쳐 개를 관리하는 것은 형편상 무리인 것이다.

버림받아 바깥에서 생존하는 동물들은 겨울나기가 매우 어렵다. 산속에 사는 야생 동물들은 말할 나위 없다. 아빠는 철공소에 묶여 있는 개에게 겨울을 나기 위한 최소한의 먹이를 제공하는 정도였다. 철공소 개는 평생 사랑을 받지 못해서 그런지 성질이 매우 사납다. 무조건 짖는다. 사람이 다가가면 이빨을 드러낸 채 행악질이 보통이 아니다. 울부짖듯 으르렁거리면서 당장이라도 물려고 하기 때문이다. 아무리 어르고 타일러도 막무가내였다.

아빠가 계속하여 음식을 가져다주고 물을 갈아 주면 웬만한 개들은 고맙다는 인사를 한다. 인사 방식은 두 귀를 뒤로 한껏 젖히고 꼬리를 흔들며 반가움을 표시한다. 상반신을 세워 안기려고까지 한다. 그러나 이 개는 항상 악에 받쳐있다. 자칫 잘못하면 물릴 것 같아 접근할 때마다 항상 위험을 느꼈다. 가져간 먹이를 별도로 준비한 플라스틱 용기에 곡예를 해야 했다. 번번이 바닥에 방치된 널빤지에 올려 놓고 슬라이딩하듯 앞쪽으로 막대기를 이용하여 재빨리 밀어 넣어야 했다.

아빠는 이처럼 표독스러운 개는 처음 보았다. 정나미가 떨어질 정도였다. 은혜를 모르고 야멸차게 대하는 태도에 괘씸한 생각마저 들었다. 그러나 마음을 고쳐먹었다. 불쌍한 미물 아니던가. 이왕의 마음먹은 대로 겨울 동안만이라도 먹이를 공급하기로 마음을 다잡았다.

다도의 DNA는 용맹성 그 자체다. 언젠가 산책길에서 맹인안내견 골든리트리버와 비슷한 덩치 큰 개를 만났다. 이 개는 산책길에

서 몇 번 얼굴을 익혀 잘 아는 처지였다. 이날 따라 무슨 생각이 났는지 그 개를 보자 덤벼들었다. 순간적으로 '으르렁' 위협하는 소리를 내면서 등판에 올라타 내리누르는가 싶더니 동시에 물려고 하기에 얼른 목줄을 세게 잡아당겼다. 야성의 본능이 표출되는 순간이라고 생각했다.

사람들도 자기 성질을 이기지 못해 누군가와 시비하거나 싸우고 싶을 때가 있다. 감정이 작용한 결과이다. 평소 꽁하고 있다가 언젠가는 한번 부딪치고 싶은 충동을 느낀다. 이를 두고 속된 말로 주먹이 근질근질하다고 한다. 법은 멀고 주먹은 가깝다고 해야 할 것이다. 하지만 이성 있는 사람은 참는다. 분별력이 있기 때문이다. 쉽게 흥분하거나 시비를 좋아하는 고약한 사람하고는 다르다. 술에 취하면 불문곡직 싸우기 좋아하는 개망나니도 허다하다. 사람 됨됨이를 외형으로 잘 모를 때면 술을 먹여 보면 단박에 개차반을 구별할 할 수 있다. 인간 내면의 잠재하고 있는 근성이 표출되기 때문이다. 다도는 이날 따라 기분이 매우 언짢았던 모양이다. 왜 그랬을까 싶었다.

아빠는 다도를 타 일렀다.

"다도야. 그 개는 맹인안내견인데 착한 개야 싸우면 안 돼."

다도는 알아들었는지 조금 전의 싸움을 포기하고 아빠와 같이 제 갈 길을 갔다. 다도는 아키다와 진돗개의 혈통을 이어받아 몸속에 피가 끓었다. 다도 새끼 또한 마찬가지다. 다도가 낳은 새끼의 행태를 보면 잘 알 수 있다.

『오늘도 어미 다도와 강아지 운동은 예외가 아니었다. 늦은 밤 다도와 강아지들을 사무실 건너 묵은 밭에 밖에 데리고 나가 배설도 할 겸 자유시간을 주려는 생각에서 5층 아파트에서 지하상가 1층에 있는 사무실로 내려갔다. 사무실은 난장판이 되어있었다. 강아지들이 보르네오 소파를 물어뜯어 못쓰게 만든 지 오래다. 빈 종이 상자와 신문지, 휴지를 물어뜯어 아수라장으로 만드는 것은 이제는 흔한 일이 되어 버렸다.

30평이 넘는 사무실이지만 강아지들에게는 좁은 공간이었다. 그렇다고 해서 당장 강아지를 분양하기도 어려웠다. 아직 생후 3개월이 안 된 데다가 아직 분양할 사람을 찾지 못했기 때문이다.

오늘은 장난이 지나쳤던지 암컷과 수컷이 피투성이가 될 정도로 싸웠다. 층계에서 내려가 막 문을 열었다. 방금 싸움이 끝난 것 같았다. 할아버지가 5층에서 계단으로 내려오는 발걸음 소리를 들었나 싶었다. 강아지들은 할아버지의 발걸음 소리에 익숙해 출입문 쪽에 집결하여 기다리고 있었다.

이른 아침이라 불을 켰다. 사무실 바닥 여기저기 피가 묻어 있었다. 자세히 살펴보니 수컷 한 마리 귀 뒤가 1원짜리 동전 크기만큼 살점이 떨어져 나갔다. 그곳에서 피가 났던 모양이다. 다행한 것은 앞뒤가 뚫려 맞창 나지 않았다. 암컷 등에도 수컷 귀에서 생긴 피가 묻어 있었다. 자세히 살펴보니 암컷 위 송곳니가 반쯤 부러져 있었다. 이들의 치열한 혈투를 짐작할 수 있었다.

얼마나 아플까. 사람 같으면 부러진 어금니가 시려 신음할 정도라고 생각했다. 난감한 상황이었다. 개들에게는 아래위 4개의 송곳니는 일생을 살아가는 데 없어서는 안 될 무기였다. 어서 빨리 분양 시기를 앞당겨 서둘러야겠다는 생각을 했다.』

열다섯 번째 저서, '다도와 야옹이 이야기'에서
(2012년 12월 25일 발행)

이글에서 보듯이 동물의 세계와 다도 새끼들의 선천적인 용맹성을 어느 정도 짐작할 수 있다. 어미에게 물려받은 피였다. 아빠는 다도를 싸우는 개로 기르고 싶은 마음은 조금도 없었다. 다도는 아빠에게 온상에서 고이 자란 한 송이 예쁜 화초인 것이다. 친자식처럼 사랑하고 아끼는 소중한 다도를 싸움을 시킨다는 것은 어불성설이다. 아빠는 못된 개 주인들이 개싸움을 즐기는 것을 보면 이해되지 않았다. 철철 피를 흘리는 모습에서 카타르시스나 대리만족을 느끼는 것은 야만인과 다를 바 없다는 생각이다

아빠의 사전에는 '개싸움'이란 단어는 아예 존재하지 않는다. 다도뿐만 아니었다. 아빠가 길렀던 개들을 싸움시켜 본 적이 없다. 아빠와 함께 산책길에서 작은 개들을 보면 "다도야. 그 개는 아가야. 그냥 지나가자." 하면 알아듣는 듯 그냥 지나쳤다. 하지만 분노 조절이 잘되지 않을 때는 대단했다.

더샾 아파트에서 살 때였다. 아파트에서 승강기를 타고 내려와 공동 현관 출입문을 열고 산책길에 나서려는 참이었다. 저만치 맞은편에서 곱슬곱슬한 황토색 푸들 한 마리가 쏜살같이 달려와 무작정 다도에 덤벼들었다. 막무가내였다.

초등학생이 개를 데리고 나왔다가 순간적으로 생긴 일이었다. 푸들은 겁 없이 짖으며 덤벼들었다. 다도 역시 이빨을 드러내면서 당장 요절을 낼 듯 공격 태세를 갖췄다. 한바탕 소동이 벌어질 일촉즉발의 형국이었다. 연약한 개들이 함부로 다도한테 덤벼들었다가 제대로 물리면 치명적이라는 것을 아빠는 잘 알고 있었다. 얼른 목줄을 바짝 잡아당겨 진정시키려 애썼다.

"다도야. 참아, 참아. 물면 안 돼.

다도를 진정시키면서 멀찌감치 떨어져 난감한 표정으로 광경을 지켜보면서 엉거주춤 서 있는 아이에게 큰 소리로 말했다.

"보고만 있으면 어떻게 해. 얼른 와서 개를 데려가야지. 빨리."

푸들은 깨춤 추듯 앙칼지게 짖으며 덤벼들었다. 얼마나 나대는지 하룻강아지 범 무서운 줄 모른다는 속담이 떠 올랐다. 아빠는 목줄을 최대한 짧게 당기면서 다리로 다도와 푸들 사이를 가로막았다. 화가 잔뜩 난 다도는 푸들을 문다는 것이 그만 아빠의 종아리를 물어버렸다.

순간적으로 일어난 어이없는 일이었다. 이 틈에 아이가 와서 개를 안고 갔다. 아빠는 아이에게 타일렀다.

"개를 데리고 다닐 때 철저하게 목줄을 해서 데리고 다니지 않으면 큰일이 생길 수 있으니 조심해야 한다. 항상 줄을 묶어 다녀라."

아이는 기어들어 가는 목소리로 말했다.

"네."

아빠는 바지를 걷어 올려 아이에게 다도에게 물린 종아리를 보여주었다. 피가 흘러내렸다. 그 아이는 상처를 보면서 겸연쩍은 눈치가 역력했다.

나는 말했다.

"다도가 너희 개를 물었다면 큰일 날 뻔했다. 앞으로 정말 조심하거라."

사실 다도가 푸들을 마구 물어 흔들었다면 큰 불상사가 생길 뻔했다. 이날 큰 탈 없이 해프닝으로 끝나 다행이었다. 일단 위기는 넘겼지만, 아빠가 문제였다. 아침 운동을 포기하고 다시 아파트로 올라가 바지를 내리고 물린 곳을 살펴보았다. 이빨 자국이 선명한 가운데 혈흔이 보였다. 출혈이 계속되는 상황은 아니라서 병원에 가지 않아도 된다고 판단했다. 다행히 청바지가 커버해 준 셈이었다.

일단 개에게 물리면 공수병이 제일 무섭다고 한다. 다도는 풀어놓고 기르는 개가 아니라서 공수병과는 거리가 멀다고 생각했다. 1년에 한 번 공수병 예방주사를 접종시켜 안심되었다. 집에 있는 요오드팅크로 상처 부위를 소독했다. 이날 소동에서 무엇보다 푸들이 온전히 되돌아갈 수 있어 천만다행이었다.

다도에게 크게 물렸더라면 아무리 정당방위라 하더라도 골치 아픈 일이 생길 수 있기 때문이다. 어린아이한테도 자신이 이른 아침에 데리고 나온 개가 봉변당하는 꼴을 보지 않아 다행이었다. 물렸다면 어린 나이에 경험한 상처는 평생 트라우마로 남았을지도 모를 일이다.

이런 일은 또 한 번 있었다. 이른 아침 다도와 함께 산책길에 나섰다. 병무청 뒷길이었다. 2차선 골목길을 지나갔다. 바로 그때 하필이면 건너편 민가에서 사립문 형태의 나무문이 열렸다. 마당에 풀려있던 제법 덩치 있는 스피츠 과인 잡종견 한 마리가 재빨리 다도한테 쫓아 왔다. 맹렬히 짖으면서 다짜고짜 다도를 공격하려고 덤벼들었다.

웬만한 개들은 접전하기 전에 일단 암수 냄새를 맡기 마련이다. 일종의 통과의례이다. 암수를 구별하여 수컷인 경우 암컷을 잘 공격하지 않는다. 이번의 개도 지난번 푸들처럼 덮어놓고 돌진했다. 잡견으로 다도보다는 덩치가 비슷하게 보였다. 용맹스러운 개의 특징은 잘 짓지 않는다. 소위 똥개들은 천지 분간 못 하고 사납게 짖는다. 다도는 위협적으로 으르렁거리긴 해도 크게 짖는 스타일이 아니다.

달려온 스피치 견은 왈왈거리며 다도를 향해 마구 짖었다. 바로 앞이 자기 집이다. 자신의 영역이라고 단단히 텃세를 부리는 것이다. 개들은 영역에 대한 집착이 강하다. 불가침의 영역이라고 생각하는 것이다. 느닷없는 스피치 견의 공격은 뜻밖에 벌어진 일이었다. 다도는 즉각적으로 전투태세를 갖췄다. 당장 공격을 받게 될 처지가 되자 잔뜩 화가 치밀어 오른 것이다.

다도는 긴장하면 금세 등줄기 털이 일직선으로 곤두선다. 다도의 특징이었다. 최고의 경계 태세다. 다도는 흰 이빨을 드러내 보이며 으르렁거렸다. 아빠는 큰일이라고 생각했다. 싸우다가 상대 견이 물리면 시끄러울 것 같았다. 반대로 다도가 물려 상처가 생겨도 마찬가지다. 개들의 싸움은 선제공격 일격에 따라 승부가 결정되기 마련이다. 재빨리 상대를 공격하여 급소를 물어야 한다. 그렇지 않으면 처절한 싸움이 되어 물고 물리는 피장파장 처지가 된다.

전번 포스코 아파트 현관에서의 푸들처럼 이번에도 다도는 일방적 도전에 대한 본능적 응전이었다. 길 건너에서 주인은 멀거니 바라보고 있었다. 어떻게 전개되나 하고 즐기는 것 같기도 했다. 말릴 생각은 전혀 없어 보였다. 객관적으로 보아도 다도는 정당방위인 것이다. 길을 가다가 공격을 당하게 되었기 때문이다. 아빠는 순간적으로 다도의 목줄을 풀어주어 싸우게 하고 싶은 충동 없지 않았다.

개들이 싸우다가 수세에 몰리면 금방 '깨갱' 거리며 삼십육계 줄행 랑치기 마련이다.

아빠는 생각을 고쳐먹었다. '아서라 말아라.' 싸워 이긴들 무슨 대수냐 싶었다. 싸움에 이겨 상대 개에게 적지 않은 상처를 입혔을 경우다. 상대 개 주인이 개를 풀어 놓은 잘못은 생각지 않고 적반하 장 식으로 시비를 걸어올 수 있다.

사람에 따라 다르겠지만 못난 사람은 분풀이로 집에 쫓아 들어가 몽둥이를 들고나와 마구 휘둘러 큰 상처를 입힐 수 있기 때문이다. 실제로 경험했던 아주 오래전의 일이 떠 올랐다.다. 아빠 집에서 기 르던 애견이 몽둥이에 맞아 죽은 사건이었다.

수십 년은 되었을 것이다. 관련 글을 찾아보았다. 아빠가 처음 출 간한 저서 『생각할 줄 아는 사람을 위해』에 수록된 20대 초반에 쓴 글이었다.

放犬 단속의 是非

『최근 신문과 방송에 방견 단속에 관한 보도들을 자주 접한다. 주변에 방견 단속반원들이 무질서한 방견 단속을 쉽게 목격한다. 견공 수난 시대 가 도래한 느낌이다. 단속근거는 '경범죄 처벌법 제 1조 35호 인축에 가해 할 성벽이 있는 축견 기타 조수류를 함부로 풀어놓거나 그 감시를 태만이 하여 이를 도주케 한자'. 동조 36호 '축견 기타 동물을 사육하여 인축에 달 려들게 하거나 또는 우마를 놀래어 도주케 한자'

처벌은 정상 참작에 의한 형의 면제 구류 혹은 과태료를 불리도록 했다. 그런데도 위에서 인용한 35, 36호에 적용되지 않은 경우에도 마구잡이로 박살 포살하는 사례가 비일비재하여 주민들로부터 원성을 사고 있다.(중략)

주문진읍의 경우 읍사무소 공무원이 민간인 신분의 작업반원을 고용하여 대로와 골목을 누비며 몽둥이로 개를 때려잡았다. 완장을 찬 작업반원은 의기양양해서 낮이고 밤이고 개를 잡아다가 주인에게 주지 않고 리어카에 싣고 가 현시가(現時價)의 반도 안 되는 헐값에 팔아 사복을 채운다. 엄연히 사유재산임에도 부당한 처사는 분명 횡포인 것이다. 관련 법에 단속할 수 있다고만 되어있지 죽인 개를 함부로 처분하여 부당 수입을 올려도 된다는 조항은 없다. 이것은 약탈 행위인 것이다. 작업반원은 수입이 좋은 만큼 물불을 가리지 않고 혈안이 되어 단속에 나섰다. 경범죄 처벌법 제4조 '경범죄 처벌법 적용에 있어서 국민의 권리를 부당하게 침해하지 않도록 유의해야 하면 본래의 목적을 이탈하여 다른 목적을 위하여 본 법을 남용하여서는 안된다.'는 남용과 월권 금지 조항이 있음에도 주문진읍사무소의 행정 남용은 비판받아 마땅한 것이다.(후략) 」

(강원일보 1970년 일자 미상)

윗글은 아빠가 소싯적에 쓴 이 글은 53년이 지난 지금 시각에서 보면 문장이 어색하다. 맞춤법에 맞지 않는 대목도 없지 않다. 될 수 있는 대로 당시 상황을 이해하기 위해 원문에 충실했다. 그 당시는 오늘날 유기견이라는 단어가 아닌 '방견'이라고 통칭한 것을 보아 시대 변천을 알 수 있다.

이때 아빠는 애완용으로 스피치 견을 길렀다. 스피치 견 이름은 당대를 휩쓸었던 영화배우 마릴린 먼로 이름을 본 따 '먼로'라고 불렀다. 너무나도 잘생겨 귀여웠다. 잡종 색깔이 전혀 섞이지 않은 하얀 색깔의 털은 아름다웠다. 애지중지했다.

예쁜 새끼를 낳은 지 얼마 되지 않았다. 아침에 수돗가에서 시원하게 목욕을 시켜주고 나서 수건으로 물기를 충분히 닦아 주었다. 그런 다음에 아빠는 대문을 열고 바깥에 데리고 나갈 생각을 했다. 젖먹이 어린 새끼들을 종일 끌어안고 있어 안쓰러운 생각이 들었다. 잠시 기분 전환을 위해 바깥 공기를 쐬게 하려는 배려였다.

그때 지나치던 무뢰배들과 맞닥뜨렸다. 공무원 한 명과 '방견'이라는 완장을 찬 보조원 한 명이었다. 완장을 찬 보조원은 눈에 보이는 게 없었다. 완장의 위력을 여지없이 발휘했다. 아빠를 따라 대문 밖을 막 나서는 먼로를 몽둥이로 인정사정없이 후려쳤다. 깨갱 제대로 소리도 내지 못하고 현장에서 피를 토하며 즉사했다.

미처 손을 쓸 사이도 없이 일어난 어처구니없는 비극이었다. 아빠는 괜스레 밖으로 데리고 나왔다고 후회했지만 이미 때는 늦었다. 아빠는 망연자실했다. 공무원과 작업반원에게 울부짖듯 호통쳤지만 이미 먼로는 죽은 뒤였다.

"당신들도 보았지만 개 주인이 대문을 열고 막 데리고 나오던 참이었는데 무조건 몽둥이로 때려죽이는 것이 적법한 것이냐?" 따져 물었다.

동행한 공무원은 안면 있는 읍사무소 임시직인 이종식이라는 사람이었다. 미안하게 되었다면서 안절부절못했다. 아빠는 화가 머리끝까지 치밀어 올라 거세게 항의했다. 거의 이성을 잃을 정도였다. 이때 아빠의 20대 초반의 나이였다. 혈기 왕성하여 당장 무지한 보조원 멱살을 잡아 흔들어도 시원찮을 판이었다.

"여보시오, 방견과 애완견을 구분하지 못하는 당신들이 인간이오, 설령 방견이라 하더라도 주인에게 경고도 없이 마구 때려죽이는 것이 사람이 해야 할 짓이란 말이오. 백정보다 못한 인간 이하의 사람 같으니라고….”

아빠는 화가 치밀어 언성을 높여도 그들은 아무 대거리를 하지 못했다. 하지만 이미 상황은 돌이킬 수 없었다. 억울하게 몽둥이에 맞아 죽은 우리 먼로만 불쌍했다.

이 당시 행정 행태는 미개했다. 행정의 유형은 대체 적으로 미개행정, 전시행정, 선진행정으로 나뉜다. 지금부터 50년 전의 행정행위는 친일파 박정희 군사통치 방식에서 비롯한 미개 행정이었다. 이것저것 해보다가 '아니면 말고' 식이었다. 자의적이며 임의적 무법 행정을 다반사로 자행했다. 군인 출신들은 행정에 대한 경험이 없었기 때문이다. 시행착오의 연속이었다. 예컨대 산아제한 강경책을 돌이킬 수 없는 잘못이었다. 인구가 국력임을 모르는 무지의 결과였다. 미래에 대한 혜안이 절대적으로 부족했던 것이다.

아빠는 무자비하게 몽둥이로 연약한 개를 후려치면 결과는 비극적이라는 사실을 터득했다. 트라우마인 것이다. 이날 다도가 덤벼드는 스피치 견과 싸움에 이겼다 치자. 주인이 흥분하여 얼른 집에 들어가 몽둥이를 들고나와 다도를 후려칠 개연성은 충분했다. 적반하장으로 자신의 개가 물려 상처를 입었다고 몽니를 부리면서 치료비를 물어내라고 했을지도 모른다. 자칫 개싸움이 사람 싸움으로 번질 수도 있는 것이다.

세상사에서 공연한 시비는 유익한 것은 없다. 일단 막가파식 싸움은 피하는 것이 상책이다. 이것은 아빠의 변함없는 생각이었다.

가능하면 참는 것을 신조로 삼아 살아왔다. 하지만 상황에 따라 감정이 폭발할 때 없지 않다. 인간은 감성적이기도 하지만 감정적 동물이다. 감정이 앞서는 순간 치밀어 오르는 자신을 제어하지 못하고 격분하는 경우 없지 않다. 인간사에서 흔히 있을 수 있는 일이기도 하다.

아빠는 위험한 상황을 모면하기 위해 다도와 스피치 견 사이에서 덤벼들지 못하게 애를 먹었다. 금방 엉겨 붙을 것만 같았다. 아빠는 다리를 들어 상대 개를 가로막으면서 아빠는 소리쳤다.

"여보시오. 보고만 있으면 어떻게 할 거요? 당신 개를 얼른 데려가요. 우리 개에게 물리면 죽을 수도 있단 말이오."

아빠가 '죽을 수도 있단 말이오.'라고 한 것은 엉겁결에 나온 말이었다. 일종의 엄포일 수 있다. 실제로 싸움이 붙으면 다도가 유리하다. 충분히 승산이 있다는 잠재의식에서 나온 말이기도 했다. 그 개는 계속 막무가내로 사납게 짖었다.

다도 역시 당장이라도 요절을 낼 것 같았다. 아빠는 다도의 심상치 않은 행동을 알아차리고 내심 당황했다. 아빠는 두 다리로 가로막으며 "다도. 참아! 참아!" 소리만 반복했다. 문제는 상대 개가 계속하여 덤벼든다는 것이다. 그냥 갈 수도 없는 처지였다. 다도가 극도로 화가 치밀자 아빠의 다리를 확 물었다. 다리를 가로막아 공격이 여의치 않자 성질을 이기지 못한 분풀이였는지 실수였는지는 얼른 알 수 없었다.

이때까지 길 건너에서 개 주인은 물끄러미 상황을 지켜보고 있었다. 아빠가 다도한테 물리는 것을 보고서야 개 이름을 부르며 건너와 개를 질질 끌고 갔다.

아빠는 개 주인에게 한마디 했다.

"여보시오. 도로변에 살면서 개를 묶어 길러야지 풀어 놓으면 예기치 않은 불상사가 생겨요. 우리 다도는 상대 개가 공격하면 여지없이 물어 버린단 밀이오."

상대 견주는 미안하다는 말 한마디 없이 혼잣말로 말했다.

"야. 이 개새끼야. 너 죽으려고 환장했어. 물리면 죽는단 말이야. 큰일 날 뻔했잖아."

물리면 죽는다는 말이 거슬려 아빠에게 들어보라고 빈정대는 소리 같기도 했다. 다도가 애꿎게도 아빠를 문 것은 어이없는 짓이었다. 사람들도 싸울 때 말리는 사람을 때리는 경우가 있다. 일종의 화풀이라고 할 수 있다. 다도는 고의로 아빠를 문 것은 아니라고 생각했다. 아빠가 가로막고 있는 틈새를 파고들어 참지 못하여 상대 개를 문다는 것이 그만 아빠를 문 것으로 이해했다. 실수라고 생각한 것이다. 다도는 아빠 얼굴을 쳐다보았다. 미안하다는 표정이었다.

지난번 더샾 아파트에서 푸들과의 신경전에서는 화를 참지 못해 아빠를 물었다면 이번의 경우는 실수라고 생각한 것이다. 이번에도 물린 부위에 두 개의 이빨 흔적에 약간의 혈흔이 보였지만 큰 부상은 아니었다. 전번과 마찬가지로 이빨 자국이 그리 깊지 않았다. 살짝 물었다고 생각했다. 만일 깊숙이 물렸다면 아빠는 병원 신세를 져야 했을 것이다. 그나마 두꺼운 청바지 덕이라고 생각했다.

다도는 한번 물면 절대로 놓지 않는다. 급소를 공격하여 억세게

문 상태에서 고개를 마구 흔들어 절명 시켰다. 이것은 우연히 너구리 사냥에서 목격해서 알았다.

　다도가 나주로 옮겨간 후에도 아빠의 운동은 습관처럼 계속되었다. 더러 엄마도 함께 갔다. 이때 아빠와 엄마의 운동 길에 집시 견들을 만나는 일이 종종 있었다. 그럴 때마다 집시 리더 견은 저만치 일정 거리에 서서 물끄러미 쳐다보았다. 한두 번이 아닌 여러 번 그랬다. 매일 아빠와 같이 산책 다니던 다도가 보이지 않는 것이 자못 궁금했던 것 같은 눈치였다.

　대견하다고 생각하지 않을 수 없었다. 다른 집시 견들은 저만치 앞서 지나갔거나 이미 도로를 건넜음에도 리더 견은 함께 가지 않고 한참 동안 아빠를 응시했다. 표정은 진지했다.

　"어라. 오늘도 다도가 안 보이네. 참 이상하다. 아저씨. 다도가 아파요? 어디로 갔나요?" 하고 묻는 것 같았다. 당연히 옆에 있어야 할 다도가 보이지 않아 의아하다는 표정이었다.

　아빠는 말해 주었다.

　"얘야. 다도는 저 멀리 삼촌 집으로 가서 그곳에서 살기 때문에 이제 보지 못할 거야."

　하지만 리더 견이 알아들었을 리 만무했다. 아빠는 리더 견과 커뮤니케이션이 되지 않아 안타까울 뿐이었다. 궁금증을 풀어주고 싶어도 소통 방법이 없었다. 리더 견은 좋아했던 여자 친구 다도가 보이질 않자 의아하게 생각했던 것 같았다. 리더 견은 무엇인가 털어놓고 이야기하고 싶은 생각 간절한 눈치였지만 더는 무리였다. 소통을 할 수 없어 피차 안타까울 뿐이었다.

8

돌아온 다도

돌아온 다도

2021년 6월 12일.

다도가 귀향했다. 2년 가까이 삼촌 집에 있다가 온 것이다. 아빠는 다도가 그곳에서 삼촌의 보살핌 속에서 종신할 줄 알았다. 하지만 갑자기 삼촌 신상에 변동이 생겨 부득 불연 아빠한테 되돌아와야 했다. 삼촌 처지에서 더는 위탁 관리해줄 형편이 못되었기 때문이다.

천만다행한 것은 다도가 R 아파트에서 다시 기거할 수 있다는 사실이다. 다도가 짖는다고 시비하던 여자가 사라졌다. 다도가 나주로 옮겨 간 지 얼마 되지 않았을 때다. 젊은 여자가 통 보이질 않았다. 그 집 개도 볼 수 없었다. 의아했다. 우연히 그 집 젊은 남자를 현관에서 만났다.

"여보게. 요즘 통 집사람을 볼 수 없으니 어찌 된 일인가?"

남자는 스스럼없이 대답했다. 답변하는 태도가 쿨했다.

"이혼했습니다."

이외의 답변에 내심 놀랐다.

"이혼이라니, 그럼 헤어졌단 말인가?"
남자는 단호하게 대답했다.
"네. 그렇습니다."

알다가도 모를 젊은 세태의 일부를 보는 것 같았다. 이후 그 집에는 또 다른 여자가 출입하고 있었다. 전번 여자보다는 키도 크고 인물도 좋았다. 남녀가 쉽게 만나고 쉽게 헤어지는 세상이다. 아빠와 엄마의 젊은 시절과 비교하면 격세지감 없지 않다. 아빠와 엄마 시절에는 한 쌍의 청춘남녀가 연을 맺으면 평생 동반자로 여겼다.

남녀가 만나 장래를 약속하는 것은 숙명이라고 생각했다. 한번 연을 맺으면 이혼은 감히 생각지도 못했다. 이혼은 가문의 수치로 여겼다. 이때의 결혼식 주례사에 단골로 등장하는 빠지지 않는 대목이 있다. 주례가 신랑 신부에게 물었다.

"검은 머리가 파 뿌리가 될 때까지 변치 않고 사랑하면서 살겠습니까?"

지금은 100세를 사는 자유분방한 세상이다. 이런 축사는 케케묵은 고전으로 인기가 없다. 아빠의 젊은 날인 60~70년대만 해도 그런 사조였다. 그러나 지금은 아니다. 젊은이들만 그런 것이 아니라 나이 든 사람도 마찬가지다. 배우자가 죽거나 이혼하면 여자든 남자든 금방 새 짝을 찾아 연을 맺는다. 중혼, 삼혼은 보통이다. 안방극장인 드라마에 '세 번째 결혼'이라는 타이틀은 어색하지도 흉도 아니다.

여자들도 자신의 인생에서 두세 번 남자를 바꿔 사는 것은 보통인 세상이 되었다. 이혼은 식은 죽 먹기보다 쉽다. 미련 없이 헤어지는 세상이다. 이로 인하여 결손 가정이 많다. 결손 가정은 사회적 문제가 아닐 수 없다. 악순환의 연속이다. 하지만 개념 없는 사람들은 전혀 개의치 않는다. 내 인생 내가 즐기는데 알 바 없다는 것이다.

아빠는 그 남자에게 이혼 사유를 묻지 않았지만 미루어 짐작했다. 꼬리가 길면 밟힌다는 말처럼 애정행각이 들통났다고 나름 추측했다. 쫓겨 난 것이 분명했다. 그 여자는 작은 체구에 간이 배 밖에 나온 '뻔 순이'였다. 요조숙녀 따위는 개념조차 없는 천한 계집이라 할 것이다. 못된 송아지 엉덩이에서 뿔 난다는 말처럼 감히 외간 남자를 버젓이 집으로 불러들이는 짓거리는 인간말종인 것이다

그 여자는 할머니뻘인 엄마에게 다도가 한밤에 짖는다고 상기된 표정으로 노골적으로 시비했다. 외간 남자와 육욕을 즐기는 데 방해된다고 몽니 부리던 여자였다. 이제 그 여자는 소리 소문도 없이 사라졌다. 저절로 큰 걸림돌이 제거된 것이다. 몇 달 후 곰상스러운 앞집 젊은 남자도 다른 데로 이사 가버리고 지금은 어린아이가 있는 부부가 들어와 살고 있다.

아빠의 지병인 특발성폐섬유화증상은 아직은 이따금 마른기침과 농도 짙은 가래를 뱉어내는 정도였다. 중증으로 발전하면 손가락 끝이 둥글게 된다고 한다. 이를 곤봉지 현상이라고 했다. 아직 그런 조짐은 나타나지 않았다. 방안에 공기청정기와 가습기를 설치했다. 아빠가 앓는 병은 마땅한 치료 방법이 없는 난치병이었다. 예후를 지켜보면서 추적 관리한다는 것이 고작이었다.

엄마가 익힌 뜸치료로 대신했다. 예전에는 약쑥이 대세였지만 지금은 전자(電磁) 뜸이다. 혈(穴)을 찾아 전자 끝에 달린 압정같이 생

긴 봉을 일정 시간 부착하는 방법이다. 사용하기에도 간편했다. 아빠는 발병 이후부터 하루에 20분씩 2회 거르지 않고 매일 계속했다. 적지 않은 도움이 된다는 생각이다. 2년 전 처음 진단받았을 때와 견주어 보면 크게 악화하지 않아 다행인 것이다. 아빠는 속으로 생각했다.

'내가 살아 있어 다도를 관리할 수 있다는 것은 참 다행한 일이지.'

드디어 다도는 삼촌 차를 타고 강릉 영진 사무실로 돌아왔다. 사무실은 이제는 나주 삼촌 소유가 되었다. 다도는 오랜만에 아빠를 만나도 매력은 빵점이었다. 늘 그러했듯 꼬리를 몇 번 흔들었을 뿐 무덤덤한 표정이었다. 참으로 오랜만에 아빠를 만난 것이다. 아빠에게 뛰어오르거나 땅바닥에 배를 보이며 뒹굴 만도 했지만, 꼬리만 몇 번 흔들었다. 인정머리 없는 개라는 생각이 새삼 들었다. 기껏해야 제가 흥이 나면 아빠에게 뛰어올라 가슴에 두 발을 걸치는 것이 전부였다.

다도의 몰골을 살펴보니 장시간 차를 타고 오느라 초췌했다. 데다가 원래의 흰 털은 누런 색깔로 변해 있었다. 몸에서 악취까지 진동하여 꼬질꼬질했다. 예전의 잘난 다도의 모습이 아니었다. 나주에서 살면서 2년 가까이 한 번도 목욕하지 않았다는 것이다. 삼촌이 농사짓느라 워낙 바빴던 탓이다. 하지만 너무했다고 생각했다.

동물들은 온몸 땀구멍에서 적지 않은 땀과 기름 성분을 배출한다. 제때 씻겨 주지 않으면 고약한 냄새가 나기 마련이다. 사람도 마찬가지다. 아빠는 다도를 승용차에 태워 아파트에 데려와 서둘러 목욕부터 시켰다. 2년 만의 목욕인데도 방법은 잊지 않았다. 일단 욕조에 들어가서 앞쪽 두 다리를 욕조 모서리에 곤추세워 단단히 버티면서 목욕할 채비를 했다. 얼마나 시원했을까 싶다. 낯익은 욕조에서 샤워기에서 나오는 온수로 온몸을 흠뻑 적신 뒤 비누칠과 샴푸로 번갈아 더러운 몸을 씻겨 주어 마냥 행복했을 것이다.

다도는 감격한 나머지 속으로 말했다.

"바로 이거야. 아유. 오랜만에 시원해서 살 것 같다. 역시 우리 아빠가 최고란 말이지."

감탄했을지도 모를 일이다. 다도 몸에서 더러운 누런색의 물이 흘러나와 수채로 연신 빠져나갔다. 여느 때와 달리 충분히 씻긴 뒤 맹물로 헹궜다. 마른 수건으로 닦은 뒤 드라이로 털을 말렸더니 예전의 모습대로 되살아났다. 백옥 같은 털빛이 다도를 새롭게 태어나게 한 것이다. 다도 전용 향수를 뿌려 주었다. 사람이나 동물 심지어 화초까지도 가꾸기에 따라 변신을 거듭한다는 말이 떠 올랐다

목욕을 마치고 준비해 두었던 먹을 것을 주었다. 배가 고팠던지 금시 그릇을 비웠다. 출입문 안쪽에 마련한 푹신한 자리에 특유의 웅크린 자세로 엎드려 이내 잠에 곯아떨어졌다. 다도는 출입구 안쪽 신발 벗는 공간에 자리 잡았다. 비록 좁은 공간이었지만 수시로 아빠 엄마와 눈을 마주칠 수 있어 좋았다. 그만큼 심심하지 않고 많은 사랑을 받을 수 있는 이점도 있었다. 나주 삼촌 집에서는 사방이 확 트인 마당이 있는 개방된 데서 생활하다가 이제는 환경이 180도 바뀌었다.

이를 어쩌나. 이미 바깥 넓은 공간 생활에 익숙해진 다도였다. 좁은 공간인 아파트에서 사는 것은 무리였다. 공간이 협소하여 스트레

스가 쌓여 답답하게 느낄 것 같았다. 대안이 필요했다. 아빠는 다도가 온다는 소식에 우리(견사)를 물색했다. 아파트와 한데에서의 생활을 병행하기로 작정한 것이다.

마침 아파트에서 7분 거리인 인근 민가에 비어 있는 개집이 있었다. 그곳에 있는 우리는 3칸으로 지어져 오랫동안 덩그러니 비어 있었다. 작년까지만 해도 개들이 살았다. 아빠는 평소 산책 다니면서 주인과 소통하는 사이였다. 주인은 아빠보다 훨씬 젊은 60대였다. 주인에게 전후 사정을 말했다. 쾌히 승낙했다. 호의에 감사하는 뜻으로 세를 지급하겠다고 했으나 극구 사양했다. 그냥 사용하게 된 것이다.

주인은 시골집에 있다가 서울 집을 오가며 생활하던 중이었다. 주인은 자신이 없을 때는 다도가 집 지킴이를 할 수 있어 든든하다고 말했다. 아빠 처지에서는 무엇보다 아파트와 거리가 멀지 않아 다행이었다. 주인도 개를 길러 보았던 터라 한결 마음이 놓였다. 형편을 이해하기 쉽다고 생각했다.

아파트에서 며칠 생활하다가 생소한 우리에 다도를 데려다 놓았다. 다도를 적응시키기 위해서였다. 처음에는 익숙하지 않았다. 이틀간 한밤에 다도가 구슬피 울었다고 이웃 사람이 말해 주었다. 환경이 낯설어 그럴 수 있고 아빠가 그리워 울었다고 생각했다. 다도는 나주에서도 밖에서 생활한 경험이 있어 시간이 흐르면 적응하리라 생각했다. 아빠는 다도를 위해 최선을 다했다.

다도는 아파트와 우리를 오가며 생활을 이어 나갔다. 다도는 현실적 문제에 익숙하여 안정된 생활을 해나갔다. 다도가 이곳에 다시 올 때의 계절은 초여름이 시작될 무렵이었다. 이른 아침 아빠와 함께 하는 운동은 시원한 공기를 마실 수 있어 너무나도 좋았다. 다도는 나주에 가기 전까지만 해도 다정한 친구였던 집시 견들의 근황이 몹시 궁금했다.

하지만 집시 견들은 이제 보이지 않는다. 집시 견들이 다도와 헤어진 지 2년 되었다. 적지 않은 세월이었다. 다도와 플라토닉한 사랑을 나눴던 우두머리 수컷의 행방도 알 수 없다. 통 보이질 않았다. 다도가 떠난 지난겨울만 해도 집시 견들은 몰려다니다가 갈비탕 식당 인근 움막에 새끼를 낳아 사람들의 보살핌을 받았다. 그런 일이 있고 난 뒤 하나둘 자취를 감춰 보이지 않는 것이다.

아빠는 이를 두고 생각했다. 새끼들은 누군가 가져가고 집시 견들은 하나둘 수명을 다해 자연사했거나 병들었거나 영양실조로 도태된 것으로 추측했다. 하지만 집시 견들의 주검을 목격한 것은 아니었다. 어디까지나 추상에 불과했다.

다도 역시 사라진 내용은 전혀 알 길 없다. 모처럼 귀향하여 친구들이 무척 보고 싶었지만 찾을 길 없다. 다도는 여기저기에 집시 견이 남긴 흔적을 냄새로 확인하는 것 같았다. 이곳저곳에 찔끔찔끔 소변을 눴다. 소변의 의미는 여러 가지라고 생각했다. 다도가 다시 왔다는 사실을 알리는 신호일 수도 있고 집시 견이 남긴 흔적에 반가움을 표시한 그것으로 추측했다.

다도는 마음속으로는 친구들이 얼마나 보고 싶었을까 싶다.

"도대체 어딜 간 거야. 한 마리도 보이질 않네. 죽은 거야. 잡혀간 거야. 답답해 죽겠네."

다도가 나주로 갔을 때는 집시 견들이 다도의 행방을 몰라 몹시 궁금했다. 특히 리더는 아빠를 보면 다도가 어떻게 된 것이냐고 처연한 표정으로 물었다.

이제는 정반대 상황이 되었다. 다도가 친구들의 근황이 못내 궁금했을 터다. 들판을 쏘다니면서 자유를 만끽했던 친구들, 함께 노숙하면서 켜켜이 정을 쌓았던 친구들의 종적을 알 수 없는 것이다. 그렇다고 아빠가 저간의 사정을 설명해 준들 알아들을 리 만무했다. 다도는 집시 견들과 사연은 혼자만의 추억이 되었다.

다도가 이곳 R 아파트에 이사 와서 집시 견과 사귄 시간은 꽤 오래되었다. 그토록 다도를 흠모했던 집시 견 리더와 끝내 이루지 못한 사랑은 애절하기 그지없다. 이제 이들은 이 세상에서 두 번 다시 만날 수 없는 영원한 이별을 고한 것이나 다를 바 없었다. 아빠는 일종의 순애보라고 생각했다.

아빠는 마음속으로 기도했다. 다도와 리던 견 사이의 이승에서 이루지 못한 애절한 사랑을 떠 올리며 나중에 저승에서라도 이어가기를 바라는 마음 간절했다. 아빠는 다도와 집시 견 리더의 사랑을 보면서 동물의 세계에서도 아름다운 우정과 순정이 존재한다는 사실을 비로소 알게 되었다.

아빠는 평생 살면서 여러 마리의 개를 길러 많은 경험을 했다. 개마다 성격도 습성도 다르다는 것이다. 순한 개가 있는가 하면 독한 개도 있다. 각양각색이다. 이들의 성미를 잘 파악하여 개를 사육하면 큰 도움이 된다는 생각이다. 다도는 새끼들이 아무리 귀찮게 해

도 화를 낸 적이 없다. 새끼들에게 언제나 관대했다. 어떻게 보면 바보스럽기까지 했다.

 새끼들이 젖을 빨아 먹다가 생긴 발톱 상처가 만만치 않았다. 그런데도 새끼들이 졸졸 따라다니며 젖꼭지를 쟁탈전을 벌여도 성질내지 않았다. 새끼들이 놀아 달라고 응석을 부리면 다 받아 주었다. 다도의 모성애는 나무랄 데 없었다.

 반면에 별난 개도 없지 않았다. 어떤 어미 개는 새끼가 젖꼭지를 빨려고 다가오면 벌떡 일어나 귀찮다고 신경질적으로 반응했다. 금방이라도 물어 버릴 듯 으르렁거리며 위협했다.

 또 어떤 개는 먹이를 놓고 새끼를 물어 버린 일도 있었다. 우리가 기르던 '제니'라는 잡종 치와와였다. 아빠는 개가 잘생겼든 못생겼든 한번 연을 맺으면 내치지 못한다. 죽는 날까지 함께 하는 것이 기본 원칙이었다. 제니는 가족들의 사랑을 받으며 가족처럼 살았다.

 어느 날 제니가 새끼를 낳았다. 새끼들은 태어난 지 며칠 안 되는 햇강아지였다. 겨우 엄마 냄새를 맡고 엉금엉금 기어가는 형편이었다. 하루는 새끼 중 한 마리가 엄마를 찾아 헤매다가 사료를 먹고 있는 어미 냄새를 맡고 기어갔다. 새끼가 다가오자 노려보며 으르렁거렸다. 햇강아지는 전혀 알 턱이 없었다. 그저 어미 냄새만 맡고 접근했을 뿐이다. 가까이 오자 그만 꽉 물어버렸다. 제니는 새끼가 밥을 뺏어 먹으려 하는 줄 알았던 모양이다.

 강아지는 비명조차 지르지 못했다. 너무 어려 아픈 것을 모르는 것 같았다. 전혀 예상치 못한 일이었다. 이를 목격한 아빠는 얼른 물린 강아지를 집어 들어 살펴보았다. 정수리 한가운데가 구멍이 뚫렸다. 그러나 피는 나오지 않았다. 다행히도 치명적은 아니었다. 먹이 그릇에 다가왔다고 자기 새끼를 물어 버린다는 것은 상상도 못할 초유의 일이었다.

제니는 10년 넘게 가족 대우를 받고 살았다. 그러든 어느 날이었다. 아빠가 외출에서 돌아왔다. 아빠가 외출했다가 돌아오면 스킨십은 정해진 순서였다. 아빠가 돌아오면 으레히 층계 발걸음 소리를 감지했다. 출입문 안쪽에서 꼬리를 흔들며 미리 기다리고 있었다. 하지만 오늘은 아니었다. 출입문을 열고 거실로 들어가 보니 제집에 엎드려 있었다.

아빠가 거실 바닥에 앉아 나직하게 제니를 불렀다.

"제니, 아빠가 왔잖아. 어서 나와 인사해야지."

제니는 그러잖아도 아빠를 보고 어슬렁어슬렁 걸어 나오려는 참이었다. 동작이 예전 같지 않았다. 힘이 없어 보였다. 아빠 무릎 앞까지 힘겹게 다가온 제니는 꼬리를 한두 번 흔드는가 싶더니 그 자리에서 금시 꼬꾸라졌다. 절명한 것이다. 생각지도 않은 어이없는 일이 일어난 것이다.

며칠 전부터 제니의 움직임이 둔해졌다는 것을 눈치챘다. 늙어서 힘들어 그러는가 보다 생각했다. 아무런 비명 한번 지르지 못하고 아빠 앞에서 숨을 거둔 것이다. 아빠는 어처구니없는 제니의 죽음을 확인하는 순간 양 볼에 눈물이 주르륵 흘러내렸다.

아빠는 생각했다. 제니는 자기 죽음을 예감하고 아빠를 애타게 기다렸다고 생각했다.

'아빠가 왜 안 오시나. 나, 이제 곧 죽을 것 같은데, 세상 떠나기

전에 마지막으로 아빠 얼굴을 한 번이라도 더 보고 죽어야 할 텐데….'

아빠가 외출에서 돌아오자 아빠 앞에 다가와 작별 인사를 고한 것이다. 소원을 이루었다. 죽기 전에 마지막으로 아빠 얼굴을 보았기 때문이다. 그리고 아빠 앞에서 죽은 것이다. 흔한 일이 아닌 것만은 분명했다. 아빠도 처음 겪는 일이었다. 제니의 죽음에 대하여 별의별 생각이 떠올랐다.

아빠는 죽은 제니를 가슴에 꼭 안고 한동안 눈물을 흘렸다. 제니 주검을 천으로 감싸 조그만 상자에 담아 양지바른 곳에 고이 묻어 주었다. 이것은 아빠의 마지막 도리라고 생각했다. 이 또한 잊을 수 없는 추억이다. 이때 아빠 나이는 30대 중반이었다.

오랫동안 동거했던 제니가 없으니 허전했다. 제니가 죽자 치와 한 마리를 분양받았다. 서둘러 입양시킨 것이다. 잘생긴 치아와 종 암컷이었다. 이름을 '해피'라고 지었다. 아빠 가정에 해피와 더불어 행복이 충만하기를 바라는 마음에서 지은 것이다.

치아와는 원래 멕시코 견종으로 비교적 작은 체구였지만 눈치가 빠르고 행동이 민첩하기로 정평 나 있었다. 어린 해피가 성장하여 시집갈 때가 되었다. 수소문하여 같은 혈통과 교배하여 새끼 3마리를 낳았다. 새끼들은 어미와 달리 송아지 색을 가지고 태어났다. 깜찍할 정도로 귀여웠다.

세 마리 새끼는 사랑을 듬뿍 받았다. 옹기종기 모여 있다가 아빠가 부르는 소리에 쳐다보는 앙증스러운 장면을 카메라에 담았다. 사진관에 가서 현상 해보니 생각보다 잘 나왔다. 크게 확대하여 거실

벽에 한동안 걸어 두었다. 지금도 그 사진은 휴대전화 갤러리나 앨범에 고이 저장되어 있다. 3마리 중 두 마리는 분양하고 암컷 한 마리를 길렀다. 이름은 방울이었다.

한집에서 해피와 방울 모녀는 오순도순 사이좋게 가족들의 사랑을 받으며 행복하게 살았다. 말하자면 선택받은 아이들이었다. 어느덧 세월이 흘러 해피는 노 할머니가 되고 방울은 엄마가 되었다. 방울은 우량종과 교배하여 새끼 두 마리를 출산했다. 이제 겨우 방울 새끼가 눈을 떴을 무렵이다.

갓 태어난 강아지 시절은 한결같다. 신기하지 않을 수 없다. 처음에는 귀가 막혀 있고 눈도 감겨 있다. 태어나자마자 강렬한 빛을 보면 망막을 해칠 수 있다. 귀가 뚫려 큰소리에 청력을 상실할 수 있는 우려에 대한 섭리라고 생각했다. 귀가 뚫리고 눈 뜨는데 일주일 이상 걸린다는 사실이다. 새끼들이 태어난 처음에는 네발로 걷지 못해 꿈틀꿈틀 기어 다닌다. 그러다가 수일 지나면 네발로 일어서기를 반복하다가 조금씩 다리에 힘이 들어가 걷기 시작하는 것이다.

막혔던 귀와 눈은 매일 조금씩 벌어진다. 여러 날 지나야 온전해진다. 그렇다고 사물을 바로 보는 것은 아니다. 눈에 망막이 싸여 있기 때문이다. 망막은 눈알을 보호하는 신경세포다. 망막은 천천히 벗겨진다. 한꺼번에 벗겨지는 것이 아니라서 시간이 걸린다. 그런 다음에 비로소 사물이 보인다. 이어 수정 같은 눈망울이 선명하게 드러난다.

이러한 과정을 보면 창조주의 섭리는 대단하다 못해 신비의 경지다. 사람들이 사는 주변의 동식물을 보면 타고난 생김새를 자세히 관찰하면 디테일하다. 동물 모두 생김새는 특색있다. 어미와 자식의 생김새는 어쩌면 기계로 찍어 낸 느낌이다. 풀잎이나 나뭇가지는 어떤가. 찬찬히 들여다보면 저마다 생김새가 한결같이 정교하기 이를 데 없다. 모두 나름의 아름다운 자태다. 천연적 예술 작품 그 자체다. 사람이 아무리 그림을 잘 그린다고 해도 자연 그대로 생동감 있게 표현하기 어렵다.

사람의 인체인 손가락을 펼쳐 보자. 다섯 손가락 생김새가 다르다. 길이와 굵기도 다르다. 또 저마다 쓰임새도 다르다는 사실이다. 어쩜 이렇게 정교하게 창조할 수 있을까 신비스러움에 감탄하지 않을 수 없다.

또 다른 예를 들어보자. 인간이 만든 아무리 단단한 가죽이라도 사용하다 보면 닳거나 떨어지기 마련이다. 하지만 세상에 태어날 때 타고난 인간을 비롯한 동물들의 발바닥 가죽은 아무리 많이 걸어도 절대로 해지는 법이 없다. 손바닥 가죽도 마찬가지다. 아무리 훌륭한 갓바치가 만든 최고급 가죽 신발이라 하더라도 시간이 지나면 닳거나 해지기 마련이다. 천연의 가죽인 인간 발바닥보다 나을 수 없는 것이다. 이것은 전지전능한 유일신의 영역이기 때문에 인간으로는 한계인 것이다.

만물이 소생하는 봄이 있고 무더운 여름이 있어 오곡백과가 잘 자라게 하고 비와 태양을 다루는 조화도 창조주의 섭리다. 인간의 길흉화복은 하느님의 다스림이다. 인간으로서는 거스를 수 없는 철칙이다. 기독교 사상을 비롯하여 모든 종교의 근원은 전생과 현생, 내생과 연계되어 있다. 이러한 사상의 중심에 만물의 창조주가 존재한다는 사실이다.

창조주는 다른 말로 조물주다. 조물주가 먼저 천지를 만들었고 이어 동식물을 만들었으며 다음에 이들을 다스리는 인간을 만들었다. 성서 창세기 편에 알기 쉽게 기술되어 있다. 인간은 피조물이다. 창조주에 의해 생겨난 존재인 것이다. 창조주는 구세주라고 한다. 그리스어로 '그리스도'라는 하며 그리고 하느님이라고 한다.

가톨릭이든 프로테스탄트이든 오직 한 분이신 하느님을 믿는 연유도 이런 데서 출발한다. 하느님의 존재를 믿지 않는 무신론자들은 세상의 삼라만상과 인간을 비롯한 동식물은 저절로 생겨났다고 생각한다. 인간의 진화 과정의 한 부분인 성씨(姓氏)를 가지고 논해보자. 성씨는 태고에는 존재하지 않았다. 불과 수천 년 전의 일이다. 그저 부르기 좋은 동네 지명이나 동물 또는 생김새에서 따온 촌장 이름 정도일 것이다.

아빠의 정(鄭)씨는 신라 육촌(六村) 중 토착 세력인 지백호 때문에 생겨났다. 신라에서 개국 공신 지백호에게 하사한 성씨가 바로 경주 정씨였다. 우리가 사용하는 원래의 성은 대부분 중국 성씨다. 중국 성은 대략 3천 개가 존재했다고 한다. 그때의 형편으로는 강대국 중국에서 각종 성씨를 하사받아 사용한 것이다. 상당수 평민은 그저 무지렁이로 족보가 없었다.

일본은 사무라이나 귀족들만 성씨를 가졌다. 나머지 대부분은 이름 없는 천민이었다. 1868년 메이지유신 이후 병역, 세금 과세, 인구실태 등 호적 정리가 필요했다. 여기서 우스개로만 생각할 수 없는 일이 생겼다. 중국으로부터 물려받은 성씨도 없는 터다. 마땅한 이름을 지을 수가 없었다. 일본이 통일되기 전 전국시대에 남자들이 많이 죽었다. 인구수를 회복하는 것이 중대한 과제가 되었다.

『일본을 통일한 도요토미히데요시는 포고령을 내렸다.

"여자들은 기모노 속에 팬티를 입지 마라, 그리고 등에 담요를 매고 다녀라, 남자가 보이면 아무 데서나 성관계해라"

담요를 산 아래 밭에 깔았으면 그 아이 성씨는 山下(야마시타), 담요를 논바닥에 깔았으면 그 아이 성씨는 田中(다나카), 담요를 산속에 깔았으면 그 아이 성씨는 中山(나카야마), 담요를 개울 옆에 깔았으면 그 아이 성씨는 川邊(가와베)가 되었다』.

(출처 : 국화와 칼 일본인 성씨(姓氏)에 얽힌 이야기 작성자 크로노스와 가이아)

심지어 인접국인 한반도 국가명을 딴 성씨 고마(高麗), 구라다(百濟), 시라기(新羅) 도 적지 않다. 야채 장수는 다이공 '무'라는 뜻의 이름이다. 소금장수는 시오(鹽) 등 무려 12만 개 이상의 성씨가 존재하는 나라가 일본이다.

모든 국가가 성씨가 통용되던 훨씬 이전의 아득한 태고에 인간이 세상에 어떻게 태어났는가 하는 것이다. 무신론자들은 저절로 생겨났다고 생각한다. 막연한 생각에서 나온 것이 저절로라는 것이다. 저절로란 인공이 아닌 자연 그대로다. 결국은 불가사의 영역인 세상 창조주를 의미한다.

'자연 그대로'는 '저절로'이며 세상의 기원이자 창조의 원인이다. 자연은 곧 창조주 하느님이라는 뜻이다. 아빠는 이 기회에 변증법적 논리에 근거하여 힘주어 말한다. 인간의 정체성에 대하여 골똘하게 생각해보라는 것이다. 어디서 왔다가 어디로 가는 존재인지 생각해 보라는 것이다.

신의 존재와 섭리가 얼마나 위대한 것인지를 알 수 있다. 하지만 가련하게도 이러한 진리를 모르고 사는 사람이 허다하다는 사실이다. 오로지 정글에서 먹이 사냥에 급급한 맹수나 죽은 시신을 쫓아다니는 하이에나같이 치열한 삶의 노예로 살다가 종국에는 흔적도 없이 사라지는 것이 인간의 한평생이다.

진리는 참다운 인간으로 나아가는 첩경이다. 성서에 "진리가 너희를 자유롭게 할 것이다."(요한 8장 31절) 라는 말씀이 기록되어 있다. 논어 '이이 편'에 조문석사(朝聞夕死)라는 말이 있다. 모르던 진리를 어느 날 아침 깨우쳤다면 저녁에 죽어도 여한이 없다는 뜻이다. 동서양을 막론하고 예로부터 진리에 대해 깨우침은 수천 년 이어 왔다. 하지만 우매한 인간은 진리에 대해 제대로 참된 이치를 깨닫지 못할 뿐이다. 설령 진리를 안다 해도 수박 겉핥기식이다. 행동이 없다.

어느 날 해피는 뚱딴지같은 촌극을 벌였다. 방울 집을 차지하고 손주인 새끼들을 품고 있었다. 방울은 새끼들 젖 먹일 시간이 되어 제집으로 들어가려 해도 비켜 주지 않았다. 방울이 다가가면 인상을 쓰면서 이빨을 보이며 행악했다. 방울은 졸지에 새끼와 집을 빼앗기고 거실을 오가며 안절부절못했다. 해피는 아랑곳하지 않고 제 멋대로였다. 그동안 여러 마리의 개를 집에서 길러 보았지만 이처럼 우스꽝스러운 광경은 처음이었다.

이러한 광경을 보다 못한 엄마가 타이르듯 중재에 나섰다.

"해피야. 너는 젖이 나오지 않잖아. 그럼 안되는 거야. 어서 나와. 어서."

손으로 끌어내려고 하니까 싫다고 앙칼지게 대들었다. 우리 모녀와 손주들 사이에 간섭하지 말라는 투였다. 어처구니없는 상황이었다. 이때 마침 아빠가 외출했다가 귀가했다. 이 모습을 보고 아빠는 훈육하듯 "이리 나와!" 하고 명령했다. 해피는 아빠의 눈치를 살피며 슬금슬금 기어 나왔다.

아빠는 개들을 무척 사랑한다. 하지만 응석을 무조건 받아들이지는 않는다. 때론 아닌 것은 아니라고 가르친다. 버릇없는 강아지들은 식사 시간이 되거나 음식을 먹을 때 쳐다보면서 끙끙거리며 보챈다. 먹을 것을 달라는 것이다. 이럴 때 아예 제집에서 나오지 않고 기다리라고 엄격하게 교육해야 한다.

손짓이나 손가락으로 충분히 교육아 가능하다. 교육할 나름이다. 세 살 버릇 여든 간다는 말은 틀린 말이 아니다. 개들도 강아지 때부터 습관을 제대로 가르치지 않으면 버릇없이 행동하는 경우 없지 않다. 해피가 제일 좋아하는 사람은 아빠다. 하지만 아빠 목소리 톤이 조금이라도 다르면 얼른 눈치를 채고 행동이 달라진다. 눈치가 100단인 것이다. 말 못 하는 동물에게도 교육은 필수다.

하물며 인간의 세계에서 자식을 사랑한답시고 목낭청이라는 말처럼 이래도 '응' 저래도 '응'하는 자식 사랑은 안 된다. 어린 자식이 어른 상투를 잡고 맴맴 돌아도 귀엽다고 한다. 이렇게 자란 아이가

나중에 어른에게 깍듯하게 예의범절 지키기 쉽지 않다. 세 살 버릇 여든 가기 때문이다. 그래서 밥상머리 교육이 절실하다는 것이다. 밥상머리 교육은 가정 교육과 같은 말이다. 아이들과 가정에서 대화할 시간이 충분하지 않은 현실이다. 저마다 생활이 바쁘기 때문이다.

 밥 먹는 자리에서 인성, 예절을 염두에 둔 화두를 주제로 하는 교육이 밥상머리 교육인 것이다. 교육의 방법은 장광설은 피해야 한다. 듣는이가 피곤하거나 짜증스러워하면 역효과다. 잔소리로 받아들이면 곤란하다. 슬쩍슬쩍 스쳐 가듯 간단명료할수록 좋은 것이다.

 -밥상머리 교육을 통해 나라 사랑, 겨레 사랑을 주입해야 한다. 애국애족의 공동체 사상이다. 내가 태어난 조국을 위해 구성원으로서 무엇을 할 것인가와 나는 할 수 있다는 자긍심을 심어주어야 한다. 뭐니 뭐니해도 가정의 평화가 최고의 행복이다. 행복을 가꿔라. 세상을 직시하라. 어려움에 부닥쳐도 좌절하지 마라. 꿋꿋한 오뚝이 정신으로 극복하라. 항상 정의로워야 한다. 정직해야 한다. 남의 것을 탐내지 마라. 공짜를 바라지 마라. 남하고 다투지 마라. 폭음을 자제하라. 함부로 남을 믿지 마라. 약속은 꼭 지켜라. 윗사람을 잘 공경해야 한다. 일확천금을 꿈꾸다가 범법자가 되지 말라. 필요 외 재물은 서천의 구름과 같다. 은행이든 사채든 남의 돈을 겁내라. 뇌물은 사약과 같은 것이다. 선한 끝은 있어도 악 하게 살면 말로가 좋지 않다는 등 교훈을 강조하는 교육이다.-

 이런 교육은 밝은 사회 구현에 엄청나게 공헌한다는 것은 의심의 여지가 없다. 현대를 사는 어른들은 당연히 솔선할 할 책무다. 문제는 우리 부모들의 인식에 갖추어졌는가. 어떤 이는 자식들이 알아서 하거나 하길 바란다. 알아서 하려면 깨우침이 있어야 한다. 대저 스스로 깨우친다는 것은 생각보다 쉽지 않다. 깨우침에는 반드시 동기부여인 자극이 필요하다. 자극은 부모의 역할인 것이다.

요즈음 아이들 교육은 유아독존적이다. 아이들 하자는 대로 한다. 독선을 가르치는 교육이다. 응석받이 아이들은 자기가 최고라고 생각하고 자란다. 이기적이고 인색하다. 자기 위주이며 자신밖에 모른다. 물질적 욕구 충족 위주의 교육이다.

부모는 자식의 거울이다. 부모가 술에 취해 폭력적이거나, 향락 위주의 삶을 추구한다면, 허구한 날 도박을 즐긴다면, 남을 시기하여 중상모략하거나 해코지하면, 자식은 부모 모상(貌像)대로 따라 하기 마련이다. 콩 심은 데 콩 나고 팥 심은 데 팥 나는 것이 세상의 이치다.

자녀 교육에서 자기애를 심어주는 교육은 실패한 교육이다. 어릴 때부터 휴머니즘이나 박애 사상을 심어주어야 한다. 고쳐 말하면 이타적인 삶인 사랑의 실천이다. 사랑은 배려와 관심 속에서 출발한다. 부모에 대한 효도와 공경 역시 사랑의 실천에서 비롯하는 것이다.

자고로 '엄부출효자'라고 했다. 엄한 부모 밑에 효자 난다는 말이다. 요즈음 주변을 눈여겨보면 자식 교육이 엉망이다. 비싼 음식 먹이고 메이커 의류와 신발을 사주면 최고의 자식 사랑인 줄 안다. 버릇없는 경우는 예사다. 고슴도치도 자기 자식 귀한 줄 안다. 하지만 사람은 하등동물과 다르다. 교육의 기본은 인성을 통한 인격체 완성이다.

그럼 인성은 무엇이더란 말인가. 한마디로 성품이자 됨됨이를 뜻한다. 인성이 부족한 사람이 명문대학을 졸업하고 고위직에 있으면 뭐하나. 나르시스에 빠진 에고이스트일 뿐이다. 임기 내내 말도 많고 탈도 많은 현재의 대통령 지위에 있는 자를 보자. 경거망동은 다반사다. TV 토론에서 공공연하게 임금 왕(王)자를 손바닥에 써서 국민에게 보여 주었다. 마치 "짐은 왕이로소이다." 하는 중세 왕조시대를 연상하게 했다. 또 얼굴 한쪽에 부적처럼 흰색 눈썹을 붙이고 나와 조소 거리가 되었다. 생각해보건대 이런 유치찬란한 희극은 없을 성싶다.

21세기 문명 시대에 대통령이 되겠다는 사람치고 황당했다. 이런 기상천외한 모습을 보노라면 거부감이 앞서 메스껍다. 이 사람은 유서 깊은 청와대 입성을 거부했다. 일각에서 배후에 법사니 도사니 하는 이상야릇한 존재가 원격조정한다는 말이 나돌았다. 확인할 길은 없다. 풍문일 수도 있다. 하지만 '아니 땐 굴뚝에 연기 나랴.' 속담처럼 국민은 고개를 갸웃했다.

어찌 되었건 대통령이 되기 무섭게 청와대 입성을 거부하고 난데없는 '용와대' 조성에 천문학적 예산을 들여 옮겼다. 민주당 주장을 따르면 1조 1천억의 혈세가 든다고 했다. 사실 확인이 필요하겠지만 굳이 대통령 집무실을 옮겨야 하는가 하는 문제다. 가뜩이나 국가부채가 늘어나 국가재정이 어렵다는 데 아랑곳하지 않았다. 임기 5년의 대통령으로 도를 넘는 월권이자 국고 탕진이다. 예산의 공개념이라든가 국민적 동의나 합의 따위는 아예 그의 사전에는 없는성싶다.

그의 언행을 보면 허언이 주류를 이룬다. 제법 도덕군자 인양, 공정과 상식, 정의와 법치를 내세웠다. 얼마나 듣기 좋은 말인가 싶다. 하지만 그의 워딩(wording)은 즉흥적이자 구두선에 불과했다. 진실이 없다. 함부로 식언을 내뱉는다. 이런 사례를 열거하자면 넘고 처진다.

구체적으로 한 가지 더 사례를 들어보자. 그자는 지난 대통령 선거 TV 토론에서 탄핵에 대해 발언했다. "특검을 왜 거부하는 겁니까? 죄 졌으니 거부하는 것입니다. 떳떳하면 사정기관 통해서 권력자도 조사받고 측근도 조사받는 것이지."라고 일갈했다. 지당한 말이다. 지난 2023년 12월 28일 국회 본회의에서 대통령인 자신의 처와 관련한 주가조작 의혹 등 사유로 특검법이 통과되었다.

이에 기다렸다는 듯 즉각 대통령 권한으로 특검을 거부했다. 그가 외쳤던 상식과 공정, 법치, 정의가 여지없이 쓰레기통에 처박혔다. 국가 최고지도자의 언행일치는 국정 운영의 최고 덕목이다. 만인의 표상이어야 할 자의 말 따로 행동 따로 노는 막가파식 모습을 보노라면 국민의 한 사람으로 한숨이 나온다. 아서라! 말아라! 미래를 짊어질 꿈나무들에게 고스란히 오염될까 두렵다.

이것은 인성이 갖추어지지 않은 탓이다. 인성은 양심을 수반하기 때문에 절대로 후안무치할 수 없다. 양심을 저버렸을 때 정신적 괴로움과 가책이 뒤따르기 마련이다. 그래서 인간에게는 인성이 중요한 것이다. 인성이 모자라는 이런 사람이 대통령이면 국민은 불행하기 마련이다. 더는 기대할 바 없어 임기 끝나기만을 기다려야 하는 처지가 되기 때문이다.

누구든 인성이 형편없으면 저잣거리의 시정잡배를 떠 올리기 마련이다. 저마다 지닌 인성은 인간의 성품을 평가하는 절대적 잣대다. 인성이 잘못된 자식은 가정 교육을 잘못한 탓이다. 나중에 자식 교육 잘못되었다고 가슴을 친들 이미 늦었다. 부모는 자식에게 부모다워야 한다. 그래야만 훌륭한 인성을 가진 자식이 생겨난다는 뜻이다.

해피가 제 새끼가 낳은 어린 새끼를 품고 앙탈하는 푼수 짓은 노망인가 싶었다. 이것은 나이 탓이려니 생각했다. 해피 나이도 열 살을 훌쩍 넘겼다. 기름기 반지르르하던 털도 윤기 잃은 지 오래다. 치아도 빠지기 시작했다. 노쇠가 빠르게 진행되는 느낌이다.

아빠의 경험칙에 관한 개들의 이야기다. 한집에 사는 개들에게도 사람을 따르는 서열이 있다. 개들은 영리하여 자기가 사는 집에 누가 가장 우두머리인지 용케 구별한다. 보스가 집에 있으면 항상 보스 주변에만 머문다. 보스가 없으면 다음 순서로 이동한다. 이것은 사람이 인위적으로 정하는 것은 아니다. 개 나름의 눈높이로 정한다는 사실이다. 가족들을 따르기는 하지만 보스에게만 절대복종한다는 사실이다.

제 눈에 별 볼 일 없다고 생각하는 사람한테는 차별 대우한다. 서열이 낮은 가족에게 안기는 것은 별로 좋아하지 않는다. 알은체하는 정도다. 마지 못해 품에 안겼다가도 금시 버둥거리다가 싫다는 표시를 한다. 호불호를 분명히 하는 것이다.

우리 집에서 평생 같이하다가 13살에 세상을 떠난 해피도 마찬가지다. 해피는 아빠 막내아들보다 몇 년 사이를 두고 먼저 태어났다. 손위인 셈이다. 해피는 다른 가족에게는 공손했다. 하지만 막내아들은 언제나 대립각을 세웠다. 서열을 따지는 것 같았다.
 자기보다 한 수 밑이라는 인식이 팽배했다. 막내아들이 체격이 청장년이 되어도 마찬가지였다. 해피 기준으로 언제나 손아래로 대했다. 함부로 자신을 다루지 못하게 했다. 끌어안아 보려고 하면 노골적으로 고시랑 거리며 거부했다.
 "네가 뭔데, 나한테 귀찮게 하는 거야. 나는 너보다 먼저 태어났거든."
 해피는 아빠의 막내아들에게 절대로 순종하지 않았다. 얄미울 정도였다.
 "너는 언제나 내 밑이거든. 내 하수란 말이야."
 끝내 자신을 허락하지 않았다. 완력으로 번쩍 들어 가슴에 안으면 발버둥 치면서 빠져나오려고 했다. 한사코 거부하는 것이다. 여하튼 개들의 성격은 다양한 것만은 틀림없다 하겠다.

9

덜컥 병에 걸리다

덜컥 병에 걸리다

　다도가 나주에서 강릉에 귀향할 때 여름인가 싶더니 어느새 가을이 찾아 왔다. 다도는 아파트와 우리를 오가며 잘 지냈다. 오히려 가을은 다도가 한데서 살기에 유리한 점 없지 않아 유리했다. 선선하여 지내기 좋았기 때문이다. 단 모기의 공격이 걱정되었다.
　이윽고 겨울이 왔다. 겨울 채비를 서둘렀다. 우리가 다소 허접하여 보온이 제대로 되지 않아 추울 것 같았다. 우리 안 밑바닥에 두꺼운 요를 깔아 주고 그 위에 짚을 많이 넣어 주었다. 오래된 우리 판자 틈새로 들이닥치는 바람은 매서웠다. 바람막이로 우리 바깥과 안을 비닐을 둘러쳤다. 하지만 생각보다 효과적이지 못 했다. 바늘구멍에 황소바람이 들어오는 격이었다.
　아빠는 나이 많은 다도가 겨울 추위에 약하다고 생각했다. 겨울을 바깥에서 지내는 것은 무리라고 생각한 것이다. 나주에서의 겨울 생활은 온실에서 지냈다. 하지만 여기서는 그럴 형편이 아니었다. 애초 생각대로 겨울은 아파트에서 지내기로 했다.

아빠는 서둘러 다도를 아파트로 옮겼다. 아파트 생활은 공간이 좁다는 것 빼놓고는 겨울을 따뜻하게 지낼 수 있어 좋은 환경이었다. 비바람과 추위에서 자유롭기 때문이다. 이를 두고 대끼리라고 표현하면 어울릴지 모르겠다. 내년 춘삼월이면 다시 우리로 데려다 놓으려고 맘먹었다.

해가 바뀌었다. 어제가 작년인가 싶었는데 얼마 되지 않아 새해가 되었다. 오비토주라는 말이 있다. 까마귀는 날고 토끼는 달린다는 뜻으로 세월의 흐름이 빠르다는 말에서 유래 되었다. 세월이 유수와 같다더니 생각하기에 달렸겠지만, 휙휙 지나갔다.

송구영신, 드디어 2022년 국민 명절인 설을 맞이했다. 모든 사람이 1살씩 나이를 먹어야 했다. 이제 다도 나이도 15살이 되었다. 사람으로 치면 100세 노인이다.

수도권에 흩어져 살던 가족이 모두 아빠 집에 모였다. 다도는 모처럼 정다운 가족들과 해후를 반겼다. 가족들은 저마다 다도를 쓰다듬거나 덕담을 건네면서 반색했다. 막내아들 자식들인 태민, 태희, 태은 세 아이는 모처럼 친가에 와서 신났다.

태은은 이제 초등학교 1학년이다. 다도를 무척 좋아한다. 다도도 좋아했다. 다도를 데리고 아빠(할아버지)와 함께 남대천 제방으로 산책갔다. 목줄은 제일 나이가 어린 태은이가 잡았다. 우리는 싸목싸목 제방 둑을 걸었다. 급하게 서두를 이유가 없었다.

다도에게도 설은 마냥 행복한 날이다. 온 가족이 모였기 때문이다. 왁자지껄 한바탕 가족들이 어울려 마음껏 회포를 풀었다. 그리고 며칠 후 저마다 자신들의 보금자리로 떠나갔다. 분가하여 살기 때문에 어쩔 수 없는 현실이다. 아이들이 와자그르르 법석을 떨면서 머물다가 떠나간 빈자리는 언제나 허전했다. 나이 먹은 탓인지 명절이 기다려진다. 자식들이 한자리에 모일 기회이기 때문이다. 부모의 자식 사랑은 한이 없다.

호사다마. 좋은 일 끝에는 액운이 낀다는 말이다. 아이들과 함께 기분 좋은 설을 지내고 며칠 되지 않았다. 사랑하는 다도 배꼽 부근에서 작은 멍울을 발견했다. 아빠는 늘 다도 몸에 이상 징후를 확인하는 습관이 몸에 배어 있었다. 진드기가 붙어 있을 수도 있고 수풀을 뒤지다가 나뭇가지에 할퀴어 상처가 생길 수 있기 때문이다.

우연히 다도 배꼽 부근에 팥알 크기의 멍울 발견한 것이다. 예감이 좋지 않았다. 애써 대수롭지 않게 생각하려고 했다. 며칠 후 다른 부위에도 멍울이 잡혀 걱정은 늘어갔다. 간과해서는 안 될 일이라고 생각했다. 인터넷 검색을 통해 정보를 취득했다. 흔한 병이면서도 간단한 병은 아니라고 판단했다. 아빠와 엄마는 부리나케 단골로 다니던 동물 병원에 찾아가 수의사와 상담했다.

다도와 함께 가려다가 환부를 스마트폰으로 촬영해서 가져갔다. 수의사는 유선종양을 의심했다. 일단 약을 먹여 보고 예후를 살펴보라고 했다.

아빠는 말했다.

"원장님. 약보다는 아예 종양 제거 수술은 안 될까요?"

원장은 난색을 들어내면서 말했다.

"일단 약을 먹여 보세요."

수의사의 속셈은 다도가 덩치가 커 아예 자신이 없었던 같다. 아빠는 난감했다. 별수 없이 약만 타왔다. 언제나 동물 병원에 갈 때마다 느끼는 것이지만 약값이 제법 비싸다는 사실이다. 의료보험 혜택을 전혀 받지 못하기 때문이다. 하지만 지금은 그것을 따질 겨를이 없었다. 돈이 문제가 아니다.

오직 종양이 제거만 된다면 이보다 좋은 일은 없다는 생각뿐이었다. 또 다른 걱정이 생겼다. 일주일 이상 약을 먹이면 위장이나 다른 장기에 영향을 미칠까 봐 조바심이 생겼다. 아빠는 사람이 먹는 약에 대해서도 여간 신중한 것이 아니었다. 약에 대한 역기능을 우려한 것이다.

지금까지 다도는 여러 날에 걸쳐 약을 먹어 본 적이 없다. 그만큼 무병하게 살아왔다. 다도가 약을 먹어본 최초의 경험은 삼천리 아파트에서의 일이다. 다도는 첫 번째 낳은 새끼들과 함께 사무실 건너 방치된 공터에서 새끼들과 놀았다. 아빠는 다도와 새끼들이 서로 엉켜 장난치는 정겨운 모습을 바라보았다. 갑자기 다도 뒷다리가 휘청거렸다.

뒷다리가 뒤틀리듯 힘이 빠져 제대로 일어서지도 걷지도 못했다. 아빠는 개를 길러 보아도 이런 경우는 처음 당하는 일이라 덜컥 겁이 났다. 부랴부랴 새끼들을 사무실로 옮겨 놓고 다도를 번쩍 들어 승용차 뒷자리에 태웠다. 이번에는 평소 눈여겨본 동물 병원으로 달려갔다.

수의사는 철분이 부족해서 생긴 것으로 흔히 있을 수 있다는 것이다. 크게 걱정하지 않아도 된다는 의사의 말에 안도했다. 그러면서 수의사는 말했다.

"하루빨리 어미를 새끼들과 격리하세요. 생각해보세요. 점점 커가는 여러 마리의 개들이 어미한테 매달려 젖을 빨아 먹으면 어미의 철분이 고스란히 빠져나가 감당할 수 없어요."

수의사는 캐러멜처럼 생긴 칼슘을 일주일 치 처방해 주면서 먹이라고 했다. 신기하게도 3일 정도 먹였더니 정상으로 회복되었다. 대단한 결과였다. 근심 걱정이 싹 가셨다. 아빠는 혹여 몹쓸 중병에 걸렸나 하고 지레 겁을 먹었다.

아빠는 그동안 다도가 낳은 새끼한테 흠뻑 정이 들었다. 솔직히 말하면 귀여운 새끼를 남한테 주기 아깝다는 생각에 분양 시기를 차일피일했다. '지기일 미지기라'는 말처럼 하나만 알고 둘은 모르는 미욱한 것이었다. 하루라도 더 데리고 싶은 마음은 욕심이었다. 어미의 건강 상태를 간과한 것이다. 이러는 사이 어미인 다도가 감당할 수 없는 지경에 이른 것이다. 아빠는 서둘러 새끼를 분양시켜야 한다고 생각하고 적임자 물색에 나섰다.

다도는 이때 칼슘 보충 영양제를 먹어 본 것과 1년에 한 번씩 구충약이 전부였다. 이후 별다르게 약을 써 본적 없이 건강하게 살았다. 그리고 이번의 종양 치유를 위한 약은 처음이었다. 다도는 약을 먹여 보아도 약발이 통하지 않았다. 몸에 생긴 멍울은 여러 곳에 퍼졌다. 큰 것은 엄지손톱 크기에 이르렀다. 아무래도 안 되겠다 싶었다. 다른 동물 병원에 찾아갔다. 개업한 지 얼마 되지 않은 병원이었다. 도로 인접한 건물 밖 외벽에 개 그림을 크게 그려 놓았다.

요란할 정도로 홍보를 하고 있다고 생각했다. 평소 이곳을 지나다니면서 눈여겨본 병원이었다. 아마 개를 기르는 사람들은 새로 병원이 생기면 한 번씩 주목했을 것 같았다. 젊은 수의사는 다도의 상태를 듣더니 수술해야 할 것 같다고 하면서도 고개를 흔들었다. 다도 체중이 어림잡아 25~30kg 나간다고 하니까 손사래를 친 것이다.

수의사는 노골적으로 거부 의사를 밝혔다.

"제가 허리가 아파 큰 개는 취급하기 어렵습니다."

허리가 아파 수술을 할 수 없다는 것은 구차한 변명이었다. 동물 병원 밖에 그럴싸한 선전 간판이 무색했다. 다루기 만만한 작은 애완견만 선호하는 속셈이었다. 아빠는 손자뻘인 새파란 젊은 수의사에게 깍듯이 존칭하면서 사정 조로 말했다. 일구월심 다도를 구하려는 마음에서였다.

"선생님. 제가 옆에서 우리 다도 수술할 때 거들면 안 될까요?"

수의사는 아빠 말에 답변조차 하지 않았다. 자신이 없다는데 귀찮게 하느냐는 뜻이었다. 아빠가 어서 병원을 나가기를 바라는 눈치였다.

아빠는 간절한 마음으로 말했다.

"그럼 강릉에 대형 견을 수술하는 다른 동물 병원은 없나요?"

수의사는 무뚝뚝한 어조로 말했다.

"잘 몰라요. 제가 서울에서 강릉에 내려와 개업한 지 얼마 되지 않아 정보가 없네요."

아빠는 사정 조로 말했다.

"그럼 서울이나 다른 곳에서 전문 취급하는 병원은 알고 계시는지요?"

"잘 몰라요. 그래 보았자, 종양 제거는 어려워요. 재발하기 때문이지요. 맛있는 음식을 먹이고 추억을 되살려 주는 위로의 말을 해 주면서 편안하게 떠나갈 준비를 하는 게 좋을 거예요."

아빠는 이 말을 듣는 순간 눈앞이 캄캄했다. 의사는 편안한 임종을 위한 호스피스를 권한 것이다. 이것이 도대체 무슨 일이란 말인가. 다도에게 죽음의 실루엣이 서서히 다가오고 있다는 생각하니 절망감이 앞섰다. 마음이 심란해져 갈피를 잡지 못했다. 그렇다고 이대로 떠나보낼 수는 없다고 생각했다. 어떻게 해서라도 살려야 한다고 생각했다.

"암. 살려야 하고 말고 꼭 살려내고 말 거야."

아빠는 아주 오래전 젊은 다도와 함께 들렸던 중앙시장에서의 일이 생각났다. 소, 돼지 가축병원을 운영하는 나이 많은 수의사는 다도를 보고 말했다.

"개 상태를 보니 20년은 살겠습니다."

아빠는 말했다.

"개들은 평균 수명이 15년이라고 하잖아요. 제가 여러 마리의 개를 길러 보았지만 15년 살기도 쉽지 않던데요."

수의사는 말했다.

"제 경험으로 말하는 거지요. 이 개를 보니까 주인이 잘 관리하고 있다는 것을 알 수 있어요. 앞으로도 계속해서 관리만 잘하면 20년은 살 수 있다는 것이지요."

그때의 수의사 말이 떠 올랐다. 하지만 지금은 아니다. 20년 산다는 것은 지나고 보니 부질없는 희망 사항이었다. 무참히 희망이 깨져 버린 것이다.

종양은 여러 군데 동시다발로 생겨났다. 아빠는 처음에 찾아갔던 단골 동물 병원 수의사가 시키는 대로 조제 해 준 약을 열심히 먹였다. 더는 선택의 여지가 없었다. 다도한테 약 먹이기가 말처럼 쉽지 않았다. 그래도 먹여야 했다. 아울러 상처 부위를 열심히 소독해 주었다. 하지만 애쓴 보람도 없이 상태는 점점 악화하여 갔다.

다도는 자신의 종양에서 흘러나오는 피고름을 연신 핥았다. 개들은 생리할 때도 핥는다. 새끼를 출산할 때 자궁에서 나오는 태반을 통째로 먹어치운다. 심지어 배꼽에 붙어 있는 말라빠진 탯줄도 떨어질 때가 되니까 냉큼 삼켜버렸다. 새끼들의 배설물도 연신 입으로 핥거나 삼켰다. 이러한 행위는 본능이자 선천적이라고 생각했다.

하지만 사람의 처지에서 보면 너무나도 애처롭다. 이것도 암컷에 해당하는 말이다. 수컷은 전혀 수고할 필요가 없다. 수컷의 역할은 종족 보존을 위해 정자만 공급해 주면 그만이다. 인간과 달리 아무런 책임이 없다.

아빠는 다도 몸에서 흘러나오는 피고름과 전쟁을 벌였다. 하지만 낮에는 다도 몸에 생긴 상처를 철저하게 관리한다지만 밤에는 어쩔 수 없었다. 아빠도 잠을 자야 했기 때문이다. 다도는 밤사이에 연신 흘러나오는 피고름을 핥아 삼켰다. 아빠는 영양실조에 걸리지 않게 정성 들여 육식 위주의 음식을 만들어 먹였다. 아직은 가리지 않고 잘 먹었다. 종양은 속병이 아니기 때문이라고 생각했다.

며칠 지나자 생각지도 않은 문제가 생겨났다. 아침에 일어나 보니까 잠자리 깔개 위에 흥건하게 게워 더럽혀졌다. 여러 날 피고름을 핥아먹다가 생긴 부작용이었다. 아빠는 적지 않게 당황해야 했다. 토사물을 치우는 것 역시 쉬운 일은 아니었다.
 궁리한 끝에 다도가 머무는 공간 바닥에 헌 신문지를 겹겹이 깔아 놓았다. 그 위에 뱉어 놓은 구토물을 치우기 쉬웠다. 신문만 통째로 치우면 되기 때문이다. 평소 다도는 집안에서 게운 적은 별로 없다. 산책길에서 가끔 풀을 뜯어 먹고 게우는 적 있었다. 이때마다 신진대사를 위한 생리작용이라 생각했다. 지금처럼 시도 때도 없이 토한다는 것은 스스로 감당할 수 없는 부작용 때문이라고 이해했다.
 무엇보다 상처 부위를 핥지 못하게 하는 것이 급했다. 한시가 급한 상태였다. 궁여지책으로 고안해 낸 것은 상처 부위를 천으로 둘러 핥지 못하게 하는 것이었다. 약국에 가서 붕대와 멸균 거즈를 사다가 사용했지만 별로였다. 붕대로 상처 부위를 감싼 뒤 바짝 잡아당겨 허리를 한 바퀴 둘러 압박했다. 다음 단단하게 밀착시켰다. 하지만 부드러운 털 때문에 금시 느슨해졌다. 붕대 착용은 무용지물에 가까웠다.
 다음에 아빠가 고안한 것은 세수수건을 이용하는 것이다. 수건을 가로로 길게 자른 다음 그 속에 별도의 천을 조각내어 덧댔다. 피고름이 흘러나와도 밖으로 배어나지 못하게 하려는 방편이었다. 천에다가 알코올로 충분히 소독하고 환부에 요오드 액을 발랐다. 그런 다음 수건을 배를 감싸듯 두르고 양쪽 이음매를 집게로 고정했다. 다시 끈으로 단단히 묶었다. 천이 느슨해져 안으로 댔던 헝겊이 빠져나오지 않게 하려는 조처였다. 환부가 깔개 바닥에 닿아 2차 감염을 우려하여 무척 신경 썼다.
 깔개는 수시로 세탁한 뒤 소독하여 교체했다. 청결에 신경 썼다.

하지만 수시로 외출에서 돌아와 깔개에 떨어지는 흙먼지는 어찌해 볼 방법이 없었다. 작은 빗자루로 쓸어 내고 알코올을 뿌려 소독하는 정도였다. 이제 목욕은 물 건너갔다. 엄두조차 내지 못했다. 종양에 물이라도 들어가면 큰일이라고 생각한 것이다. 또 다른 부작용을 우려한 것이다.

아빠는 특별한 일이 아닌 한 외출을 삼갔다. 오로지 다도 병간호에 전력했다. 밤늦게까지 다도와 같이 있으면서 용태를 살피며 대화했다. 주로 다도를 심리적 안정을 위한 방편이었다. 머리를 쓰다듬으면서 말했다.

"다도야. 힘들지. 아빠가 어떻게 해서라고 고쳐줄게. 힘내."

아빠의 일방적인 말이었다. 하지만 다도가 조금은 알아듣고 위안이 되지 않을까 생각했다.

아빠는 잠자리에 들었다가도 벌떡 일어나야 했다. 다도가 깔개에 게우지 않았는지 수시로 점검했다. 아빠의 아침 운동은 걸러야 했다. 일찍 일어나 다도의 상태를 살피는 것이 일과의 시작이었다.

환부를 두른 수건 틈 사이로 피고름이 흘러나와 푹신한 깔개를 더럽혔다. 다도가 몸을 뒤척이는 과정에서 수건 붕대 속에 있던 천 조각이 피고름이 묻은 채 비쭉 밖으로 빠져나오기도 했다. 다도는 자신의 몸에 거추장스러운 이물질이 감겨 있어 답답했다. 아빠가 애써 부착한 수건 붕대를 이빨로 물어뜯어 망가뜨리기 일쑤였다. 아빠는 무척 속상했다.

그렇다고 뾰족한 다른 방법은 없었다. 인내하면서 수건 붕대를 동여매는 일을 반복하는 방법밖에 없었다. 하루에도 몇 번씩 새것으로 정성껏 갈아 주어야 했다. 가련한 다도의 모습이 애처롭기만 했다. 다도와 함께 운동을 겸한 외출은 다시 시작했다. 다도 역시 답답한 나머지 운동하는 이 시간을 기다렸다.

좁은 공간에서 투병 생활하다가 밖으로 나가면 좋아하는 눈치였다. 어느 정도 스트레스가 해소되는 것 같았다. 아직 다도는 잘 걸었다. 걷는 데는 큰 지장이 없었다. 보통 1시간 이상 걸었다. 대신 종전의 속보에서 발걸음을 늦췄다. 다도의 상태를 고려한 결과였다.

안타깝게도 동물병원에서 조제 해 준 약은 기대와 달리 아무런 효험이 없었다. 다도의 병세는 도무지 잡히지 않았다. 정신이 아득했다. 이 무렵 아빠와 다도가 산책하는 것을 유심히 보면서 지나가던 어떤 여자가 말을 건넸다. 다도의 민망한 상태를 보고 말을 걸어온 것이다. 그 여자도 여러 마리의 개를 기르는 사람이었다. 유기견을 기른다고 했다. 아빠는 다도의 전후 사정 이야기를 세세히 설명해 주었다.

아빠는 푸념 조로 말했다.

"관건은 종양 제거인데 강릉에 있는 동물 병원에서 기피 하는 것이 문제인 것이지요."

여자는 말했다.

"한국은행 앞에 있는 '○○○○동물병원'에 가보세요. 그곳 원장은 친절할 뿐 아니라 웬만한 수술은 거부하지 않을 겁니다. 우리 집 애들도 아프면 그 병원에 가서 치료합니다."

아빠는 반신반의하면서도 지푸라기라도 잡으려는 심정이었다. 엄마와 같이 승용차에 다도를 싣고 알려준 병원으로 달려갔다. 정확히 2022년 4월 21일이었다. 다도가 발병한 후 2개월 20일 정도 지났을 때다. 그사이에 약을 썼다지만 다도의 병세는 그만큼 깊어진 다음이었다.

남자인 병원장은 듣던 대로 매우 상냥했다. 자신의 경험으로는 아키다가 15년을 산다는 것은 처음 본다면서 개 주인이 개를 그만큼 잘 관리했기 때문이라고 추켜세웠다. 아빠 귀에 그런 소리가 제대로 들리지 않았다. 지금은 칭찬이 문제가 아니다. 오로지 수술을 할 수 있을는지 여부가 문제였다. 원장은 다도의 상태를 세심히 살핀 다음 입을 열었다. 아빠는 과연 그의 입에서 무슨 말이 나올까 조급했다. 엄마도 마찬가지였다.

"조금 늦기는 했지만, 수술은 가능합니다."

아빠와 엄마는 그 말 한마디에 감격했다. 오매불망하던 수술이 이루어지는 순간이었다. 드디어 다도를 살릴 수 있다는 희망에 들떴다. 하지만 원장의 다음 말을 듣는 순간 주눅 들었다.

원장은 말했다.

"수술하려면 전신마취가 불가피합니다. 노령견이라서 마취에서 깨어나지 못할지도 모르는 것이 문제네요."

수술에 위험이 수반된다는 주의였다. 죽을 수도 있다는 뜻이었다. 최종 선택은 아빠의 몫이었다. 잠시 숙고하지 않을 수 없었다. 엄마 역시 난감한 표정이었다. 엄마와 협의한 결론은 수술 강행이었다.

더는 물러설 수 없었다. 흔한 말로 이판사판이었다. 아빠는 병원에서 내미는 수술 동의서에 서명했다. 유사시 사고가 발생하면 책임을 묻지 않는다는 조항도 들어 있었다. 수술 비용은 500,000만 원이었다. 군말 없이 동의했다.

원장은 당장 수술에 들어가겠다면서 병원에 맡겨 놓고 가라고 했다. 나중에 결과를 알려주겠다고 했다. 아빠는 혹여 수술 도중 불상사로 다도와 영원히 이별할지 모른다는 생각이 미쳤다. 금시 눈시울이 뜨거워지는가 싶더니 그렁그렁 눈물이 맺혔다. 아빠는 다도를 끌어안고 볼을 비비며 쓰다듬으면서 말했다.

"다도야. 불안해하지 말고 힘내. 수술 잘 될 거야. 아빠도 엄마도 무사히 성공적으로 수술 끝나길 하느님께 기도할게."

다도 역시 눈치를 채고 상황을 각오하는 것 같았다. 아빠와 엄마가 지켜보는 가운데 원장을 따라 목줄에 이끌려 순순히 2층 수술실로 올라갔다. 아빠와 엄마는 다도를 놔두고 내키지 않는 걸음으로 병원 밖으로 나왔다.

주차장에 세워둔 차를 타고 집으로 돌아오는 길에 다도를 위해 기도했다. 마취에서 무사히 깨어나길 기도한 것이다. 이어 수술이 잘되어 종양이 말끔히 제거되기를 간절히 기도했다. 한편으로는 혹시 잘못되면 어떻게 하나 하는 불안한 마음 없지 않았다. 집에 돌아와 병원에서의 연락만 기다렸다. 일각이 여삼추 같았다. 만약의 경우를 대비하여 시신을 감쌀 이불 등을 단단히 준비했다. 죽으면 차에 실어야 했다.

세 시간 정도 지나 병원에서 연락이 왔다. 휴대전화를 여는 순간 감정이 복잡했다. 무엇보다 마취에서 깨어났느냐 여부가 머리를 스쳤기 때문이다. 살았느냐 죽었느냐가 문제였다.

"아. 죄송하게 되었습니다. 수술은 했지만 깨어날 시간이 지났는데도 다도가 깨어나지 않아 연락 드립니다."

대뜸 방정맞은 생각이 앞섰다. 아빠의 심리상태가 그만큼 약해졌다는 증거이다.

아빠의 생각은 기우였다. 휴대전화를 타고 걸려온 병원장의 목소리는 맑았다. 다도의 수술은 잘 되었다는 반가운 소식을 전해 주었다. 아빠는 기쁜 마음으로 말했다.

"원장님. 수고 많으셨습니다. 지금이라도 당장 데리러 가겠습니다."

원장은 말했다.

"수술 예후를 지켜보아야 합니다. 병원에서 영양식을 공급하면서 하루 더 데리고 있을 것입니다. 내일 연락 드리겠습니다."

이튿날 병원에서 데리고 가라는 연락이 왔다. 단숨에 병원으로 차를 몰았다.

다도는 아빠와 엄마를 보더니 꼬리를 살래살래 흔들었다. 다도 몸에 둘렀던 수건 붕대가 말끔히 제거되어 본래의 다도 모습을 보니까 너무나도 반가웠다. 아빠는 다도의 얼굴과 등줄기를 번갈아 쓰담쓰담하면서 말했다.

"다도야. 얼마나 고생 많이 했니? 이렇게 살아나서 정말 고마워."

엄마도 말했다.

"다도의 모습을 보니까 눈물 나려고 하는구나."

아빠와 엄마는 연신 고개 숙여 원장에게 감사하다는 인사를 했다.

원장은 수술 전후 사정을 설명했다. 막상 수술하려고 개복해 보니 환부가 생각보다 많았다고 하면서 제법 큰 종양도 여러 개 있었다면서 피도 많이 흘렸다고 했다. 수술 예정 시간보다 한 시간 더 걸려 3시간 소요되었다고 부언했다.

아빠는 수술 부위를 살펴보았다. 가슴 부위에 있는 젖꼭지에서 자궁 부근까지 촘촘히 꿰맨 수술 부위가 보였다. 손 뼘으로 25cm는 되었다. 다도의 배를 완전히 해부한 느낌이었다. 피고름이 나오던 상처는 일단 자취를 감췄다.

노령견인 다도가 수술 중 있었던 고통을 상상하니까 마음이 무척 아팠다. 일단은 죽을 고비를 넘기고 되살아난 것은 기적적 생환이었다. 온몸에 희열이 느껴졌다.

이런 감정도 잠시뿐, 아빠는 다음의 원장 말 한마디에 금방 위축되어야 했다.

"세세히 신경 써 종양 90%를 제거했지만 남아있을지도 모릅니다."

종양 10%가 존재한다는 것은 재발 위험이 크다는 경고인 것이다. 아빠는 이 말을 듣고 꺼림칙했다. 이것은 원장이 나중에 책임지지 않으려는 면피용이라는 생각이 문득 들었다. 당장은 요행을 바라는 수밖에 달리 취할 방법이 없었다. 재발이 발생하지 않기를 바라는 간절한 바람뿐이었다.

원장은 환부에 바를 소독약과 2주 먹는 약을 처방해 주었다. 수술 부위에 염증이 생기지 않도록 철저하게 관리해야 한다고 당부했다. 실밥은 2주 후에 뽑겠다고 했다. 이날부터 다도는 수술 부위를 핥지 못하게 병원에서 씌워준 넥카라를 쓰고 살아야 했다. 아빠는 넥카라에 대해 전혀 모르는 바 아니었다. 예전에 땡순이가 멍울을 수술했을 때 사용해 본 경험이 있었기 때문이다. 너무 오래되어서인지 깜박 잊고 있었다. 벌써 알았더라면 상처 관리에 큰 도움이 되었을 테다. 아빠가 그만큼 수고도 덜했을 것이다. 그만 깜박 잊고 있었다는 것은 아빠의 실책이었다.

어쩌면 나이 탓인지도 모른다. 나이를 먹으면 기억력이 감퇴하여 멀쩡한 사실도 깜빡 잊는 건망증이 심하다고들 한다. 아빠가 꼭 그런 경우다. 아빠의 나이 여든이 내일모레다. 역시 기억력이 쇠퇴할 나이라는 뜻이다. 요즈음에 와서 알게 된 것이지만 넥카라 비용은 병원마다 달랐다.

땡순이 종양 수술 때에는 동물병원 요구대로 수술 300,000원 비용 말로 별도로 소형 넥카라 비용으로 30,000만 원을 더 주었다. 달라는 대로 준 것이다. 요즘에도 인터넷으로 구매하면 대형 10,000원 소형 6,000원이었다. 이번의 다도를 수술한 병원에서 넥카라 비용을 추가로 요구하지 않았다. 비교적 양심 있는 수의사였다. 애견가들은 돈벌이에 눈이 먼 일부 동물 병원에게는 만만한 호구였다. 대부분 애견가는 동물병원에서 요구하는 대로 돈을 주지 않을 수 없는 것은 현실인 것이다.

오래전의 일이지만 땡순 수술 때에 6,000원에 불과한 소형 넥카라를 동물 병원에서 5배나 부풀려 30,000원을 받아 폭리를 취했다. 아무런 정보가 없는 애견가들은 만만한 호구였다. 요즈음에도 인터넷으로 구매하면 대형 10,000원, 소형 6,000원이었다.

다도를 수술한 병원에서는 넥카라 비용을 추가로 요구하지 않았다. 비교적 착한 의사라 할 것이다. 우후죽순처럼 동물병원이 생겨나는 세태다. 길을 걸어가다 보면 사방에 동물병원 간판을 쉽게 눈에 띈다. 애완견 가족들이 그만큼 늘어난 결과라 할 것이다. 역설적으로 동물병원 수입은 그만큼 짭짤하여 너도, 나도 애견 시장에 뛰어든다고 생각했다.

정부 차원에서 개 식용금지법에 이어 애견 가족을 비용 부담 절감을 위한 동물 종합보험을 적극적으로 검토해 볼 시점이다. 전국적으로 반려견, 반려묘 가족이 적지 않다. 하지만 정부도 입법기관인 국회도 오불관언하고 있는 형편이다. 아빠가 만일 국회의원이라면 애완견 · 애완묘 종합보험 입법을 위한 대표 발의를 하여 법률 제정에 앞장섰을 것이다. 뜬금없이 부질없는 생각이다. 상상의 세계에서나 가능하다. 하지만 언젠가는 가능하다고 본다. 발상의 전환이 필요하다. 정부 차원의 입법이나 국회 입법을 전망해 보는 것이다.

2022. 4월 21일.

다도는 난생처음 대 수술을 치르고 아파트에 돌아왔다. 아빠와 엄마는 다도를 지극정성으로 보살펴 주었다. 한편 미안한 마음 없지 않았다. 2월 초 종양을 감지하고도 3개월 가까이 늦게 수술했기 때문이다. 그만큼 병을 키웠다는 사실에 죄책감을 느끼지 않을 수 없었다. 조기에 수술을 단행했더라면 하는 아쉬움이 아빠의 마음을 무겁게 했다.

다도는 수술 상처를 아물 때까지 넥카라를 써야 했다. 다도는 대형 스피커처럼 생긴 넥카라를 목에 쓰고 좁은 아파트 출입구 공간에서 운신하기 쉽지 않았다. 아빠는 어서 빨리 실밥 뽑게 될 2주가 오기를 바랐다. 실밥을 뽑은 후 넥카라에서 해방될 수 있을 날을 손꼽아 기다렸다.

다도가 대수술을 받고 나서 처방받은 약을 먹이기 쉽지 않았다. 하지만 어떻게 해서라도 먹여야 했다. 지난번 단골 병원에서 지어준 1주일분 약도 그러했지만, 이번에 수술 후 약은 2주일분이다. 모두 보름 가까이 먹여야 했다. 수술 후유증을 생각해서 철저하게 먹였다. 염증이라도 생기면 큰일이라고 생각했다. 약을 먹이기 위해 별의별 방법을 동원하여 억지로 먹였다.

다도는 냄새와 이물감에 민감했다. 약을 먹일 때마다 깜짝 속여야 했다. 며칠은 평소 즐겨 먹는 치즈에 감싸 입을 벌리게 하여 꿀떡 삼키게 했다. 이것도 며칠 지나 들통났다.

어릴 적부터 간식으로 잘 먹던 찐 고구마 속에 넣어 먹였다. 산책길에서 잘 받아먹던 캐러멜을 입으로 녹여 속에 약을 넣고 감싼 뒤 감쪽같이 속여 먹였다. 그러나 쉽지만은 않았다. 약을 먹일 때마다 신경전을 벌여야 했다. 어떨 때는 입을 벌려 약을 털어 넣고 주둥이를 꼭 움켜쥐었다. 강제로 먹이다시피 하는 것이다.

그렇다고 "어서 먹어!" 화를 낼 수 없었다. 불쌍한 다도한테 공연한 눈치를 주기 싫었다. 별수 없이 살살 어르면서 약을 먹어야 했는데 엄청 고역이었다. 한숨이 절로 나올 만큼 힘들었다

다도는 수술 이전 단골 동물병원에서 처방해 준 약과 이번의 수술 후 약을 포함하면 적지 않은 분량이다. 다도로서는 난생처음 많은 약을 먹는 셈이다. 무려 1개월 동안 약을 먹어야 한다. 아빠는 다도의 위 손상 등 부작용이 무척 걱정되었다. 그러나 먹여야만 했다. 살리기 위해서는 다른 방법은 없었기 때문이다.

무엇보다 당장은 수술 부작용으로 염증이 생겨 2차 피해가 생길까 보아 두려웠다. 아빠와 엄마는 다도의 위 부담을 줄이기 위해 보양식 공급에 신경 썼다. 그런대로 다도는 음식을 잘 먹어 정말 다행이었다. 한편으로는 다도와 가벼운 운동은 계속 진행했다. 다도가 대수술은 했지만, 워낙 건강했던 덕분에 잘 견뎌내고 있었다.

다도를 아파트에서 우리로 옮겼다. 아파트 좁은 공간에서 투병하는 것보다 한데에 나와 있는 것이 괜찮은 것 같았다. 며칠 후 이른 아침이었다. 늘 하던 대로 아빠는 이른 시간 6시에 아파트를 나와 우리로 부지런히 걸어갔다. "어라!" 응당 있어야 할 다도가 보이질 않았다. "어디로 갔을까?" 놀라지 않을 수 없었다. 주변을 살펴보았다. 다도의 목줄을 걸어 놓는 파라솔 받침대(臺)가 쓰러져 있었다.

파라솔은 원래부터 이곳에 방치되어 있었다. 오래전에 주인집에서 사용했던 것 같았다. 지금은 파라솔은 없고 받침대만 마당 한구석에 아무렇게 서 있었다. 둥글게 생긴 받침대 가운데 쇠막대가 꽂혀있다. 받침대는 겉면 일부가 녹슬었다. 대충 녹을 털어내고 수건으로 문지른 다음 우리 쪽으로 옮겨왔다. 체인 줄을 꽂는 도구로 이용하기 위해서였다. 제법 육중했다. 일부로 넘어뜨리기 전에는 쉽게 넘어지지 않을 것 같았다. 체인 줄 끝부분에 달린 동그랗게 생긴 손잡이를 쇠막대에 넣었다 뺐다 하기에 아주 편하다고 생각했다.

평소 다도가 사용하는 목줄은 여러 가지였다. 쇠붙이로 된 체인 줄, 가죽 줄, 댕기처럼 엮은 천줄, 넓적한 가슴 줄 등이 있었다. 형편에 따라 수시로 교차 사용했다. 체인 줄은 다도가 젊은 날 만든 것이다. 그때는 다도의 힘이 넘쳤다. 철물점에서 가벼운 스테인리스 쇠줄을 구해 별도의 고리를 달아 특별 제작했다. 다도가 어린 시절에는 독일산 리드 줄을 사용했다. 리드 줄은 5m 정도 거리를 신축성 있게 조정할 수 있어 편리했다. 성견이 되어서는 줄이 가늘어 유사시 끊어질 우려 때문에 사용하지 않았다.

다도가 삼천리 아파트 사무실이나 아파트에 살 때는 공간 안이라서 목줄은 하지 않았다. 단지 외출할 때만 착용했다. 이번에도 마찬가지였다. 바깥에 있는 우리를 사용하는 처지가 되고 보니 목줄 사용은 불가피했다. 파라솔 밑받침 안에 무엇이 들어 있는지 알 수 없지만 묵직하여 안정감이 있었다.

이날 아침처럼 받침대가 쓰러져 있는 것은 처음 있는 일이었다. 어림쳐 보았다. 다도가 고의로 넘어뜨린 것이었다. 쇠줄이 목에 달린 채 힘을 써 쓰러트린 것이다. 그런 다음 한쪽으로 목줄을 당기면 줄이 빠져나온다는 원리를 터득한 것이다. 새삼 다도의 영리함에 놀라지 않을 수 없었다.

그러나저러나 도대체 다도가 어디로 갔는지 가늠하기 쉽지 않았다. 다도는 수술 이후에도 허리에 수건으로 만든 복대를 착용했다. 복대 이음매 쇠붙이 집게가 달려 있다. 목에는 넥카라를 썼다. 게다가 쇠사슬을 목에 건 채 줄을 질질 끌면서 어디론가 나간 것이다.

누구라도 다도의 행색을 보면 단번에 되우 아픈 개라는 것을 알 수 있다. 다도의 건강 상태나 행장(行裝)을 고려하면 도저히 멀리 갈 형편이 아니었다. 여러 갈래의 골목길을 일일이 한 바퀴 돌아보려면 한참 시간이 걸려야 했다. 이른 아침이라 사람들은 눈에 띄지 않았다. 이상한 행색의 개를 보았느냐고 행인에게 물어볼 수도 없었다.

아빠는 은근히 걱정되었다. 누군가 나쁜 생각 하고 데려가지 않았나 생각했다. 마음만 먹으면 줄이 달려 얼마든지 가능했다. 그냥 끌고 가면 되는 것이다. 다도는 기력이 쇠진하여 저항할 힘도 없다. 아빠는 문득 개 도둑을 떠 올린 것이다. 여름이면 개들의 수난 시기다. 하지만 곧 "아니야." 생각을 바꿨다.

병든 개를 식용으로 사용하는 것은 상식적이지 않았기 때문이다. 아빠는 평소 개고기를 즐기는 사람을 괜스레 혐오했다. '인간과 가장 친화적인 동물인 개를 잡아먹다니' 하는 마음에서였다.

아빠는 다도를 찾아야만 했다. 어느 방향으로 갔는지 오리무중이었다. 손바닥에 침을 뱉은 뒤 다른 손가락으로 '탁' 치면서 어느 쪽으로 갔는지 그쪽으로 찾아 나설 판이다. 그렇다고 어린아이 장난처럼 그렇게 할 수 없는 노릇으로 답답했다. 아빠는 무턱대고 이 갈래 저 갈래 좁은 길을 뒤졌다. 대부분 평시에 다도와 다녔던 산책길이다.

고샅길과 제방까지 놓치지 않고 누볐지만 끝내 보이지 않았다. 사방을 걷다 보니 힘들었다. 동네 어귀에 있는 소나무 군락지까지 가보았다. 그곳은 다도가 자주 찾던 놀이터이자 쉼터였다. 역시 찾지 못했다. 아빠 다리에 힘이 풀렸다. 체력이 달려 더 걷지 못할 형편이었다. 생물학적 나이 탓이라고 생각했다.

하지만 아빠는 오로지 다도를 찾아야 한다는 일념뿐이었다. 걸어서 찾지 못하면 다음 수단으로 승용차를 생각했다. 차를 타고 주변을 넓혀 샅샅이 뒤져 볼 심산이었다. 차를 가지러 아파트 지하 주차장을 향해 부지런히 걸어갔다. 골목길을 걸어가다가 차가 다니는 도로 쪽을 힐끔 보았다. 때마침 다도가 지나가는 모습이 보였다. 순간적으로 어찌나 반가웠던지 긴장이 풀렸다. 실컷 쏘다니다가 우리로 돌아간다고 생각했다.

다도는 시간관념이 특별했다. 평소에도 언제 아빠가 외출에서 돌아오는지, 언제 산책가는지 꿰뚫다시피 했었다. 아빠가 지금쯤 우리에 왔을지 모른다고 생각하고 돌아오는 중이라고 생각했다. 아니면 더는 돌아다니기 지쳐 귀소본능에 따라 우리로 되돌아온다고 추측했다.

아빠는 어찌나 반가웠던지 "다도!" 하고 소리쳐 부르려다가 그만두었다. 대신 가만히 동정을 살피며 뒤따라갔다. 걷는 모습이 여기적거렸다. 쇠 목줄이 땅바닥에 닿아 딸그락거리는 금속성이 났다. 병약한 몸에 미상불 넥카라를 쓰고 수건 복대를 두른 채 터벅터벅 걷는 모습은 가관이었다. 불쌍한 우리 다도 가엽기만 했다. 저절로 한숨이 나왔다.

오죽하면 병든 몸으로 묶여 있기 답답하여 가출했을까 싶었다. 24시간 종일 쇠로 된 목줄에 넥카라를 차고 수건 복대까지 노상 차고 있으려니 지칠 만도 했다. 퉁퉁 부은 왼쪽 허벅지와 다리에 통증이 수반되었는지도 모를 일이다. 그렇다고 아빠는 다정하게 이것저것 아픈 사정을 물어볼 수도 없었다. 대화 자체가 어렵기 때문이다. 그저 혼잣말로 중얼거리는 거리거나 미루어 짐작할 뿐이었다.

설령 안다고 한들 극한 상황에서 해결 방법은 전혀 없다. 이미 병은 깊어질 때로 깊어져 백약이 무효였다. 편안하게 죽음을 맞이할 수 있는 호스피스만 남아있을 뿐이다. 아빠는 다도의 병간호가 귀찮다고 생각해 본 적은 없다. 오로지 최선을 다한다는 생각뿐이었다.

당연히 아빠가 해야 할 일인 것이다.

다도는 그전 같으면 뒤따라 가는 아빠를 얼른 인식하였을 테다. 지금은 그렇지 못했다. 청각·후각이 그만큼 쇠퇴한 것이다. 이것은 종양과 관계없는 노화에서 비롯한 것이라는 생각이 들었다. 좀 더 가까운 거리에서 다정한 목소리로 다도를 불렀다. 미처 못 알아들었는지 반응이 없었다. 확성기처럼 생긴 넥카라 때문인지도 모른다고 생각되었다. 다시 "다도!" 하고 큰 소리로 불렀더니 그제야 반응했다. 걸음을 멈추고 뒤를 돌아다 보면서 반갑게 꼬리를 흔들거렸다.

"다도야. 아빠가 뒤따라오는 것 몰랐어? 어디 갔다 오는 거야? 아빠는 다도를 찾으러 온 사방을 헤맸단 말이야."

다도는 말했다.

"하도 답답해서 동네 한 바퀴를 돌아다니다가 아빠 올 시간이 되어 돌아오는 길이에요."

"오. 그랬구나. 잘했어. 집에만 있으니 답답하지. 답답하고 말고, 아빠는 네 심정을 충분히 이해한단다."

아빠는 다도의 늘어진 다도 목줄을 냉큼 손에 쥐었다. 다도가 가출한 시간은 언제인지 알 수 없지만, 충분히 쏘다닌 것 같았다. 다도의 몸을 훑어보니 별다른 이상은 보이지 않아 천만다행이라고 생각했다.

"다도야. 실컷 돌아다녔을 테니 이젠 집에 가야지. 목줄은 벗고 가자."

아빠는 다도 목에 걸린 쇠줄을 벗겼다. 그냥 걷도록 했다. 편안하게 해 주려는 마음에서였다. 다도는 아빠에 앞서 걸어 우리로 갔다.

아주 오래전. 어린 다도가 우리 집에 입양하기 훨씬 이전이다. 아빠의 어머니께서 불청객 뇌경색 때문에 쓰러지셨다. 설을 지내고 며칠 안 되어서였다. 그즈음 펑펑 눈이 쏟아져 내렸다. 아침 식사를 끝낸 직후였다. 어머니는 아빠가 기관지가 좋지 않은 것을 알고 늘 마가목 가루로 차를 타 주었다. 이날도 찬장에서 마차를 꺼내려다가 갑자기 균형을 잃고 옆으로 쓰러진 것이다. 뇌경색 환자에게 황금시간이라는 3시간을 놓치지 않으려고 구급차에 실려 종합병원에 달려갔다.

응급조치를 서둘렀지만 금방 깨어나지 못했다. 혼수상태에서 보름 만에 겨우 깨어났다. 하지만 사지불수의 식물인간이 되었다. 겨우 한쪽 눈을 뜨고 한쪽 귀만 듣는 상태였다. 일체 대화는 불가능했다. 일일이 대소변을 받아 냈다. 모든 가족이 총동원되어 각자 역할을 맡아 처리했다. 어머니는 1년을 꼬박 병석에 누워있었다. 병문안 온 사람 중 어떤 이가 어머니의 자닝한 상태를 보고 안쓰러운 생각에서 말했다.

"어차피 일어나시지 못할 바에야. 돌아가시는 것이 본인을 위해서나 자식을 위해서도 좋겠다."

아빠는 그 말을 듣고 속으로 매우 거북했다. 그렇다고 병문안 온 사람에게 뭐라 할 수 없었다. 딴에는 덕담으로 한 말이기 때문이다. 아빠는 그 사람에게 말했다.

"비록 어머니께서 말씀 한마디 못하시지만 살아계시는 것은 다행이라고 생각합니다. 훌쩍 떠나가시는 것보다 살아 계시니 얼마나 좋은지 모릅니다. 평소 건강하실 때 못다 한 효를 행할 기회를 주셔서 하느님께 오히려 감사하지요."

아빠 가족은 어머니가 살아 계신다는 사실에 고무되었다. 비록 식물인간이지만 아직은 우리 곁에 존재하고 계시기 때문이다. 어머니가 병석에 누워 계시자 미욱한 아빠는 양심의 가책을 느끼지 않을 수 없었다. 건강할 때 어머니께 효를 다 하지 못한 회한이 양심을 짓눌렀다. 할 수 있는 것은 전 가족이 번갈아 병간호하면서 마지막 순간까지 최선을 다하는 것뿐이었다. 다도의 참담한 병세를 보면서 지난날 어머니를 떠 올린 것은 우연만이 아니다.

바야흐로 다도의 병세는 위급상황으로 치닫고 있었다. 죽음의 벼랑에서 힘겹게 고통을 견뎌내는 중이다. 아빠는 다도를 끝까지 보살펴 주는 것은 당연한 책무라고 생각했다. 세상에서의 인연을 소중하게 생각한 것이다. 좀 더 잘해 주지 못해 미안할 뿐이었다. 온갖 성의에도 불구하고 다도가 나날이 파리해 져가는 모습은 마음을 아프게 했다.

드디어 다도 실밥 뽑는 날이 왔다. 얼마나 기다렸던 날인가 싶다. 수술했던 동물병원으로 갔다. 원장은 환부를 살폈다. 수술 부위 중간쯤 실밥 사이로 빨간색의 아주 작은 종양이 보였다. 이것은 이미 아빠가 알고 있던 내용이었다.

수술하고 나서 매일 약을 먹이면서 수시로 환부를 소독했다, 혹여 2차 감염을 우려한 조치였다. 수술 며칠 후였다. 환부를 소독하면서 실밥 사이로 깨알보다 조금 큰 새빨간 새끼 종양이 비집고 나온 것을 발견했다. 순간적으로 아빠의 마음이 덜컹 내려앉았다.

"아, 수술이 성공하지 못했구나. 이를 어찌한단 말인가!"

장탄식이 입에서 저절로 튀어 나왔다. 앞으로의 일이 캄캄했다.

동물병원 원장 역시 종양을 확인하고 낙심하는 눈치가 역력했다. 수의사의 말이 떠 올랐다. 수술 직후였다. 수술에서 종양 90% 제거했다고 고백한 말이 떠 오른 것이다. 수술 보름 만에 새끼 종양이 밖으로 비집고 나온 것이다. "어떻게 하나?" 하지만 당장은 해결 방법이 없다. 원장은 일단 실밥을 뽑았다. 실밥은 핀셋으로 금방 뽑았다. 얼핏 보아 수술 자국만 남아있는 것처럼 보였다. 새로 나타난 종양이 마음에 걸렸다.

아빠는 낙담하지 않을 수 없었다. 의사에게 물었다.

"이를 어떻게 하지요? 방법이 없을까요?"

의사는 조심스럽게 말했다.

"일단 증상을 지켜보기로 하시죠. 당장은 뾰족한 방법은 없습니다."

증상을 지켜보자는 이 말은 막연한 말이다. 자신 없다는 말과 같은 것이다. 다도를 다시 승용차에 태웠다. 다도를 귀찮게 했던 넥카라를 벗겨 버렸다. 보름 동안 목에 차고 있느라 적지 않은 스트레스를 받아야 했다. 순간적으로 답답증에서 해방된 것이다. 내친김에 바람 쐴 겸 드라이브했다.

다도는 오랫동안 드라이브를 즐기지 못했다. 아빠는 기분 전환이 필요하다고 생각한 것이다. 다도는 예전처럼 자유자재로 앉았다 일어섰다 하기에 불편했다. 엉거주춤 일어 선체였다. 아직 수술 부위가 땅기는 것 같다고 생각했다. 다도를 위해 천천히 조심 운전했다. 실밥은 뽑았다 하더라도 수술 부위가 당겨 아플까 봐 신경 쓴 것이다. 수시로 뒷좌석 창문을 열어 주었다. 다도는 창가에 얼굴을 내밀고 코를 벌름거리며 시원한 공기를 마셨다. 예전에도 차창을 열면 늘 그런 모습이었다.

　강릉 시내를 벗어났다. 경포 일대를 지나 사근진, 연곡해변, 주문진 부둣가, 해안도로로 달렸다. 한없이 펼쳐진 푸른 바다를 비롯하여 즐비한 상가와 오가는 사람들을 구경시켜 주었다. 다도는 건강할 때 자주 가보았거나 뛰놀았던 익숙한 곳이었다.

　실밥을 뽑은 후에도 일정한 운동은 계속되었다. 운동은 종전의 1시간 거리는 다도에 무리라고 생각하고 대폭 줄였다. 무리하지 않게 하려는 마음에서였다. 대신 하루에도 여러 번 횟수를 늘렸다. 전처럼 멀리 가지 않고 아파트 인근 남대천 제방과 동네 고샅길을 이용했다.

　아빠는 산책길에서 다도한테 말을 건넸다. 무료함을 달래 주기 위함이었다. 피차 알아듣는지는 별개의 문제였다. 마음속으로 서로의 심정이 통한다고 생각한 것이다.

"다도야. 수술받느라 혼났지? 얼마나 고생했니?"

"아빠 얼마나 무서웠는지 몰라요. 꼭 죽는 줄 알았어요."

"아빠도 다도가 잘못될까 보아 얼마나 걱정했는지 모른단다. 어려운 고비를 넘기고 되살아난 거야. 우리 앞으로 남은 생 행복하게 살자."

　아빠의 주저리를 다도가 알아들었는지는 별개다. 이심전심 통한다고 생각하는 것이다. 다도의 보양식을 위해 엄마가 돼지고기와 닭고기로 정성껏 끓여 먹였다. 아직 음식을 가리지 않고 먹어 다행이었다.

아빠의 간절한 바람과 달리 다도의 종양은 점점 악화하였다. 실밥 사이로 보였던 새끼 종양은 팥알만큼 커지더니 점점 자라 젖꼭지 보다 커졌다. 이내 터져 피고름이 나왔다. 이어 배 중간과 생식기 부근까지 독버섯처럼 종양이 돋아났다. 수술한 지 한 달도 되지 않아 원래의 상태로 돌아간 것이다. 모든 바람은 허사였다. 망연자실했다.

낙심천만이었다. "이를 어찌한단 말인가." 아빠는 한숨만 길게 내쉴 뿐 사실상 속수무책이었다. 다시 수건 붕대로 상처를 감싸 주고 머리에 넥카라를 씌웠다. 상처를 핥아먹지 못하게 하려면 별수 없었다.

종양은 겨드랑까지 번졌다. 아빠는 재수술을 생각해보았다. 그건 아니다 싶어 생각을 바꿨다. 고령에다가 수술받은 지 얼마 되지도 않았다. 또다시 위험천만한 전신마취는 자칫 죽음에 이르게 하는 것이라는 불안한 생각이 앞섰다. 설령 마취에서 깨어나더라도 수술 성공은 장담할 수 없기 때문이었다. 의사에게 상담해도 주저했다. 확실한 언질을 피하는 눈치가 역력했다.

10

설상가상

설상가상

　엎친 데 덮친 격으로 생각지도 않은 문제가 터졌다. 다도에게 통조림을 잘 못 먹여 피부 발진 부작용이 엄청났다. 황당했다. 다도가 오랫동안 먹은 사료는 ㈜ △△△ 퓨리니 제품인 '건강한 피부'에 좋다는 사료였다. 한 부대 7.5kg 용량이었다. 이전에는 관절에 좋다는 다른 회사 제품을 번갈아 먹였다. 나이를 먹어 감에 따라 관절에도 신경 썼다. 비교적 비싼 사료였다. 이마트에서 구매했다. 나주에 가 있을 때도 아빠는 이 제품을 수시로 구매하여 택배로 부쳐 주곤 했다. 별도의 간식용으로 ANF 제품 사료와 어렸을 때부터 잘 먹던 건빵을 사서 보내 주었다.
　어느 날 아빠가 서울에서 사는 작은 고모(아빠의 딸)에게 사료 구매를 부탁했다. 미처 이마트에 갈 시간이 없어서였다. 고모가 사서 보낸 것은 타 회사 제품이었다. 바꿔 먹이는 것도 괜찮으려니 하고 바뀐 사료를 공급했다. 덤으로 통조림 2통이 딸려 왔다. 모두 3회 구매에 6통의 통조림이 왔다. 이따금 입맛을 돋우기 위해 통조림

한 통을 풀어 쌀밥에 끓여 보양식으로 먹였다. 다도는 맛있는지 잘 먹었다.

'아차, 이런 일이 일어날 줄이야!' 아빠가 통조림을 먹이기에 앞서 제조연도와 유통기간을 확인하지 않은 것은 천려일실이었다. 통조림을 먹인 이후 얼마 지나지 않아 온몸에 피부병이 발생한 것이다. 과연 통조림 때문인지는 확인할 수 없었다. 오비이락일지도 모른다. 하지만 분명한 것은 통조림을 공급한 후 피부병이 생겨 난 것은 사실이었다.

통조림 겉면이 일부 찌그러진 것도 있었다. 팔리지 않은 오래된 통조림을 처박아 두었다가 선심 쓴 것이라고 나중에야 생각했다. 아무래도 공짜 통조림이 공연한 화를 불러일으킨 것이라는 생각이 들었다. 아빠의 돌이킬 수 없는 실수였다. 아빠의 우둔이 빚어낸 결과였다. 자책하였을 때는 상황이 걷잡을 수 없었다.

양 귀와 눈 주위에 물집이 생겨났다. 가려움을 참지 못해 앞발로 긁었다. 긁힌 피부에 염증이 생겨 문제를 일으켰다. 약국에서 안약을 사다가 눈에 넣어 주었으나 효과가 없었다. 나중에 테라마이신 안연고를 구매하여 사용했다. 귀와 눈 주변을 발라 주었더니 다소 차도를 보였다. 넥카라 사용은 여전했다. 마구 피부를 긁어 화농을 막기 위한 부득이한 조치였다. 다도 상처 부위에서 고약한 냄새가 진동했다. 아빠는 걱정이 이만저만 아니었다. 생각 끝에 바깥 우리로 옮겨야 했다. 이때 까지만 해도 아파트에서 기거했었다.

종양 부위는 여전히 호전되지 않았다. 할 수 있는 일이란 철저히 소독하는 방법뿐이었다. 수건 붕대로 종양에서 나오는 피고름을 받아 냈다. 종양은 복부 위주에서 겨드랑까지 번졌다. 또다시 수술할 것인가? 머릿속에 떠올렸다. 하지만 이내 포기하고 말았다. 몹시 지쳐 있는 다도에게 엄청난 고통을 줄 뿐 부질없다고 판단한 것이다.

설상가상, 이번에는 다도의 몸에 습진이 생겼다. 더불어 탈모 현상까지 왔다. 연신 플라스틱 부러쉬로 털을 빗겨 주었다. 몸에서 발생하는 염증과 털이 범벅이 되어 빗겨졌다. 빗질한 부위는 털이 통째로 벗겨져 분홍색 속살이 드러났다. 특히 허벅지 부분이 더 심했다. 습진 흔적이 덕지덕지했다.

그토록 잘생겼던 다도의 몰골은 형편없이 초췌해갔다. 색쇠애이란 말이 생각났다. 사랑받던 아름다운 여인도 나이가 들어 늙거나 병을 앓으면 그 사랑을 잃어버린다는 뜻이다. 아빠는 다도를 볼 때마다 불쌍하고 가련한 생각뿐이었다. 어떻게 해서라도 다도를 살려보려는 마음은 굴뚝 같아도 현실은 생각처럼 녹록하지 않았다.

아빠는 최선을 다하려고 아등바등했다. 다도의 병세가 심해져 나중에는 뒷발 왼쪽 발가락이 부어오르기 시작했다. 수일이 지나자 허벅지까지 통통 부었다. 오른쪽 다리는 비교적 괜찮은데 왼쪽 발은 평소보다 2~3배 부어올랐다. 혹도 생겨났다. 종양 세포가 전이되어 생긴 것으로 추측했지만 정확히 알 수 없었다. 묘안이 떠 오르지 않았다. 다도의 극한 상황을 마주하는 아빠의 마음은 곤혹스럽기만 했다. 다도의 참혹한 모습을 보다 못해 오래전 단골로 다니던 동물병원을 찾아갔다. 수의사에게 상황을 설명했다.

"유심히 관찰해보니까 부어오른 상처 부위는 피고름이 꽉 차 있는 것 같아요."

의사는 심드렁하게 말했다.

"그럴 수도 있겠지요."

의사는 아빠와 달랐다. 아빠는 애절했지만, 수의사는 무덤덤했다. 답답한 심정은 견 주의 몫이었다. 아니면 이미 병세는 기울어졌다고 판단하고 적당히 응대하는 것 같기도 했다.

아빠는 의사에게 말했다.

"선생님. 허벅지 피고름을 짜내는 방법이 없을까요?"

어느 사이에 다도의 허벅지와 퉁퉁 부은 부위는 의례 피고름이 들어 있는 것으로 단정했다. 어디까지나 일방적인 아빠의 말이었다. 아빠 혼자 수다를 떠는 격이었다. 답답한 심정에서 나온 말이었다. 의사는 가부 분명한 언질을 주지 않았다. 60대 수의사는 이런 상황에 노회했다. 책 잡힐 말은 조심하는 것 같았다. 수의사는 채근 거리는 나의 견해에 대해 별말이 없었다. 긴 주삿바늘과 일주일 치 약을 주었다. 적지 않은 돈을 주고 동물병원을 되돌아 나왔다.

다도한테 돌아왔다. 소독한 주삿바늘로 몇 군데 찔러보았다. 약간의 걸쭉한 피고름만 나왔을 뿐이다. 생각처럼 많은 양이 나오지 않았다. 환부 전체가 피고름이 가득 차 있는 것 같은 느낌이었다. 종양 세포가 온몸에 만연되었다고 생각했다.

다도는 바늘이 근육에 깊게 들어가도 감각이 없는 것 같았다. 아플 텐데 미동조차 하지 않았다. 지어 온 약은 먹이지도 않았다. 아무런 도움이 되지 않는다고 생각한 것이다. 이제는 백약이 무효란 생각이 들었다.

다행한 것은 아직은 먹이를 먹는다는 사실이다. 힘겹기는 하지만 부어오른 발로 살살 걸을 수 있다는 것은 그나마 다행이었다. 세상 떠나기 전에 실컷 맛있는 음식을 먹이는 것밖에 없다고 생각했다.

아빠는 다도를 데리고 하루에도 우리 주변과 동네 인접한 농로를 산책 겸 천천히 걸었다. 다도의 행동을 유심히 관찰했다. 예전처럼 숲길이나 가로수 밑을 지날 때 어김없이 소변으로 찔끔찔끔 영역 표시 버릇이 사라졌다. 만사가 귀찮아서 그런다고 생각했다. 이젠 한꺼번에 많은 양의 노란 거품 요(尿)를 배출했다. 신장에도 종양이 전이 된 것 아닌가 하는 생각이 들었다. 하지만 도무지 종잡을 수 없었다.

대변 역시 얼마 전까지만 해도 수풀 속 으슥한 곳에서 누던 습관은 사라졌다. 우마(牛馬)들이 지나가다가 함부로 노상에서 대변을 누듯 하는 자세를 취했다. 선 채로 또는 걸어가면서 아무렇게나 질질 배설했다. 뒷다리 허벅지가 붓고 통증 때문에 쭈그리고 앉지 못하기 때문이라고 생각되었다.

아빠는 노상에서 배변할 때마다 일일이 치웠다. 다행히도 묽은 변이 아니었다. 산책로 인근에 호박밭이 여러 군데 있었다. 무성하게 자란 커다란 호박잎을 따서 배변을 치우기에 안성맞춤이었다.

다도는 초롱초롱한 눈빛으로 아빠를 쳐다보면 하소연했다.
"아빠. 힘들어요. 너무 아파요. 더는 버티기가 힘들어 죽을 것만 같아요"
아빠는 말했다.
"다도야. 아빠는 네가 지금까지 버텨 준 것만 해도 고마워. 그런데 말이야. 더는 해 줄 방법이 없어 아빠는 속상하기만 하단다. 어떻게 하면 좋지?"

"아빠. 이제는 더 버틸 힘도 없어요. 차라리 죽고 싶은 생각뿐이네요."

"다도야. 그래도 힘내야 한다. 아빠가 항상 네 곁에서 보살펴 주고 있지 않니."

다도는 요즈음 와서 몰라볼 정도로 수척해졌다. 볼수록 안타까울 뿐이었다. 아빠는 오래전부터 고민하던 안락사라는 세 글자를 새삼 떠 올렸다. 어차피 절체절명의 상황이다. 인위적인 방법으로 편안하게 떠나보내는 것을 생각한 것이다. 곧 안락사였다.

아빠는 갈등과 번민 속에 혼자 애태웠다. 아직은 다도가 엄연히 살아 있다. 스스로 밥을 먹는다는 사실과 불편한 몸이지만 우리를 스스로 드나드는 감각 기능이 작동하고 있다. 차마 안락사를 결단할 수 없었다. 못 할 짓이라는 죄책감 때문에 이내 포기했다. 그러다가도 다도가 힘들어하는 모습을 보면 다시 안락사를 떠 올렸다. 갈등의 연속이었다.

장마철이라 자주 비가 내렸다. 다도는 비를 피해 우리 안으로 쉬었다. 비가 그치면 밖으로 나왔다. 우리 바로 앞 장판이 깔린 쉼터에 나와 쉬곤 했다. 아직은 판단력이 정상이라고 생각했다. 곧 본격적인 여름 장마가 시작될 것이다. 다도가 생활하기 매우 불편한 시간이 다가오는 것이다. 그렇다고 아파트에 데려갈 처지도 아니었다.

아빠는 혼자서 가슴앓이하던 안락사에 대해 엄마에게 속내를 털어놓았다. 엄마 역시 망설이는 모습이었다. 아직 목숨이 살아 있는 다도를 어떻게 목숨을 끊느냐는 것이다. 서로가 망설이다가 끝내 결심을 굳혔다. 아빠는 엄마와 의논한 끝에 다도의 고통은 멈춰야 한다는 마음이 일치된 것이다. 장마가 오기 전에 결행해야 한다고 생각한 것이다.

2022년 6월 11일.

아빠는 다도를 수술했던 ○○○○ 동물병원을 찾아가 안락사를 의논했다. 수의사 역시 처음에는 머뭇거렸다. 아직은 살아 있는 동물에게 독극물을 주사하여 죽게 한다는 것은 살상행위인 만큼 주저하는 것은 당연하다. 아빠가 졸라대다시피 하여 마지못해 동의를 받아 냈다.

이날은 토요일이었다. 다음 날 밤 9시로 디데이를 결정했다. 일요일이다. 그날 원장이 간호사와 함께 다도가 있는 우리에 출장 와서 안락사를 시행하기로 합의했다.

원장이 말했다.

"견주님. 비용은 만만치 않습니다. 참고하세요."

아빠는 말했다.

"저도 각오는 하고 있습니다. 얼마인지 말씀해 주시면 이 자리에서 선불하겠습니다."

"일이 끝난 다음 이야기하시지요."

한사코 즉석 셈은 거부했다. 무슨 이유인지는 알 수 없었다.

이제 내일이면 다도는 세상을 떠나갈 것이다. 4월 21일 대수술 이후 52일 만에 안락사를 결정한 것이다. 아빠는 차마 내키지 않는 어려운 결정을 하고 집으로 돌아왔다. 엄마에게 내일이면 다도와 영원한 이별을 한다고 말해 주었다. 엄마의 표정에도 우수가 깃들었다. 오랫동안 한 집에서 같이 살았던 자식과 같은 다도와 이별한다는 것은 슬픔이었다.

아빠는 순간적으로 참았던 울음보를 터뜨렸다. 아파트가 떠나갈 듯 대성통곡했다. 누가 들었으면 무슨 심각한 일이 생겼나 보다 하고 의아하게 생각했을 것이다. 소리 내어 우는 사람은 여자도, 어린아이도 아닌 성인 남자 목소리였다. 아빠는 참았던 눈물을 펑펑 쏟아내며 울부짖듯 방성대곡했다. 아빠 나름대로 다도를 살리기 위해 그렇게도 애를 썼지만 결국은 내 손으로 죽여야 한다는 사실은 기가 막혔다. 우리 다도가 하루만 지나면 저세상으로 떠난다는 생각에 설움에 겨워 슬피 운 것이다. 엄마는 소파에 앉아 바보처럼 엉엉 우는 아빠를 쳐다보고 한마디 했다.

"저렇다니까. 아직 다도가 죽지도 않았는데 벌써 통곡부터 하면 어떻게 해요. 그럴 바에야 안락사를 취소해요. 죽는 날까지 데리고 있어요. 무슨 사람이 개를 기르다가 죽으면 언제나 한바탕 울고불고 한다니까. 내가 죽어도 저렇게 울까?"

엄마는 아빠보다는 비교적 냉정했다. 아빠의 행동거지가 심히 못마땅했던 모양이다. 엄마 말대로 아빠는 유별난 데 없지 않다. 스스로 생각해도 눈물이 많다.

아빠는 애완견을 기르다가 헤어지거나 떠나갈 때마다 울음보를 터뜨렸다. 예전의 네루도 그랬고 바로 몇 년 전 땡순이 죽었을 때

도 그랬다. 더샾 아파트에서 살았던 시츄 과(科) 땡순은 13년을 같이 살았다. 나중에 신장암을 앓았다. 6개월을 앓다가 세상을 떠나게 되었다. 아빠는 마지막 순간까지 병구완에 최선을 다했지만, 병세는 점점 기울어갔다. 이제 시간 문제라고 생각했다.

오늘따라 얼마 살지 못한 것 같은 예감이 들었다. 아빠는 서재에서 PC를 켜고 워드 작업을 하고 있었다. 신문사에 보낼 칼럼 원고를 작성 중이었다. 워드를 치다가 땡순 생각이 났다. 거실에 나가보니 땡순은 소파에 눈을 감은 채 엎드려 있었다. 오늘따라 몹시 지쳐 보였다. 파리한 모습이었다. 땡순을 살포시 품에 안았다. 갓난아이 다루듯 얼굴을 비비며 말했다.

"땡순아. 힘들지. 아빠가 옆에 있으니 행복하지? 아빠 서재로 가자."
아빠를 쳐다보는 땡순의 눈빛은 안도하는 표정이 역력했다. 땡순을 서재 PC 옆자리 빈 의자에 조심스럽게 뉘었다. 아빠가 옆에 있으니 안심하라는 뜻이었다. 아빠는 조금 전의 글쓰기 작업을 계속하면서 힐끔힐끔 수시로 눈을 맞췄다.

땡순은 아까와 달리 희미한 눈동자로 아빠를 한번 쳐다보았다. 그러더니 별안간 숨을 몰아쉬면서 '꺽' 하는 외마디 소리와 함께 숨을 거두고 말았다. 금시 눈동자가 회색으로 변했다. 모든 신체 기능이 정지된 것이다. 손으로 쓰다듬으며 뜨고 있던 두 눈을 감겼다. 창졸간에 벌어진 일이었다. 이때 아빠는 서럽게 소리 내며 울었다. 막상 죽는 모습으로 보고는 저절로 통곡한 것이다.

"불쌍한 우리 땡순아!"
인간이든 동물이든 마지막 순간인 죽음을 보면 불쌍하다. 죽음을 통한 이별의 슬픔은 견디기 어려운 고통이었다. 그것도 사랑하는 상대의 경우는 더욱 그러했다. 아빠는 비단 애완견뿐만 아니다. 여느 동물도 애정으로 대했던 살가운 사이는 더욱 그러했다.

아주 오래전 아빠 가정이 가난했던 시절이다. 어머니가 살림에 보탬이 될까 싶어 점박이 흑돼지 한 마리를 길렀다. 목에 흰 줄을 두르고 태어난 돼지였다. 허름한 목조기와 집 뒤쪽 좁은 공간에서 암컷 돼지를 키웠다. 이름은 '꿀꿀'이었다. 아빠가 작명했다. 이름이라기보다 그저 부르기 좋아 지은 것이다.

돈사 바닥은 시멘트로 포장했다. 한쪽에 짚을 깔아 잠자리 겸 쉼터를 만들어 주었다. 우리는 3평 정도 남짓했다. 우리 앞에 펌프를 설치하여 지하수를 끌어 올려 사용했다. 수시로 돈사를 청소하고 꿀꿀이 목욕을 시켜 주기에는 매우 편리했다.

꿀꿀은 구유에 담긴 먹이를 먹기 위해 더러워진 주둥이를 빼고는 언제나 깨끗했다. 여름에는 펌프 물로 하루에도 몇 번씩 샤워시켜 주었다. 부러쉬로 털을 손질해주어 언제나 돈모(豚毛)는 반지르르 윤기가 흘렀다.

꿀꿀은 우리 가족들의 사랑을 흠뻑 받았다. 가축이 아닌 덩치 큰 애완돈(愛玩豚)이 된 것이다. 아빠가 꿀꿀 볼에 얼굴을 갖다 대면 "꿀꿀" 거리면서 행복해했다. 아빠만 나타나면 소리를 냈다. 기분이 좋다는 뜻이다.

어떨 때는 바닥에 누워있다가도 아빠 목소리만 들어도 자리에서 벌떡 일어나 반겨 맞아주었다. 돼지 지능은 개나 고양이, 소, 말 이상이라고 오래전 책에서 읽은 적 있다. 어느 사이에 꿀꿀은 성장하여 새끼를 뱄다. 출산일이 다가오자 아빠와 엄마는 자주 우리에 들어가 상태를 살피며 배를 쓰다듬어 주었다.

덩치 큰 돼지도 새끼를 낳을 때 산통이 뒤따르기 마련이다. 분만 순간 옆으로 누운 채 숨을 몰아쉬며 힘들어한다. 지극정성으로 출산을 도왔다. 이윽고 어미를 쏙 빼닮은 예쁜 새끼를 출산했다. 가슴에 둘려있는 흰 줄은 어미와 흡사했다. 모든 동물의 새끼 모습은 앙증맞아 귀엽기만 했다.

그러나 문제가 생겼다. 겨우 새끼를 1마리 낳았기 때문에 경제성이 없었다. 인공수정으로 수태시켰더니 결과는 한 마리였다. 나중에는 교미를 통한 방법으로 수정시켰다. 이번에는 3마리 낳았다. 도저히 채산이 맞지 않았다. 그렇다고 먹보인 꿀꿀을 언제까지 애완돈으로 기를 수 없는 형편이었다. 돼지 먹이 조달도 만만치 않았다. 어쩔 수 없이 돼지 수집상에게 팔아넘겨야 했다.

아빠는 비겁했다. 꿀꿀이 끌려가는 모습을 도저히 볼 수 없을 것 같아 애써 피해 외출했다. 그사이 사랑했던 꿀꿀은 고래고래 소리 지르며 끌려갔다. 외출에서 돌아왔다. 우리를 보는 순간 눈물이 났다. 지난날 꿀꿀이와 사연들이 뇌리에서 파노라마처럼 스쳐 갔다. 휑하니 비어 있는 썰렁한 우리에서 울컥 슬픔이 몰려 왔다. 철둑으로 달려갔다.

그곳에는 돼지 수집상 화물차가 아직 떠나지 않고 있었다. 트럭에는 십여 마리의 돼지가 실려 있었다. 틈바구니로 들여다보니 우리 꿀꿀이가 보였다. 단번에 알 수 있었다. 지저분한 다른 돼지와 달리 잘생긴 얼굴에 몸통이 깨끗했기 때문이다.

아빠는 꿀꿀을 불렀다.

"꿀꿀, 꿀꿀아!"

돼지 사이에 있던 우리 꿀꿀이가 특유의 낮익은 컬컬한 목소리로 응답했다.

"꿀꿀, 꿀꿀."

아빠 목소리가 나는 쪽으로 무리를 헤집고 다가오다가 덩치 큰 다른 돼지에 밀려 여의치 않자 울기만 냈다.

"아빠. 팔려가는 것 싫단 말이야. 제발 구해줘. 응."

울부짖는 소리로 들렸다. 아빠 눈에 눈물이 그렁그렁 맺혔다. 처절한 순간에 아무런 도움을 주지 못하는 아빠 처지가 스스로 생각해 보아도 너무나 얄미웠다. 꿀꿀은 아빠를 원망하여 한없이 울었을지도 모를 일이다.

아빠는 멀쩡한 꿀꿀을 사지로 보내는 몹쓸 짓에 자괴감이 들어 괴로웠다. 트럭을 뒤로하고 돌아올 때 아빠 양 뺨에 눈물이 주르륵 흘러내렸다. 밀려오는 이별의 슬픔을 억제하면서 집에 돌아와 한없이 울었다.

아빠는 철들과 나서 동물을 죽여 본 적이 없다. 어렸을 때도 마찬가지라고 생각했다. 죽였다면 기껏 빈대, 이, 벼룩, 파리, 모기 따위의 흡혈 충이었다. 60년대만 하더라도 빈대와 이, 벼룩들은 사람들을 괴롭히는 주범이었다. 온몸에 발진과 가려움증을 유발하는 천적이었다. 도저히 인간과 공생할 수 없는 해충이었다.

길을 걸어가다가도 힘들게 기어가는 지렁이와 달팽이를 발견하면 음습한 숲으로 옮겨 준다. 비록 미물이지만 생명에 애착을 느낀다. 하지만 아빠의 성격은 쉽게 눈물을 훌쩍이는 여리기만 한 것은 아니다.

과거 악랄한 군사정권 시절이었다. 정치적 신념을 지키기 위해 혹독한 정치적 보복을 여러 차례 당했다. 그들은 군사정권을 지지하라고 전향을 요구했다. 아빠의 정치적 신념은 오상고절이었다. 서릿발이 심한 속에도 굴하지 아니하고 외로이 지키는 절개라는 뜻이다. 절개는 곧 지조와 정조다. 절개를 버리는 순간 걸레가 된다. 한번 걸레는 빨아도 걸레가 된다는 철칙이다. 한번 배신은 연속적인 배신과 같은 이치다.

아빠는 박정희 군사정권에서 사찰 대상이었다. 미행, 회유, 감시, 연금, 납치는 다반사였다. 전두환 신군부 시절 보안사에 끌려가서도 신념을 굽히지 않았다. 정치 보복으로 죽음의 수용소인 삼청교육대에서 용케 살아 나왔다. 이후 정치 활동을 규제당했다. 일체의 정치 자유를 박탈당한 것이다. 노태우 군사정권에서 절대권력인 검찰의 조작 사건으로 아빠는 감옥에 가야 했다. 하지만 고등법원에서 무죄를 선고받았다. 권력 기관은 언제나 현미경 들여다보듯이 아빠를 감시했다.

정치인에게는 올곧은 신념은 곧 혼(魂)이다. 혼이 없는 정치인은 정상배에 불과하거나 창부(娼婦)와 같다. 입으로는 툭하면 국민을 팔면서 행동은 사리사욕에 있다. 양두구육의 야바위 정치꾼이다. 이러한 사이비 정치인으로 인해 민주주의는 훼손되고 사회는 혼탁하여 비정상적이다. 정의는 실종되고 야합과 기회주의가 판을 친다. 정치가 아니라 망치(亡治)다.

아빠는 평생 사람답게 사는 길을 선택하며 정도를 걸었다. 곤경에 처해도 무릎을 꿇고 싹싹 빌면서 살려 달라고 애원하지 않았다. 차라리 선 채로 총에 맞아 죽기를 선택했다. 의연하게 불의와 맞섰다. 이러한 처절한 고난의 와중에도 심약해져 눈물 흘려 본 적이 없다.

강자에게는 한없이 강하고 약자에는 한없이 약한 것이 아빠의 본성인 것이다. 가족으로 연을 맺고 사랑하면서 살았던 동물들의 최후를 보는 순간, 눈물 흘리는 것은 너무나 당연하다. 이것은 인간 내면의 본성에서 우러나오는 애틋한 사랑의 표현인 것이다.

엄마는 아빠의 통곡을 보면서 뼈 있는 말을 했다.
"그렇게 울부짖으려면 차라리 안락사를 취소해 버려요."
아빠는 엄마의 핀잔을 듣고 또다시 용기를 냈다.
"그렇지, 생각을 바꿔야지."
그렇지 않아도 동물병원에서 안락사를 결정하고 돌아오는 길에 승용차를 몰면서 생각했다. '내가 잘못 결정한 것 아닌가.' 번민하던 터였다. 아빠는 돌연 생각을 바꿨다.
"안락사라니, 말도 안 돼. 내가 그토록 사랑했던 우리 다도인데 그렇게 허무하게 끝낼 수 없는 것이야. 암, 그렇고말고."
아빠는 마지막 순간까지 다도를 지켜 주는 것이 도리라는 생각에 정신이 번쩍 들었다. 그러다가도 금방 생각이 바뀌었다.
"아니야 보내 줘야 해. 고통을 멈추게 해야 해."
아빠의 갈등은 조석 지변이 아니라 시시각각 변했다. 도무지 종잡기 어려웠다. '어떻게 해야 하지' 그것이 문제였다.
다도가 말을 할 수 있다면 이렇게 애절하게 부탁을 했을지 모를 일이다.

"아빠. 이 세상에서 아빠와 엄마를 만나 행복했어요. 이제 때가 되어 떠나야 해요. 더는 연명치료 하지 마세요. 어서 보내 줘요."

아빠는 생각했다. 그래. 이왕 독하게 마음먹은 김에 다도를 편하게 보내 주어야 하지 않을까 하는 생각 없지 않았다. 그러나 인위적인 살생은 차마 못 할 짓이었다.

"아니야. 안락사를 시켰다가 돌이킬 수 없는 후회와 죄책감을 어떻게 감당하려고?"

아빠의 심적 갈등은 머리를 복잡하게 했다. 그러나 결단해야 했다. 이 생각 저 생각 끝에 단안을 내렸다. 주저 없이 동물병원 원장에게 휴대폰으로 연락했다.

"원장님, 내일 예정된 안락사는 취소합니다. 끝까지 지켜보려고 합니다. 신경 쓰게 해서 미안합니다."

원장은 화답했다.

"정말 결정 잘하셨습니다. 아직은 스스로 먹이를 먹는다니 지켜보는 것이 맞겠지요."

아빠의 안락사 취소 결정은 이렇게 이루어졌다.

다도는 못된 아빠가 자신을 안락사시키려 했던 사실을 까마득히 모르고 있었다. 아니 알 리가 만무했다. 다도는 여전히 하루하루를 병마와 싸워야 했다. 아빠가 대신 아파줄 수도 없는 노릇이었다. 사실상 다도 혼자만의 처절한 투병인 것이다. 아빠가 할 수 있는 유일한 방법은 더 많은 관심과 배려였다. 고작 다도가 떠날 때까지 되도록 많은 시간을 다도 곁에 머무르면서 넋두리와 함께 세심한 신경을 써 주는 것이다.

  2022년 7월 여름은 뜨거웠다. 흔히들 8월 여름이 무덥다고 하지만 알고 보면 7월의 햇빛이 더욱 강렬했다. 삼복 중 초복, 중복은 7월에 있다. 신록을 자랑하던 나뭇잎이나 수풀도 기진맥진하여 축 늘어지는 것 역시 7월이다. 단숨에 온 대지를 말려 버릴 것 같이 이글이글 타오르는 태양도 7월에 있다. 다도는 병고에 시달리면서 혹독한 여름을 견뎌내고 있다. 아빠가 아무리 신경 쓴다 해도 한계가 있다. 다도한테 별로 도움이 되지 않는 것 같아 안타까울 뿐이다.

  이제 본격적인 장마철에 접어들었다. 이미 몇 차례 폭우가 쏟아졌다. 장마를 예보하는 기상청 발표는 연이어 TV에 등장했다. 전국적으로 태풍이 몰려온다고 대비하느라 야단법석이다. 아빠도 덩달아 다도가 머무는 우리 주변을 점검했다. 웬만하면 아파트에 데려가면 걱정은 끝이련만 현실적으로 어렵다는 것이 문제였다.

  어떻게 보면 다도는 좁은 아파트보다는 넓고 시원한 바람을 맞을 수 있어 바깥 생활이 훨씬 좋았다. 우리에서 밖을 내다보면 지나가는 사람과 고양이, 개들을 구경할 수 있어 심심하지 않았다. 인간사에는 매사 음양이 존재한다. 오르막길이 있으면 내리막길이 있다. 동전의 양면과 같은 것이다. 바깥 생활이 노상 좋은 것은 아니었다. 알면서도 다도를 아파트로 데려가지 못하는 환경이 원망스러웠다.

  다도는 복병과 싸워야 했다. 우리 주변에 모기들이 우글거렸다. 주변에 수풀과 채소류 밭은 모기들의 소굴이었다. 모기들의 활동은 낮에는 소강상태에 있다가 해가 지기 시작하면 본격적으로 활동했다. 인근 쓰레기 더미에서 서식하는 파리 떼들도 만만치 않았다. 파리는 한낮에 설치다가 밤이 되면 조용했다.

다도에는 무서운 천적들이었다. 모기의 공세는 더욱 힘겨운 것이었다. 다도 몸에 붙어 피를 빨아 먹었다. 파리 떼는 다도의 상처를 집요하게 공격하여 피고름을 빨아 먹었다. 아빠는 파리가 다도 환부에 쉬(알)를 깔겨 놓을까 봐 무척 신경 쓰였다. 상처에 구더기가 생길까 봐 걱정한 것이다.

다도는 몸에 생긴 종양에 무더위, 모기, 파리 4중고에 시달렸다. 아빠는 궁여지책으로 파리를 잡기 위해 끈끈이를 사다가 여러 곳에 설치했다. 그런대로 파리와 벌레들이 걸려들었다. 살충제를 구매하여 무시로 뿌려 주었다. 하지만 모두 일시적 효과뿐이다. 모기 박멸을 위해 정구 라켓처럼 생긴 전격살충기를 구매하여 사용했다. 이 또한 사람의 손으로 작동하는 번거로움 때문에 기대에 미치지 못했다. 모기향을 사방에 동시다발로 설치했다. 어느 정도 효과가 있었다.

나선형으로 생긴 모기향 한 개 소진하는 시간이 7시간 걸린다고 설명서에 씌어 있었다. 막상 사용해 보면 보통 4시간에서 5시간 걸리는 것을 알 수 있다. 제품에 따른 차이와 실내가 아닌 실외가 달랐다. 실외에서 바람 영향으로 소모하는 시간이 단축되었다. 하루 24시간 동안 4번 정도 교체해 주어야 했다. 아빠는 일몰 후가 문제였다. 늦은 밤 모기향을 교체하기 위해 아파트에서 다도가 있는 우리까지 와야 하는데 쉽지 않았기 때문이다. 한밤에 모기향이 꺼지면 모기는 다도를 무차별 공격하기 때문에 방심하면 안 되었다.

고맙게도 이 내용을 알게 된 집주인이 대신 수고를 해 주었다. 주인은 이슥한 밤에 일부러 밖에 나와 모기향을 교체 해주었다. 보통 수고가 아니었다. 이런 보살핌 속에서 이른 아침 아빠가 올 때까지 모기향은 살아 계속 타고 있었다. 종일 모기향이 가동되는 셈이다.

아빠가 모기 퇴치에 유난히 신경 쓴 당연한 이유가 있었다. 모기의 공격에 속수무책으로 당해야 하는 병약한 다도의 스트레스를 고려한 것이다. 이보다도 개들에게 치명적인 심장사상충을 우려한 조치였다.

종일 피워대는 모기향 냄새가 우리를 진동했다. 인근 수풀과 채소밭까지 광범위하게 퍼져 나갔다. 모기들의 접근이 어려웠다. 아빠는 이때 모기향의 부작용에 대해 간과하는 실수를 범했다. 훨씬 나중에 인터넷을 통해 알게 된 것은 모기향에 대한 부작용이 만만치 않다는 사실이다. 모기향 연소 과정에서 미세먼지와 포름알데히드, 알레트린 성분이 엄청나게 발생하여 인체에 영향을 끼친다는 것이었다.

설령 사전에 알았다 하더라도 다도를 위해서는 아빠의 선택은 불가피했을 것이다. 아빠는 다도와 함께 지내면서 모기향을 흡입했다. 아빠의 경우 폐 질환이 있어 냄새와 연기를 극도로 피해야 했지만 감수할 수밖에 없었다. 나중에는 모기향에서 발생하는 연기가 다도의 털을 누렇게 변색시켰다. 아빠 겉옷에도 냄새가 진하게 배어났다. 그만큼 유독성이 강했다.

그전 같으면 아파트에 데려가 목욕을 시키면 당장 해결할 수 있었다. 지금은 그럴 형편이 아니다. 다도 온몸에 종양이 퍼져 있어 불가능했다. 다도가 겪어야 할 또 하나의 악재는 더위였다. 혓바닥을 빼 물고 할딱거리며 괴로워하는 모습은 아빠의 마음을 더욱 아프게 했다.

　아빠는 이러한 제반 상황을 예측하고 안락사를 생각했었다. 하지만 생각을 고쳐 안락사는 포기한 지 오래다. 이제는 아니다. 최후의 순간까지 가는 것이다. 누가 보면 아빠의 선택이 미욱하다고 비웃을지도 모른다. 옛날 아빠 어머니가 식물인간으로 1년간 병석에 있을 때 참회하는 마음으로 못다 한 효도에 최선을 다했다. 다도한테도 마찬가지다. 마지막이 될지도 모를 사랑을 흠뻑 주면서 이승에서의 연을 아름답게 마무리하는 것이 온당한 처사라고 생각한 것이다.

　강렬한 햇빛을 차단하기 위해 부랴부랴 중고 비치 파라솔을 돈 주고 구했다. 우리 앞 중간에 세웠다. 막상 설치하고 보니 근본적 해결책은 아니었다. 햇볕 방향에 따라 햇빛이 이동하기 때문이었다. 한나절에는 합성수지로 된 바닥이 햇볕에 달아 뜨거워 일어서지도 앉지도 못할 정도였다. 예상치 못한 일이었다.

　긴급하게 비닐 그물막을 사다가 햇빛 가리개로 사용했다. 한결 햇볕을 차단하는 데 도움이 되었다. 문제는 지형적으로 우리 주변이 좁은 공간이라는 것이다. 낮은 우리 지붕 한쪽 모퉁이와 인근에 있는 수령이 오래된 나무와 그물막 줄을 연결하였다.

　엇비슷하면서도 나지막하게 설치할 수밖에 없는 구조였다. 생각보다 통풍이 원활하지 못했다. 높다랗게 그물막을 설치하고 싶어도 현장 사정이 여의치 않았다. 설혹 설치할 수 있다 하더라도 백두대간에서 몰아쳐 달려오는 강풍이나 변덕스러운 태풍을 감당하기 쉽지 않았다.

그나마 급히 마련한 파라솔과 그물막을 단단하게 설치할 수 있었던 것은 오로지 집주인의 수고 덕분이었다. 주인은 노쇠한 아빠와 엄마의 힘으로 역부족이라는 것을 눈치챈 것이다. 아빠와 엄마는 그물막 설치는 생전 처음 경험하는 것이기도 했다. 설치하고 보니 어느 정도 해 가림막은 해결했다.

막상 설치해 놓고 보니 만족할만한 근본대책은 아니었다. 뭔가 2%가 부족했다. 주인이 사는 안채에서 전기를 끌어다가 우리에 선풍기를 설치하고 싶은 마음이 간절했다. 주인에게 아빠가 전기료 부담을 전제로 부탁하고 싶었다. 하지만 선뜻 내키지 않았다. 가뜩이나 여러 가지 부분에 대하여 신세 지는 처지에 전기 사용까지 부탁하면 몰염치한 사람으로 보일지 모른다.

주인에게 공연하게 부담을 주어 입장을 곤란하게 하고 싶지 않았다. 자칫 민폐인 것이다. 아빠는 성격상 언죽번죽하지 못하다. 설령 선풍기 설치가 가능하다 하더라도 종일 장시간 선풍기를 돌리는 무리였다. 과열에 의한 화재 위험을 고려하지 않을 수 없었다. 그렇다고 노상 24시간 선풍기 곁을 지키며 껐다 켰다 할 수 있는 처지도 아니었다.

다도가 머무는 우리 가까운 수돗가에 수도꼭지가 설치되어 있다. 바람이 불면 식수통에 흙먼지가 가라앉아 식수로 부적합했다. 아빠는 하루에도 몇 번씩 먹을 물을 갈아 주었다. 항상 깨끗한 식수를 먹이고 싶은 마음에서였다.

아빠가 우리 바로 앞에서 다도 상처를 치료할 때는 항상 앙가조

촘했다. 공간이 일어서기에는 낮았기 때문이다. 한참 치료하다 보면 허리가 아팠다. 의자를 구해다가 사용했다. 이번에는 의자가 있으니 다도가 머물 공간이 좁아졌다. 의자를 사용한 뒤 한쪽으로 밀쳐 놓았다가 다시 꺼내 사용하곤 했다. 여간 번거로운 것이 아니었다.

　아빠 눈에 다도가 목에 차고 있는 쇠줄이 신경 쓰였다. 통째로 풀어주고 싶어도 관리가 어려웠다. 우리 주변 사방이 트여 있어 무리였다. 아무 곳이나 다도 혼자서 다닐 수 있기 때문이다. 대신 생각해 낸 것으로 가벼운 철삿줄을 사다가 교체했다. 조금이라도 무게를 줄이고 착용감을 부드럽게 하기 위해서였다. 강아지들이 사용하는 철삿줄이 나중에 도리어 화근이 되리라고는 전혀 생각하지도 못했다.

　우리 밖 바닥은 흙먼지로 더러워져 수시로 물청소했다. 다도가 바닥에 엎드려 쉬는 과정에서 흙이 묻어 상처 부위에 영향을 미치거나 흙먼지로 몸이 더러워질까 보아 신경 쓰지 않을 수 없었다. 그물막 밑에서 허리를 굽혀 엎드려 걸레질했다. 별로 힘든 것도 아닌데도 하루에도 몇 번씩 반복하니까 허리가 아팠다. 이 또한 나이 탓인가 생각했다.

　나중에 철물점에 가서 밀대를 사서 사용했더니 한결 수월했다. 밀대는 사용하고 꼭 햇볕에 건조해서 사용했다. 곰팡이가 생겨 박테리아균이 생겨 우리 바닥에 묻을까 걱정한 것이다. 투병 중인 다도를 위해 그나마 해 줄 수 있는 것은 청결이었다.

　우리 바깥 바닥 물청소는 물이 흘러 내려 주변을 질퍼덕하게 했다. 비가 오기라도 하면 우리 주변이 질척거렸다. 우리를 출입할 때마다 흙 묻은 신발이 바닥을 어지럽혔다. 아빠는 문제를 해결하기 위해 출입구 일대에 자갈을 깔 생각을 했다. 평소 동네 사방에 흔하게 나 뒹구는 자갈을 떠올린 것이다. 먼저 주인에게 바닥 한구석에 자갈을 깔아도 되는지 양해를 구했더니 쾌히 동의했다.

손수레 따위의 기구를 이용하지 않고 일일이 손으로 주웠다. 비닐 주머니와 튼튼한 쇼핑백에 담아 옮겼다. 하루에도 몇 번씩 운동을 겸해 자갈을 주웠다. 주섬주섬 주워온 자갈을 바닥에 순서대로 열심히 깔았다. 이 지역은 남대천 상류에 있어 하천에 자갈이 아주 많았다고 했다. 매년 홍수 때 보다 깊은 상류 골짜기에서 곰비임비 흙과 돌이 밀려와 그렇게 되었다는 것이다. 나중에 행정당국에서 치산치수 정책으로 튼튼한 제방을 건설하여 오늘에 이르렀다고 했다.

그 때문인지 사방에 나 동그라진 자갈은 부지기수였다. 마음만 먹으면 어느 정도 자갈 구하기는 쉬웠다. 지금도 돌담이 곳곳에 남아있다. 예전 이곳 사람들은 돌을 주워다가 담장을 쌓았다는 것을 알 수 있었다. 아빠는 다도와 같이 열심히 땅바닥에 나뒹구는 돌멩이나 자갈을 주워 우리 출입구 중심으로 깔았다. 다도는 아빠를 따라 다니며 돌 줍는 모습을 물끄러미 보곤 했다. 아빠와 같이 돌을 주우러 다니면 심심하지 않았다. 모두 다도를 위한 배려였다.

수작업으로 조금씩 돌을 주워 옮기다 보니 출입구까지 제법 여러 날 걸렸다. 깔아 놓고 보니 한결 출입하는데 흙이 덜 묻었다. 처음에는 출입구 쪽만 깔려고 하다가 면적을 더 크게 잡아 수돗가 쪽까지 연결하여 깔아야겠다고 마음먹었다. 그것은 다도 우리를 건사하기 위해 수돗물을 자주 사용하다 보니 물을 질질 흘리는 경우 없지 않았기 때문이다.

천둥소리에 놀라

천둥소리에 놀라

　누가 장마철인 여름이 아니라 할까, 비 오는 날이 잦아졌다.
　어느 날 한밤에 곤하게 자고 있었다. 잠결에 전차가 궤도를 지나가는 굉음이 들렸다. 요즈음 남북 상황이 예전 같지 않아 비행기 소리나 굉음이 들리면 괜스레 신경이 곤두섰다. 잠자리에서 깨어나 거실에 나와 창밖을 보았다. 섬광이 번쩍했다. 번개였다. 이어 '우루르 쾅쾅' 천둥이 하늘에서 진동했다. 가벼운 전율을 느꼈다.
　베란다 창밖에 폭우가 쏟아져 유리창에 빗물이 줄줄 흘러내렸다. 아빠는 다도의 안위가 걱정되어 다시 잠을 이룰 수가 없었다. 캄캄한 우리에서 천둥 번개에 잔뜩 겁을 먹고 고립무원 속에 외롭게 있을 다도의 모습이 뇌리를 떠나지 않았다.
　장마에 대비하여 우리 지붕이나 벽면에 비가 새지 않도록 비닐을 잇대고 처마를 합판으로 앞쪽으로 내 물렸다. 비가 들이치지 않도록 사전 조치하였다. 과연 비바람에 온전한지 걱정되었다. 좁은 공간에서 운신하기 답답한 나머지 좁은 우리 밖으로 나와 병약한 몸으로 고스란히 비를 맞고 있는 것은 아닌지 걱정되었다. 생각은 계속 이어져 갔다. 비바람에 모기향이 꺼져 있는 것은 아닌지 걱정됐다. 그렇다면 비바람을 피해 우리 안으로 숨어든 모기의 집중 공격을 받고 있을 것이라는데 생각까지 미쳤다.

아빠는 소파에 앉아 공상하다가 벌떡 일어났다. 어서 다도 상태를 확인하러 가야겠다고 생각 한 것이다. 주섬주섬 옷을 입고 모자를 썼다. 작은 손전등을 찾아 호주머니에 넣었다. 신발장에서 장화를 찾아 신었다. 우산을 들고 승강기를 이용하여 아파트 밖으로 나왔다. 미상불 하늘에서 양동이로 물을 쏟아붓듯 폭우가 맹렬한 기세로 쏟아져 내렸다. 비바람에 우산이 심하게 휘청거리더니 이내 맥없이 뒤집혔다. 무용지물이 된 것이다. 고스란히 비를 맞아야 했다.

하늘에서 번개가 뻔쩍 밤하늘을 갈랐다. 요란한 뇌성에 다소 겁이 났다. 흔한 말로 죄지은 사람은 벼락을 공연히 무서워한다는 말이 있다. 사람들 사이에 '벼락 맞아 죽어라.'라는 최악의 저주이자 악담으로 통한다.

아빠는 천둥과 벼락 치는 밤에 우중을 헤치며 오로지 다도 생각을 하면서 가고 있다. 아빠는 이 순간 우리 다도가 얼마나 무서움에 떨고 있을까 하는 생각뿐이었다. 발걸음을 재촉했다. 아파트 마당 후문을 나와 골목길에 접어들었다. 변압기가 달린 전선주 밑을 조금 지나가면 다도 우리가 있을 것이다. 변압기 밑을 지나치면서 천둥번개를 의식하지 않을 수 없다. 다행히도 벼락은 치지 않았다.

평소 같으면 7분 거리의 우리가 오늘따라 멀리 떨어져 있는 것처럼 느껴졌다. 저만치에 있는 희미한 가로등 불빛 사이로 폭우가 사선을 그으며 쏟아지는 모습이 보였다. 아빠의 몰골은 누가 보았다면 영락없이 물에 빠진 생쥐 꼴과 같을 것이다. 장화에 물이 가득하여 철벅거리는 소리가 났다. 못쓰게 된 우산은 들고 가다가 아무렇게 길에다가 버릴 수 없어 옆구리에 끼고 갔다.

아빠의 머릿속에는 오직 다도가 무사 무탈한지 걱정이었다. 모기향은 제대로 기능을 발휘하는지, 우리 지붕은 새지 않는지, 우리 안에 비가 들이치지 않았는지 여간 신경 쓰이는 것 아니었다. 이윽고 다도가 머무는 우리에 도착했다. 우리 분위기는 고요 그 자체였다. 후드득 우리 지붕에 비 떨어지는 소리가 들리지 않았다면 어둠 속에 싸인 시커먼 물체에 불과했다. 아빠는 주머니에서 손전등을 꺼내 비췄다.

다도는 우리 안에 비스듬히 누워 머리를 바깥쪽을 향하고 있었다. 아빠의 걱정과 달리 태연자약했다. 오히려 아빠의 걱정은 기우였다. 다도는 누운 채 꼬리를 흔들었다. 꼬리치는 둔탁한 소리가 우리 나무판자에 부딪혀 튀어 나왔다.

다도는 여느 때 같으면 힘든 몸을 뒤척여 일어서 우리 밖으로 나올 터인데 지금은 누운 채 멀거니 바라보았다. 아빠를 보고 밖에 나오지 않은 것은 다행이었다. 나왔더라면 흠뻑 비를 맞아야 했기 때문이다. 다도는 현명하다는 생각이 들었다. 손전등으로 우리 구석구석을 비춰보아도 아무런 이상은 발견할 수 없었다. 사전에 단도리를 잘했다고 생각했다.

아빠는 나지막한 목소리로 정답게 다도에게 말을 걸었다.

"다도야. 무서웠지? 그런데 비가 들이치지 않아 정말 다행이다."

다도가 비스듬하게 누운 채 밖을 내다보며 아빠에게 말했다.

"아빠. 주무시지 않고 비가 쏟아지는 이 야밤 중에 왜 왔어요? 저것 봐. 온통 젖었잖아요."

"아빠가 자다가 번개와 천둥소리에 놀라 깨어나 폭우가 쏟아지는 것을 알고 다도가 걱정되어왔어. 다도야. 무섭지 않았어?"

"응. 무섭기는 했지만 견뎌야지 어떻게 하겠어요. 이렇게 아빠가 와 주어서 고마워요. 아빠. 나 사랑하는 것 맞지?'

뜬금없이 아빠에게 물어보는 것 같았다. 아빠가 비가 억수 같이 쏟아지는 한밤에 자기를 위해 찾아와 주어 감동해서 물어보았는지도 모를 일이다.

"그럼. 사랑하고말고. 사랑하니까 암흑 같은 한밤중에 우리 다도가 보고 싶어 왔지 롱."

언제나 그러했듯이 다도가 아빠의 말을 알아들었는지는 알 수 없다. 하지만 아빠와 같이한 세월은 짧지 않은 긴 세월이었다. 아빠의 속내를 알아차리고 사랑한다는 것은 느끼지 않았을까 생각되었다. 다도는 눈치코치가 100단이다. 다도와 아빠는 서로 표정과 몸짓, 억양으로 교감을 이루고 있다고 생각하는 것이다.

걱정과 달리 우리 안에 설치한 모기향을 살아 있었다. 하지만 밖의 파라솔 부근에 설치한 모기향은 다 꺼져 있었다. 모기향은 습해도 타지 않고 그대로 주저앉아 버린다. 파라솔과 그늘막은 워낙 견고하게 설치하여 끄떡없었다. 우리 밖 쉼터 장판과 고무 판은 쏟아지는 빗물에 연신 흥건히 흘러내려 바닥이 깨끗해졌다.

아빠는 다도가 무사 무탈한 것을 다시 한번 확인하고 나서 말했다.

"다도야. 지금 자정이 훨씬 넘었거든. 이제 몇 시간 후면 새벽이 온단다. 그때 아빠가 다시 올게. 잘 있어."

"응, 알았어요. 조심해서 살펴 잘 들어가세요."

꼬리를 흔드는 둔탁한 소리가 우리 판자에 부딪혀 튀어 나왔다.

아파트로 되돌아오는 동안에도 비는 멈출 줄 모르고 계속 주룩주룩 내렸다. 길가의 어떤 가정집 보안등에 비치는 길바닥웅덩이는 물이 넘쳐흘렀다. 넘치는 물은 개골창을 이루어 얕은 곳을 향해 제멋대로 마냥 흘러가고 있었다.

이튿날 아침이 되었다. 밤새 쏟아붓던 폭우가 멈추고 요란법석 떨던 천둥과 번개는 거짓말처럼 사라지고 날씨가 활짝 개었다. 다도와 약속한 대로 아침 일찍 다도 우리에 갔다. 다도의 상태를 살펴보았다.

다도의 종양과 붓는 증상은 하루가 거듭할수록 심해졌다. 종전의 수술하기 이전처럼 종양에서 흘러나온 피고름은 살갗 표면에 질펀하게 배어 나왔다. 왼쪽 허벅지와 발등은 고무풍선처럼 딴딴하게 부풀어 올라 걷기마저 쉽지 않았다. 짐작하건대 통증도 무척 심할 것이라고 짐작되었다. 아빠의 입에서 '불쌍한 우리 다도!' 하는 한숨이 저절로 새어 나왔다.

바깥바람을 쐬기 위해 동네로 나왔다. 이러기에 앞서 아빠는 다도가 착용하고 있는 거추장스러운 목줄을 통째로 벗겨 주었다. 그리고 넥카라도 벗겼다. 일시적이나마 홀가분하게 해 주려는 마음에서였다. 다도가 걷는 속도는 더디기만 했다. 얼마 전 수술 하고 나서도 그런대로 성큼성큼 걷던 보폭 역시 이제는 자유롭지 못했다. 다도는 부자연스러운 걸음에도 바깥에 나가면 자꾸만 어디론가 마냥 가고 싶은 눈치가 역력했다.

우리에 갇혀 있는 것이 싫다는 뜻이다. 훨훨 세상을 뛰어다니고 싶은 생각 간절했던 것 같았다. 건강했던 지난날 고라니를 쫓아 중원을 주름잡던 옛 생각이 떠올랐는지도 모를 일이다. 이제는 다도의 의지대로 마음 놓고 걷는다는 것은 현실적으로 불가능한 일이다. 안타까울 뿐이다. 다도를 보면서 인간도 노쇠하거나 병들면 제대로 걷지 못하는 모습을 떠올렸다. 길을 가다 보면 걸음이 부자연스러운 노인들을 많이 보게 된다. 다도는 조심스럽게 걷다가 주변 풀숲에서 앉지도 못하고 엉거주춤한 자세로 소변을 보았다. 역시 누런 거품 오줌을 쌌다. 오장육부가 탈이 나도 단단히 났다고 생각했다. 오늘은 어제와 마찬가지로 대변은 보지 않았다. 별로 먹은 것이 없어 장이 비어 있어 그런가 보다 했다. 아빠는 다도를 데리고 나온 김에 가까운 곳에 있는 농로 쪽으로 나갔다. 시원한 바람이 스쳐 지나갔다. 아빠는 다도 머리를 쓰다듬으며 여러 가지 말을 건넸다.

"사랑하는 다도야. 아빠와 연을 맺은 지 아주 오래되었지? 다도가 양양에서 태어나 어미한테서 젖을 떼고 바로 아빠와 연을 맺고 지금까지 행복하게 살았단다. 한동안 나주 삼촌 집에 가 있을 때만 빼놓고 언제나 아빠 곁에서 살았던 거야. 그렇지?"

아빠는 다도의 얼굴에 얼룩진 양쪽 눈물 자국을 호주머니에서 휴지를 꺼내 훔치면서 중얼거리듯 속삭였다. 다도는 알아들었다는 듯 꼬리를 살래살래 흔들어 반응하면서 말했다.

"아빠. 이 세상에 태어나 아빠를 만나 행복했어요. 아빠 덕분에 너른 세상 구경 많이 했어요. 나처럼 사랑받고 세상 구경 많이 한 개들도 별로 없을 거예요. 나는 우리 아빠를 만난 것이 내 생애에 최고의 행복이라고 생각해요."

"다도가 그렇게만 생각해 주어도 아빠는 행복해. 아빠야말로 다도와 함께한 세월 정말 행복했단다."

다도의 천진한 표정에서 속마음을 읽을 수 있었다. 멀리 가지 못하고 조금 걷다가 다시 우리에 돌아왔다. 산책이 끝나면 해야 할 순서가 기다리고 있었다. 환부를 철저하게 소독해 주었다. 차고 있는 피고름이 배어 있는 복대를 교체해야 했다. 매일 하루에 3번씩 교체해 주는 것이다. 피고름이 밖으로 흘러나오지 않게 복대를 해 주어야 핥지 못하기 때문이다. 이러한 과정이 간단하지만 않다. 대충해서는 안 될 일이다. 꼼꼼한 성의가 필요했다.

아파트에서 준비해온 치즈와 돼지고기를 넣은 죽을 줬더니 반응은 별로였다. 억지로라도 먹여 볼 요량으로 코앞에 갖다 댔더니 마지 못해 혀끝으로 고작 한두 번 쩝쩝대다가 말았다. 예전 같으면 단숨에 해치웠을 것이다. 이제는 완전히 식욕이 떨어졌다고 생각했다. 요즘 와서 별도의 먹이통에 있는 즐겨 먹던 고급 사료가 전혀 줄어들지 않는다는 것을 눈여겨보았다.

아빠는 다도가 비록 먹이를 제대로 먹지 않는다고 하더라도 마지막 순간까지 최선을 다하여야 한다고 생각했다. 우리 주변을 청소하고 모기향을 새것으로 갈아 끼웠다. 늘 하던 일을 게을리하지 않은 것이다.

다도는 평소 하지 않던 행동의 변화를 보였다. 오늘도 여느 때처럼 아빠 손에 이끌려 우리 주변을 산책하러 나섰다. 산책은 다도의 일과 중에 빼놓을 수 없는 일이다. 체력이 따라 주지 않아 멀리 가지 못한다. 조금 걷다가 되돌아가려면 싫어하는 눈치가 역력했다. 요즘 와서 증상이 더욱 심했다. 목에 힘을 바짝 주고 네 다리를 버티면서 거부했다. 아직은 자신의 의사를 분명하게 행동으로 표시했다. 의식은 살아 있다는 증거였다.

다도는 슬픈 표정으로 말했다.

"아빠. 우리 조금만 더 돌아다녀요. 집에 가면 답답해요."

아빠는 다도의 속마음을 헤아리고 말했다.

"그럼 네 마음대로 해보자. 어디로 갈래? 다도가 앞장서봐."

다도는 알아들었는지 앞장서 부자연스러운 걸음을 옮겼다. 아빠는 얼른 목줄을 풀어 주었다. 편하게 하려는 배려였다. 다도가 가자는 방향은 보리밥 식당 뒤 켠 소나무 군락지 쪽이었다. 왕복 20분 이상 걸리는 거리였다. 아빠는 일단 다도가 원하는 방향으로 가는 척했다. 한 5분 정도 걸었을까. 손에 쥐고 있던 목줄을 다시 채웠다. 그리고 샛길에 이르러 방향을 오른쪽으로 살짝 틀었다. 보리밥 식당 반대 방향이었다. 목줄을 조금 세게 당겨 샛길로 유도했다. 우리 쪽으로 가자고 한 것이다.

다도는 선 채로 잠시 무엇인가 생각하는 눈치였다. 버틸 힘이 없어서인지 고분고분 태도가 달랐다.

아빠는 속삭이듯 말했다.

"다도야. 이젠 됐지? 그만 가야지. 더 가면 있잖아. 돌아올 때 다도도 힘들고 아빠도 힘들어. 집으로 가자."

아빠가 앞장서 목줄을 당겨 샛길로 접어들었다. 다도는 거부하지 않고 순순히 따라왔다. 조금 전 다도가 가고 싶어 하는 방향은 건강할 때 보무당당 씩씩하게 한 바퀴 돌던 곳이었다. 지금은 그렇게 할 수 없다. 겨우 발걸음을 옮기는 상태에서 뒤뚱거리며 겨우 걸어갔다가 되돌아올 때는 난감했기 때문이다.

그렇다고 시츄, 푸들, 치와와 같은 작은 체형의 개들은 유사시 번쩍 들어 가슴에 안고 이동할 수 있다. 그러나 몸집이 큰 다도는 번쩍 안을 수 있는 형편이 전혀 아니었다. 다도가 건강할 때였다. 아빠와 엄마와 같이 산책길에서 사랑스러운 마음에서 번쩍 들어 안아보려 했다가 힘에 버거워 얼른 내려놓았던 적이 있다. 오히려 다도가 얼른 알아차리고 껑충 앞다리를 들어 아빠 가슴에 두 발을 걸치듯 안겼다. 이때의 모습은 잊을 수 없다.

아빠는 다도의 마음을 충분히 헤아렸다. 그러나 다도 의사대로 좀 더 멀리 가지 못하는 것은 정말 미안했지만 어찌할 수 없었다. 다도의 병세는 나날이 악화하였다. 이제는 일어서다가 곧잘 엉덩방아를 찧으며 바닥에 주저앉았다. 다도는 앉은 채로 아빠의 얼굴을 물끄러미 쳐다보았다.

"내가 왜 이러는 것이지?"

다도 자신도 이해하기 힘들다는 표정이었다. 처연한 표정으로 자신의 처지를 호소하는 것 같았다. 스스로 일어나기조차 버거워 보였다. 애면글면했지만 혼자 일어나지 못했다.

"다도야. 힘들지?"

아빠가 엉덩이를 받쳐 줘야 안간힘을 쓰면서 일어서곤 했다. 아빠는 예전과 다른 다도의 모습을 보면서 영원한 이별을 예고하는 실루엣이 점점 가까이 다가오는 느낌이었다. 우리 다도는 나이로 치면 100세 노인이다. 노령견일수록 노화가 빠르다. 다도의 하루하루 생활을 눈여겨보면 실감할 수 있다.

사람들도 60대는 매년 다르고 70대는 매월 다르다. 80대는 매일 다르다는 속설이 존재한다. 실제로 아빠가 일흔 중반을 훨씬 넘겨 여든을 바라보는 처지에서 생각하면 공연한 말은 아니라고 생각하는 것이다.

개들의 수명은 15년 전후가 보통이다. 우리 다도는 늙은 개 중에도 상 노견(上 老犬)인 셈이다. 사람으로 치면 상노인인 것이다. 다도는 그동안 무병하게 살아왔다. 하지만 이제는 생물학적 한계를 감당할 수 없을 정도로 위급상황으로 치닫고 있다.

어느 사이에 무더위 속에 태풍과 장마의 계절인 7월은 가고 8월로 접어들었다. 머지않아 말복이 지나면 입추가 기다리고 있다. 그러나 8월의 햇볕은 여전히 뜨거웠다. 어느덧 안락사를 계획했던 6월 12일을 훌쩍 넘겨 50일이 지났다. 하마터면 다도는 지금 아빠 곁에 없었을 것이다. 다도는 버젓이 살아 있다. 살아 있다지만 다도 입장에서는 매우 힘든 나날이었다. 심리적으로나 육체적으로 감당하기 어려운 시간을 보내는 것이다.

크고 작은 종양은 전신에 퍼져 감당할 수 없을 정도가 되어 버렸다. 속수무책이었다. 그래도 아빠는 포기하지 않았다. 다도가 아직 살아 있음에 감사했다. 돌봄을 통해 사랑을 베풀 수 있다고 생각한 것이다. 다도가 이승을 하직하기 전까지 지켜 주는 것 아빠의 책임과 의무라고 생각했다. 아빠는 무더위에 땀을 뻘뻘 흘리며 다도 곁을 지켰다.

상처 부위를 자주 소독해 주었다. 그런 다음 복부를 감싼 수건 붕대를 자주 교체해 주었다. 사용한 것은 하이타이를 섞은 물에 빨아 햇볕에 말려 재사용했다. 수건 붕대는 복부와 가슴 부위에는 동여맸지만, 겨드랑 부위는 어려웠다. 땀과 털에 반창고가 붙지 않아 사용은 불가능했다. 붕대로 동여매기도 어려웠다. 알코올로 자주 소독해 주는 수밖에 별다른 도리가 없었다. 수시로 수돗물에 수건을 적셔 얼굴과 목을 닦아 주었다. 조금이라도 시원하게 해 주려는 마음에서였다.

다도는 병마와 싸우느라 몹시 수척해졌다. 건강할 때 늠름했던 체구는 사라지고 볼품없을 정도로 왜소하게 느껴졌다. 덩달아 아빠도 체중이 2kg 빠졌다. 다도를 위해 보살피는 일은 말처럼 쉬운 것만은 아니었다. 하루 이틀도 아닌 수개월에 걸친 간병이었다. 아빠의 사적 생활도 줄이고 오로지 다도에게 매달린 형국이었다. 다도 돌봄은 세심한 신경 쓰임과 인내가 절대적으로 필요했다. 아빠는 아무리 힘들어도 다도가 죽는 날까지 신의는 지켜야 한다는 생각에는 변함이 없었다.

신의는 곧 믿음과 의리다. 그리고 사랑인 것이다. 아빠는 평생을 살면서 상대가 누가 되었든 먼저 배신하지 않는 한 신의를 저버린

적 없다. 놀랍게도 하등동물 세계가 아닌 인간사회에서 배신은 다반사라는 사실이다. 아빠가 경위야 어찌 되었든 간에 다도를 안락사시켰더라면 분명히 배신이라 할 것이다.

그동안 다도를 괴롭혔던 피부병은 많이 좋아져 그나마 다행이었다. 아빠는 어서 빨리 선선한 가을이 왔으면 마음 간절했다. 더위에 고생하는 다도가 안쓰러웠기 때문이다. 가을이 되면 극성스럽게 덤벼들던 모기들도 서서히 자취를 감출 것을 고대한 것이다.

오늘도 어제와 마찬가지로 평소 좋아했던 음식을 외면했다. 벌써 이틀째다. 완전히 곡기를 끊은 것으로 생각했다. 사람이든 동물이든 죽음 직전의 전조 현상은 곡기를 끊는다. 지극히 자연스러운 현상이라고 생각한다.

아빠는 혼자 중얼거렸다.

"이걸 어떻게 하나. 불쌍한 우리 다도가 통 먹지 않는 것을 보니 이제 곧 아빠 곁은 떠나려고 하는가 보다."

다도의 측은한 모습에서 이별의 순간이 멀지 않았다고 생각하였다. 죽음의 그림자가 어른거렸다. 마음이 너무나도 아팠다. 만약의 경우를 대비하여 마음을 단단히 먹는 것 이외에 특별한 수단이 없다는 것이 안타까웠다.

12

무지개 다리를 건너

무지개 다리를 건너

2022년 8월 4일.

아빠는 늘 하던 대로 이른 새벽 시간에 일어났다. 쾌청한 날씨였다. 시원한 새벽 공기가 코를 자극했다. 다도가 식음을 전폐한 지 사흘째였다. 혹시나 하는 마음으로 간식으로 돼지고기와 치즈를 챙겼다. 부지런히 다도가 있는 우리로 발걸음을 재촉했다. 안위가 걱정되어 오늘따라 발걸음이 빨랐다. 우리에 도착했다.

"어라!" 우리에 있어야 할 다도가 보이지 않았다. 전날 느슨하게 해 준 목줄을 흔들어 빼고 그대로 사라진 것이다. 요즈음 와서는 목줄은 형식적으로 목에 걸려 있다시피 했다. 기력이 쇠진하여 예전처럼 멀리 갈 수 없다고 생각해서 배려한 조치였다. 그런데 목줄이 동째로 홀러덩 벗겨져 있었다. 아빠는 다도가 풀어 놓은 목줄을 들고 찾아 나섰다. 쇠약해진 몰골로 멀리 가지 못했을 것을 생각하고 주변을 찾아 나섰다. 마침 골목길에서 이웃 아낙네를 만났다.

"아주머니. 혹시 우리 다도 보지 못했습니까?"

아낙네는 말했다.

"아까부터 저기 보이는 논두렁으로 앉아 있었어요. 지금도 있을 걸요."

평소 다도의 모습을 보고 안타까워했던 아낙네였다. 그 아낙네는 들고양이 몇 마리를 관리하면서 밥을 주곤 해서 '고양이 아주머니' 라고 부르기도 했다.

아빠는 그 아낙네가 손가락으로 가리키는 곳을 찾아갔다. 다도는 논두렁 한가운데 앉아 전방을 물끄러미 주시하고 있었다. 아빠가 멀리서 바라본 다도는 여전히 품위 있는 자세였다. 비록 병약한 몰골이지만 고상한 자태는 여느 개와 다른 명견이라고 생각한 것이었다.

다도가 바라다보는 정경은 온통 논과 파밭이 어우러져 있었다. 그 위로 아름다운 청정 여름 하늘이 펼쳐지고 있어 한 폭의 그림을 연상하게 했다. 다도는 갖가지 형태로 전개되는 변화무쌍한 구름의 조화를 보면서 상념에 잠겼던 같다. 미구에 떠나갈 자신의 운명을 생각하고 있는지도 모를 일이다. 아니면 이 세상에 태어나 화양연화 시절을 떠올리며 나름의 아름다운 추억을 반추하고 있다고 생각했다. 아빠는 모든 동물은 어느 정도 생각하는 지능이 있다고 믿고 있는 터다. 기분 좋은 것, 슬픈 것, 그리워하는 것, 사랑과 복종, 화(몹시 못마땅하거나 언짢아서 나는 성), 반가움을 표시하거나 좋지 않은 과거에 대한 기억 등 분명히 생각할 줄 아는 지능을 가진 동물이라는 것이다.

지금 다도는 논두렁에 홀로 앉은 채 아름다운 추억을 반추하는 것 같았다. 감정을 주체하지 못해 남모를 눈물을 흘렸을지도 모른다. 아빠는 병치레하는 다도 눈가에 생긴 눈물 자국을 자주 보았다. 눈병이 아닌 슬픔에 겨운 낙루라고 생각했다. 아빠는 매번 눈물 자국을 정성껏 닦아주었다. 오늘은 특별한 감정이 생겨 다도에게 말을 건넸다.

"이런, 우리 다도 눈가에 눈물이 촉촉이 젖었네. 아파서 우는 거야? 슬퍼서 우는 거야?"

다도는 이 말을 듣고 겸연쩍은 표정으로 꼬리를 흔들었다. 아빠는 생각했다. 두 가지 모두인 것이라고 말이다. 다도는 여느 개와 달리 생각이 깊은 동물이다. 요즘에 와서 우수에 깃든 표정을 곧잘 보았다. 엎드린 자세로 턱을 바닥에 대고 무엇인가 골똘하게 생각하기도 하고 고개를 바짝 쳐들어 한참 동안 정면을 응시할 때는 사색에 잠겨있다고 생각했다.

다도는 논두렁에 앉아 있었다. 멀리서 보니까 아직은 리즈시절 모습 그대로의 자태였다. 가까이 가보면 수척해 보였지만 멀리서 본 모습은 그것이 아니었다. 논두렁 바로 앞 논에 심어진 벼들은 새파란 색깔을 띠고 올곧게 자라 낟알이 맺히기 시작했다. 오가는 사람 없어 인적이 드물었다. 누가 되었든 대자연을 보면서 명상에 잠기기에는 명당자리였다.

아빠는 천천히 다도한테 다가갔다. 아빠를 얼른 알아보지 못하는 것 같았다. 가까이에 이르러 "다도야." 하고 사랑스러운 목소리로 불렀더니 그제야 꼬리를 흔들며 힘겹게 일어섰다.

"아빠. 날 찾아 왔어요."

"그래. 걱정되어 찾아 나섰다가 고양이 집 아주머니가 이곳에 있다고 해서 왔단다."

"다도야. 이제는 목줄 빼는데 도사가 되었어. 이번에는 아예 통째로 뺐네? 재주가 정말 신통방통하구나."

"아빠. 하도 묶여 있어 답답해서 아침 공기 마시려고 그랬어요."

"우리 다도, 잘했어. 이제 집으로 가자."

들고 온 목줄을 다도 목에 걸었다. 다도는 고분고분 따라왔다. 우리에 도착했다. 준비해온 먹이를 주었더니 역시 거들떠보지도 않았다. 아빠는 말했다.

"다도야. 오늘도 먹이를 먹지 않으면 어떻게 해? 벌써 사흘째야."

아빠 입에서 한숨이 나왔다. 어떻게 해야 할지 답답하기만 했다.

"다도야. 먹지 않으면 죽는단 말이야. 죽지 않으려면 먹어야 해."

다시 먹이 그릇을 입에 댔더니 숫제 외면했다. 순간 불길한 생각이 뇌리를 스쳤다.

"다도야. 그럼 잠시 편한 마음으로 쉬고 있어. 아빠는 다도가 배고플까 봐 먼저 먹이려고 했거든. 그럼 아빠가 집에 가서 아침 먹고 바로 올게. 기다려 응."

이런 말을 하면서 왠지 예감이 좋지 않아 아침 먹는 것을 포기할까 생각했다. 좀 더 다도하고 같이 있을까 하는 생각 없지 않았다. 하지만 아침밥상을 차려 놓고 기다리고 있을 엄마를 생각했다. 설마 당장 무슨 일이 생기는 것은 아니겠지 생각하면서 떨어지지 않는 발걸음이었지만 아파트로 갔다. 차려 놓은 음식을 대충 먹었다. 식사하면서도 마음은 내내 다도한테 가 있었다. 불길한 생각이 떠나지

않았기 때문이었다.
 엄마가 물었다.
 "다도 상태가 어때요?"
 "아무래도 오늘 내일이 고비일 것 같아. 곡기를 끊은 지 사흘짼데 사람이나 동물이나 먹지 않으면 죽음이지."
 "안타까워 어떻게 하지요?"
 "단단히 각오해야 할 것 같아."
 아빠는 아파트를 나와 종종걸음으로 다도가 있는 쪽 고샅길로 접어들었다. 길가 옆 폐가를 지났다. 이곳을 지나 조금만 더 가면 다도 집이 보인다. 바로 이때 울부짖는 개의 비명이 들렸다. 평소 들어보지 못한 소리였다. 강아지가 아닌 큰 개 울음이었다. 살려달라고 절규하는 소리 같았다.
 다도가 있는 우리에서 좀 떨어진 통장 집에 진돗개 종류의 개를 묶어 놓고 길렀다. 다른 곳에 전직 학교 교사였던 양옥집 마당에 난쟁이 개 한 마리가 있었다. 그런데 개가 운다는 것은 뜻밖의 일이었다. 이들 집 개 같기도 했고 아닌 것 같기도 했다.
 아빠는 갈피를 잡지 못했다. 며칠 사이에 다른 집에서 개를 들여놓았나 생각했다. 환경이 낯설어 적응하지 못해 지르는 소리인가 하는 생각을 한 것이다. 이때만 해도 다도가 지르는 소리라는 것은 전혀 상상도 하지 못했다. 다도가 고래고래 소리 지를 만큼 건강하지도 못했지만, 소리 지를 아무런 이유가 없다고 생각했기 때문이다.
 연신 고통을 참지 못해 질러대는 소리는 낯익은 다도 목소리 같기도 했지만 긴가민가했다. 다도가 머무는 우리 바깥은 주변에 수풀이 우거지고 지붕 위에는 호박넝쿨이 무성하게 사방으로 뻗어 있었다. 게다가 주변에 우뚝 서 있는 나뭇가지에 달린 무성한 잎사귀에 가려 밖에서는 내부를 잘 볼 수 없었다.

비치 파라솔이 우리 마당 가운데 우뚝 서 있고 야트막하게 차양 그늘막이 쳐 있었다. 밖에서 언뜻 보아 우리 안 사정을 파악할 수 없는 구조였다. 가까이 가서야 현황을 파악할 수 있다. 평소 같으면 일어선 채로 아빠가 오는 시간을 헤아려 꼬리를 흔들며 서서 기다리고 있었을 테지만 요즈음은 일신이 괴로워서인지 그런 모습은 사라졌다. 다도는 건강할 때 20m 밖에서도 아빠의 인기척을 느끼고 반응했었다. 하지만 지금은 아니다. 우리 쪽 울음소리는 아무래도 다도 같았다.

부리나케 걸어갔다. 순간적으로 어떤 개가 쳐들어와 다도를 공격하여 다친 것 아닌지 하는 불길한 생각이 들었다. 다도는 싸울 기력조차 없는 데 마구 물렸으면 어떻게 하나 하는 걱정을 하면서 다도 우리에 당도했다.

"아이고, 맙소사. 어떻게 이런 일이….''

아빠는 눈이 휘둥그레져 말문이 막혔다. 다도는 우리 출입구 쪽에서 나동그라진 채 몸부림치며 비명과 신음을 번갈아 토해내고 있었다. 다도는 한평생 살면서 처절하게 비명을 질러 본 적이 없다. 처음 겪는 일이었다.

아빠는 뜻밖의 상황을 목격하고 깜짝 놀랐다. 살펴보았다. 철삿줄이 다도의 왼쪽 허벅지에 팽팽하게 한 바퀴 감겨 있었다. 하필이면 통통 부은 부위였다. 우리에서 밖으로 나오려다가 줄에 걸려 넘어지는 과정에서 감긴 것 같았다. 아니면 밖에 나와 중심을 잃고 뒤뚱거리다가 줄에 걸려 넘어진 것으로 생각되었다.

제 딴에 줄을 풀려고 안간힘을 쓰다가 오히려 줄이 옥죄어 이러지도 저러지도 못한 상황이 되자 통증을 이기지 못해 비명을 지른 것이다. 아빠는 황급한 마음으로 얼른 허벅지에 감겨 있는 철삿줄을 풀어주었다. 동시에 비명이 잦아들었다. 마치 보채던 아이가 애타게 찾던 엄마를 보더니 울음을 뚝 그치듯 말이다.

통통 부은 허벅지에 철삿줄 자국이 깊게 드러나 보였다. 얼마나 아팠을까 생각하니 아빠의 마음이 무척 속상했다. 아빠가 아침밥 먹으러 가지 않았더라면 이런 일이 없었을 텐데 하는 후회가 몰려왔다. 마침 안집에 부부가 서울에서 내려와 체류하고 있었다. 다도의 비명을 충분히 들었을 텐데 하는 아쉬움 없지 않았다. 나중에 주인집 여자가 새벽녘에 다도가 지르는 소리를 들었다고 했다.

주인집 여자는 말했다.

"아까부터 다도가 울었어요. 우리는 다도가 아파서 우는 줄 알았어요."

주인집 내외는 평소 다도에게 관대했다. 여러 가지로 도움을 주었다. 남자는 한여름 밤늦게 모기향을 교체해 주는 수고로움도 마다하지 않았던 고마운 사람이었다. 다도의 비명을 들어도 그저 많이 아파서 우는가 보다 생각했다는 것이다.

아빠는 그 말을 듣고 얼마든지 일찍 구조할 수 있었을 텐데 하는 아쉬움이 들었다. 뭐니 뭐니해도 아빠가 아침 식사하러 간 것이 불찰이었다. 다도는 애꿎게 불편한 몸을 뒤척이다가 당한 봉변이었다. 문제는 아빠가 스테인리스 쇠줄 대신 가벼운 철삿줄로 교체한 그것이 화근이었다. 오히려 종전의 스테인리스로 된 쇠줄이나 넓적한 가죽 줄이었다면 이런 일은 일어나지 않았을 것이라는 자책감이 들었다.

아빠는 다도 생리 문제를 해결할 겸 바람을 쐴 겸 밖으로 데리고 나갔다. 방금까지만 해도 철삿줄에 감겨 혼이 났는데도 순순히 따라 나섰다. 조금 걸어가다가 농로 풀밭에 소변을 보았다. 역시 노란 거품 소변을 많이 배출했다.

시츄 종인 '땡순'이, 신장암에 걸렸을 때다. 죽음을 앞둔 막판에 샛노란 소변을 보았던 것이 떠올린 것이다. 지금 다도의 소변이 땡순이와 같은 처지다. 아빠가 밥을 먹으러 가기 전 새벽 산책길에서도 노란 소변을 보았는데 시간이 얼마 되지 않아 또 거품 오줌을 배출한 것이다.

측은한 생각뿐이었다. 이런 상황에서도 아무것도 해 줄 수 있는 아빠의 무능이 한스럽기만 했다. 배변은 아예 하지 않았다. 엊그제부터 음식을 먹지 않아 위가 비어 있다고 생각했다. 아빠는 다도의 몰골을 한참 내려다보았다. 아빠의 눈에 들어온 초췌한 모습은 알량꼴량 목불인견이었다.

몸은 두드러지게 여위고 파리했다. 한계에 도달한 느낌이었다. 다도는 조금 걷다가 아빠를 따라 우리 뒤쪽 가까이에 와서 선 채로 주변을 두리번거렸다. 다도가 하는 대로 가만히 두고 동정을 살폈다. 우리에는 가기 싫어하는 것 같았다. 아빠는 어떻게 하나 보려고 왼쪽 길로 방향을 틀었다. 그제야 발걸음을 옮겼다. 그전에도 가려고 했던 보리밥집과 소나무 군락지 방향이었다.

아빠는 얼른 다도의 의중을 알아차렸지만 갈 수 없었다. 기진맥진한 상태에서 무리라고 생각한 것이다. 다도는 비실거리는 주제에 순간적으로 어디서 힘이 나왔는지 목에 힘을 주면서 그쪽으로 목줄을 당겼다.

아빠는 다도 머리를 어루만지면서 말했다.

"사랑하는 우리 다도야. 아빠가 네 마음은 알겠어. 그런데 말이지. 네 건강 때문에 갈 수 없거든. 미안해. 집으로 가자. 우리 다도 착하지."

오늘따라 다도의 눈빛이 너무나도 쓸쓸해 보였다. 애처로운 슬픈 표정은 아빠의 마음을 무겁게 했다. 다도가 조금 더 걸었으면 하는 의도를 나중에야 알게 되었다. 여기서 말하는 나중은 불과 몇 분 후에 일어날 일을 말하는 것이다.

다도의 마지막 소원은 늘 다니던 정든 길을 조금이라고 더 밟아 보는 것이었다. 그동안 정들었던 모두에게 '안녕!' 하고 인사하려는 마음도 있었다고 생각했다. 시시각각 다가오는 세상에서의 이별의 순간을 감지했다. 하지만 아빠는 알아차리지 못했다. 그저 우리에 가면 줄에 묶여 답답해서 조금이라도 밖에 머무르고 싶어 그런가 보다 하고 생각했다. 설령 의중을 간파했다 하더라도 별수 없었다. 다도의 형편으로는 무리였기 때문이다.

다도 역시 이내 단념했다. 아빠와 함께 건물 후문으로 들어와 우리로 돌아왔다. 이번의 산책길에서 걸음걸이는 불과 30m 정도였다. 아주 짧은 거리였다. 처음 있는 일이었다.

다도는 우리에 들어서자마자 입구에서 갑자기 맥없이 픽 쓰러졌다. 이어 몸을 뒤틀면서 다시 일어서려고 용을 쓰다가 그대로 쓰러지면서 온몸에 경련이 일었다. 곧이어 신음을 짧게 내뱉더니 그대로 미동조차 하지 않았다. 최후의 순간이었다. 절명한 것이다. 아빠는 당황했다. 안아보려 했더니 이미 고개가 뒤로 젖혀졌다. 어떻게라도 손을 써 볼 겨를조차 없었다. 창졸간의 일이었다. 불가에서 숨이 끊어질 때의 고통을 단말마라고 한다. 단말마의 순간은 고통에 겨워 몸부림친다는 것이다. 다도의 죽음이 바로 그러했다.

아빠는 휴대전화 시간을 보았다. 10시 55분이었다. 2022년 8월 4일이었다. 안락사를 계획했던 6월 12일에서 53일간 세상에서 더 머물렀다. 거슬러 올라가 설인 2월 초에서부터 시작하여 6개월 동안 병마와 싸우다가 이승을 떠나갔다. 땡순도 6개월 정도 앓다가 세상을 하직했다. 다도는 매우 힘든 시기를 버틴 것이다. 특히 안락사 취소 이후 53일간은 병이 악화 일로로 치달았던 시간이었다. 말을 하지 못하는 불쌍한 다도 혼자서 고통을 감내하며 겨우 하루하루를 연명한 것이다.

어찌 '다도를 불쌍하다고 말하지 않을 소냐 싶다.' 불행 중 다행은 다도의 마지막 순간 임종을 아빠가 지켜볼 수 있었다는 것이다. 아빠가 아침 식사하러 갔던 사이에 죽었더라면 돌이킬 수 없는 한으로 남았을 것이다. 아빠는 깊어져 가는 다도의 병세를 세세히 점검하면서 얼마 살지 못할 것이라고 예상하면서 유사시 상황을 각오했다. 하지만 막상 다도의 처절한 마지막 순간에서는 창황망조하지 않을 수 없었다. 멘붕 상태가 된 것이다.

　불과 2~3분 전만 하더라고 의식이 명료하여 어디론가 가고 싶은 의사를 표시했던 다도였다. 하마터면 도로에서 최후를 맞이할 뻔했다. 그랬더라면 아빠는 난감했을 것이다. 사람과 차가 다니는 노상에서 죽지 않은 것은 천만다행이었다. 그랬더라면 아빠 혼자서 덩치 큰 다도의 사태를 수습하기에 난감했을 것은 틀림없다. 다도가 마지막 순간에 우리에서 생을 마쳐 아빠의 수고를 덜어 주어 고맙기만 했다.

　다도의 죽음을 보면서 문득 다도 고향인 양양에서 다도를 낳아 주었던 어미의 모습을 떠올렸다. 뒷산에 올라갔다가 얼마 되지 않아 황급히 달려와 마당에서 쓰러져 죽었다. 비명횡사의 숨 가쁜 상황에도 제가 살던 집에 와서 죽었듯이 다도 역시 명재경각의 순간에도 안간힘을 다하여 우리에 돌아와 아빠 앞에서 절명했다는 것은 우연의 일치만은 아니라고 생각한 것이다. 이를 두고 수구 지심이란 말이라 할 것인가.

　아빠는 다도의 죽음에서 궁금증이 생겼다. 이미 다도 곁에는 죽음의 사자가 바짝 붙어 있었다. 저승으로 데려가려는 참이었다. 그런데도 절체절명의 상황에서 어디론가 마냥 가고 싶어 하는 힘이 어디서 나왔나 하는 것이다. 몇 분 지나면 유명을 달리할 명재경각에 처했는데도 이를 몰랐을까, 알았을까 궁금했다.

　매우 위중한 순간임에도 목에 힘을 주어 어디론가 가고 싶다는 의사(意思)는 과연 무엇이었는지 얼른 이해가 되지 않았다. 인간이든 동물이든 자신의 운명에 대하여 한 치의 앞을 내다보지 못한 미욱한 존재일 뿐이라는 사실이다.

숨이 떨어진 다도의 모습은 슬프기만 했다. 얼른 목줄을 벗겨 주었다. 아빠는 구부정한 모습으로 쓰러진 다도를 디귿(ㄷ)자 자세로 옆으로 뉘었다. 살아 있을 때 사지를 뻗고 곤하게 자는 듯한 편안한 자세였다. 하지만 두 눈은 뜬 채였다. 무슨 한이 남아 눈을 감지 못하나 싶어 연신 쓰다듬어 눈을 감기려 했지만, 눈까풀은 감겨 지지 않았다. 임종 때 사랑했던 엄마를 보지 못한 한이 남아서 인가 생각해보았다.

어느 사이 아빠의 양 볼에 눈물이 철철 흘러내렸다. 그렇다고 소리 내어 울 형편은 아니었다. 남의 집 마당에서 통곡할 수 없는 것이었다. 애써 참았지만 두 눈에서 흘러내리는 눈물은 감당할 수 없을 정도였다. 아빠는 비로소 다도와 영원한 사별을 절감하는 것이다. 다도와 더는 연을 이어 갈 수 없는 현실은 슬프기만 했다. 뒤늦게 아빠의 휴대폰 연락을 받고 엄마가 쫓아 왔다. 그때까지 다도는 눈을 뜨고 있었다.

엄마는 다도를 어루만지며 말했다.

"다도야. 그동안 함께 살면서 엄마도 다도를 많이 사랑했단다. 이제 편안하게 떠나가거라."

살포시 두 눈을 쓰다듬으면서 감겼더니 그제야 눈을 감았다. 마지막으로 엄마를 보았다. 아빠는 다도의 마지막 상황을 대비하여 주인집 남자의 도움으로 묻힐 곳을 마련해 두었다. 마당 뒤편 으슥한 곳이었다. 이미 그곳은 오래전에 주인이 기르던 '진순'이가 묻혀 있는 곳 부근이었다. 다도가 묻힐 장소에 구덩이를 파 놓고 빗물이 들어가지 않도록 준비해놓았다. 천광(穿壙)인 셈이다.

주인은 아무 조건 없이 쾌히 승낙했다. 얼마나 고마웠는지 몰랐다. 아니면 애견화장장에 연락하거나 싣고 가서 화장해야 할 처지였다. 다도가 이곳에 묻히면 생각날 때마다 찾아가 묘소 앞에서 지난날 추억을 반추할 수 있어 금상첨화였다.

아빠는 매장에 앞서 엄마에게 다도를 지키라고 하고는 빠른 걸음으로 아파트에 갔다. 평소 사용했던 묵주반지와 기도문 소책자를 가져왔다. 다도와 함께 고이 땅속에 묻었다. 그리고 간절히 기구했다.

가톨릭교회에서는 동물들의 부활에 관한 언급은 전혀 없다. 신·구약 어디에도 존재하지 않는다. 굳이 살펴본다면 구약성서에 희생제물로 흠 없는 수컷으로 소나, 양, 염소 등이 등장한다. 개에 대한 언급은 신약에 등장하는 라자로와 부자 사이에 얽힌 사연으로 개가 라자로의 종기를 핥아먹었다는 정도였다.

교회에서는 동물은 인간과 달리 혼이 없다고 한다. 영혼은 인간의 특권인 것이다. 하지만 아빠는 천지창조를 비롯하여 이 땅 위에 존재하는 모든 생명체는 유일신 하느님의 섭리로 다스려진다는 사실을 굳게 믿고 있다.

가톨릭교회는 인간의 사후에 공심판과 사심판을 통한 부활을 강조하고 있다. 아빠는 동물에게도 적용하고 싶은 것이다. 세상에서의 모든 것은 하느님이 창조한 피조물이라는 생각에서였다. 혹자는 아빠의 논리가 어불성설이자 궤변이라고 혹평할지 모른다.

그럼 불가의 윤회 사상은 어떨까 싶다. 사람이나 동물이 태어나

늙고 병들었다가 죽기를 끊임없이 반복하는 것을 빗대어 생겨난 단어가 바로 윤회다. 윤회 사상은 비단 불교만이 아닌 힌두교, 자이나교에서도 함께 공유하는 것으로 알려져 있다.

아빠는 오로지 다도가 다시 태어날 수만 있다면 하는 마음뿐이다. 이왕이면 인간으로 환생했으면 하는 마음이 간절했다. 불가에서는 이를 두고 인도환생이라고 하는 것이다. 가톨릭교회에서의 부활 사상과 불가의 윤회 사상은 개념 자체부터 전혀 다르다.

아빠가 생각하는 다도에 대한 부활(윤회) 주장에 대하여 누군가 듣게 되면 당치도 않는 헛소리라고 비웃을 일이다. 견강부회하거나 아전인수도 유분수라고 비난할지 모르겠다. 하지만 아빠의 순수한 마음은 다도 사후에 좋은 일만 일어나길 바라는 마음 간절한 것이다.

다도는 이 세상에 더는 존재하지 않는다. 무지개 구름다리를 건너갔다. 이승에서 겪었던 고통과 시련을 내려놓고 홀가분하게 떠나간 것이다.

아빠는 무지개다리의 실존 여부는 모른다. 어쩌면 반려견을 사랑하는 사람들이 만들어 낸 그럴싸한 스토리텔링이라고 생각한다. 사랑했던 반려견 죽음에 위안을 받기 위하여 상상의 세계에 존재하는 무지개다리일 수도 있다. 예컨대 사랑하는 사람이 죽었다 치자. 살아 있는 사람은 죽은 사람이 하늘의 별이 되었다고 생각한다. 밤하늘에 나름의 별을 특정해 놓고 '저 별은 나의 별'이라고 하면서 추모하려 하거나 위안을 얻으려는 소박한 희망이다. 이 또한 제멋대로 상상의 세계인 것이다.

무지개다리의 어원을 자료에서 찾아보았다. 비프로스트(고대 노르

드어: Bifrost)는 노르드 신화에 나오는 불타는 무지개다리를 리메이크했다는 말도 있다. 아빠는 생각했다. 이야기꾼들이 솔깃하게 지어낸 이야기인지 진·부는 관계없다는 것이다. 사랑했던 다도가 무지개다리를 건너 또 다른 세상으로 갈 수만 있다면 얼마든지 환영한다는 것이다.

한편 아빠가 특발성폐섬유화증 질환을 앓는 처지에 다도가 먼저 세상을 떠났다는 사실은 다행한 일이다. 주치의가 생존 기간 3년을 넘기지 못한다는 청천벽력 같은 선언을 했을 때 아빠는 다도가 천덕꾸러기로 취급받다가 속절없이 떠나갈 것을 걱정했었다. 다도에게는 임종의 순간에 아빠가 옆에 있어 행복했다고 할 것이다. 마지막까지 함께 아빠와 했기 때문이다.

다도는 말년에 수개월 병고에 시달렸다. 하지만 15년 동안 천수를 누렸다. 한세상에 태어난 삶의 여정에서 생로병사는 모든 인간을 비롯한 동물들의 한결같이 정해진 코스다. 다도 역시 그러한 순환법칙에 따라 일생을 살다가 떠나간 것이다.

사랑했던 다도가 무지개다리를 건너 저편 세상으로 떠나간 지 이틀째다. 이른 새벽. 아파트 밖을 나왔다. 다도가 떠나간 흔적이 몹시 궁금했다. 서둘러 다도가 머물렀던 우리로 발걸음을 옮겼다. 늘 다니던 길을 지나야 했다. 시원한 새벽 공기가 반갑게 맞아주었다. 여름도 이제 절정을 향해 치닫고 있는 느낌이다.

여기저기 매미울음이 고막을 자극했다. 매년 이맘때가 되면 언제나 그러했다. 매미울음은 머지않아 뜨거운 여름이 서서히 퇴장하는 것을 예고하는 것이다. 작열하는 태양 아래 싱그럽고 화려했던 여름 무대에서 매미의 등장은 피날레를 알리는 의례적인 팡파르라고 생각되었다.

신통하게도 매미울음은 "맴 맴 맴 스르르~." 음률이 일정했다. 그리고 요란했다. 어떨 때는 '윙 윙 윙', 또는 '웽 웽 웽'으로도 들렸다. 소리는 잦아들듯 '스르르르~~.' 후렴은 매번 같았다. 미물인 매미가 한꺼번에 날개를 비벼대는 소리는 기상천외하다. 저마다 몸통 안의 얇은 막을 떨어서 소리를 낸다. 암컷을 구애하는 소리라고 전문가는 말한다. 매미들이 동시에 내는 소리는 하모니를 이루어 울림으로 퍼져 나갔다.

이번 여름의 매미 합창은 천수를 다하고 떠난 다도의 일생을 노래하는 장송곡이기도 하고 상두꾼의 상엿소리 소리 같게 느껴졌다. 청아하게 들리기까지 하는 매미 소리는 분명 다도가 머나먼 좋은 곳으로 갔다는 메시지가 담긴 화음 같이 느껴졌다. 물론 아빠만의 상상이다. 상상은 불가사의의 영역인 것이다. 상상은 모락모락 피어나는 연기와 같이 끝이 없다. 아름다운 상상은 즐거운 것이기도 하다.

매미 소리를 들으며 다도가 머물렀던 우리로 갔다. 역시 있어야 할 다도는 없다. 우리가 휑하게 비어 있다. 고요 그 자체였다. 묘한 감정에 허탈하기만 하다. 사랑하던 다도는 이제 없다. 다도가 사용했던 밥그릇, 물그릇, 모기향꽂이, 깔개, 햇볕 차단용 그늘막과 파라솔만 덩그러니 남아있을 뿐이다.

어제까지만 해도 살아 있었던 다도였다. 아빠가 나타나면 어김없이 꼬리를 흔들어 반겨 주었다. 하지만 다도는 존재하지 않는다. 마지막 사투를 벌였던 어제 아침의 모습이 떠오른다. 이제 다도는 그곳에서 얼마 떨어지지 않은 마당 한구석에 묻혀 있는 것이다.

아빠는 다도가 평소 사용했던 소품을 주섬주섬 쇼핑백에 담아두었다. 산책이 끝나면 가져다가 폐기하려는 것이다. 어제 묻힌 다도 묘소 앞에 다가가서 성호경을 긋고 다도의 영혼을 위해 기도했다.

13

회상

회상

내친김에 다도를 생각하며 산책에 나섰다. 다도와 함께했던 친숙한 길이다. 아빠의 머릿속에 잠재하고 있던 영사기에서 한 편의 영화가 상영되기 시작했다. 아빠와 다도가 공동 주연이다. 영화는 과거로의 회상인 나라타주 기법이었다.

우리는 언제나 산책할 때 이곳 골목길로 접어들어야 한다. 이 길 말고 우리 주변에 나 있는 둑으로 올라 남대천 제방으로 가는 경우 없지 않았다. 하지만 고샅길을 이용했다. 차량 내왕이 적어 매연을 마시지 않아 좋았다.

오른쪽에 오래된 단층 양옥집이 있다. 그 집에 난쟁이 수컷 개가 잔디밭 한쪽 조그만 개집에서 살고 있다. 그 개는 다도의 유일한 친구이기도 하다. 그 개는 어쩌다 줄이 풀리면 다도 집에 와서 장난치고 놀다가 간다. 다도가 발정기가 되면 찾아와 냄새를 맡으며 뭔가 시도해보려고 애썼다. 번번이 헛수고였다. 워낙 키가 작아 뜻을 이루지 못했다.

다도가 늙어도 멘스를 한다는 것은 기이한 일이었다. 사람은 일정한 나이가 되면 경도가 뚝 끊기는 것과 전혀 달랐다. 아빠가 알고 있는 상식으로는 멘스를 하는 한 임신 가능성은 얼마든지 있다. 다도가 나주 삼촌 집에 있을 때 동네 개와 교미하여 한 마리 새끼를 낳은 것이 바로 그런 경우다.

아빠는 안심할 수 없었다. 다도가 발정하면 펜스로 가림막을 하여 혹여 있을지 모를 동네 개들이 접근이 쉽지 못하도록 조치를 했다. 임신하면 곤란했기 때문이다. 다도는 우리 앞을 지나치는 개들을 보면 먼저 자리에서 벌떡 일어나 꼬리를 흔들었다.

"얘들아, 나 어때? 이쁘잖아. 나 바람났거든!"

산책길에서 개들과 우연히 만나도 마찬가지였다. 교태를 부리면서 먼저 다가갔다. 자신이 발정했음을 알려 주는 신호였다. 하지만 주인을 따라나선 개들은 하나같이 작은 체구의 애완용들뿐이었다. 다도를 좋아했던 난쟁이 수컷은 다도가 어제 세상을 떠나갔다는 사실을 까마득히 모르고 있다. 앞으로도 모를 것이다. 이웃 난쟁이 개가 나중에 줄이 풀려 다도 집에 왔다가 다도 체취를 맡으면서 중얼거렸다.

"어라. 다도가 없네. 어디 갔을까?"

그러나 난쟁이 개 수컷에게는 영원한 수수께끼인 것이다.

난쟁이 개가 있는 집 골목길을 조금 지나 걸어가다 보면 오른쪽으로 산불초소가 보인다. 산불초소는 남대천 제방 중간 옆에 나 있는 도로와 연결되어있다. 그곳 도로는 다도가 몹시 아프기 시작한 두 달 전까지만 해도 함께 걷던 산책길이었다.

오늘은 아빠 혼자이다. 외로운 길을 걷는 것이다. 늘 다도와 같이 껌딱지처럼 같이 걸었던 길이었다. 이젠 현재가 아닌 과거형으로 추억이 되어 버렸다. 오늘따라 유난히도 지난날 다도와의 사연이 새록새록 떠올랐다.

다도와 함께 걸을 때는 보조를 맞추며 빠르게 걷기도 하고 천천히 걷기도 했다. 앞서거니 뒤서거나 하면서 걸었다. 때론 잠시 걸음을 멈춰야 했다. 다도가 전봇대나 나무와 수풀에 소변으로 영역 표시를 하기 때문이었다.

다도와 걸었던 제방 길에서 서쪽으로 바라다보면 저 멀리 백두대간 허리가 보인다. 맑은 날에 선자령 꼭대기 풍력발전기 팔랑개비가 힘차게 날갯짓하는 모습을 볼 수 있어 좋다. 늘 보이는 것은 아니다. 날씨에 따라 보일 때도 있고 보이지 않을 때도 있다. 보이지 않을 때는 흐린 날씨거나 산안개가 자욱했을 때다.

강물에 오리 떼들이 자맥질하며 즐기고 왜가리들이 날아와 먹이 사냥하는 모습이 정겹다. 운 좋은 날에는 수달 모녀도 볼 수 있다. 까만 피부색의 수달이 새끼를 데리고 강 한가운데를 휘젓고 다닌다. 아름다운 대자연의 환경을 즐기며 다정하면서도 경쾌하게 걷던 친숙한 제방 길에 다도가 없다. 다도는 이 세상에 존재하지 않기 때문이다.

대신 아빠를 닮은 실루엣이 따라온다. 그나마 그림자가 외롭지 않게 동무해 주는 것이다. 그림자는 햇빛 각도에 따라 움직였다. 왼쪽, 오른쪽에서 번갈아 사람 형태의 그림자가 따라붙었다. 한참을 아빠와 같이 걷다가 저만치 떨어져 걷기도 하고 때론 키다리처럼 긴 모습의 그림자가 되어 아빠 옆에서 동행해 주는 것이다.

얼마 전까지 다도와 같이 걸을 때는 그림자 두 개와 같이 걸었다. 모두 넷이 걷던 그 길을 오늘은 아빠와 그림자 둘이 걷는다. 다도가 옆에 없다는 생각이 들자 뭉클 감정이 솟구쳤다. 어제 세상을 떠났는데도 벌써 보고 싶다. 금시 눈가가 뜨거워졌다. 눈물이 주르르 흘러내렸다. 이별의 아픔을 삼킨다는 것은 정말 어렵다.

햇볕 차단용 선글라스를 썼으니 망정이다. 그냥 도수 안경을 썼더라면 지나치는 사람이 아빠의 얼굴을 보면서 "멀쩡하게 보이는 저 사람, 왜 울면서 걷고 있지." 의아했을지도 모른다. 오늘따라 이 시간에 더러 보이던 산책하는 사람이 한 명도 보이지 않아 다행이다.

아빠 혼자만의 고독한 사색 속에 지난날을 회상하며 걷는 것이다. 걷는 도중 길옆에 버스 정류장 설비 제조업체 (주) 삼우 PDC 공장이 보였다. 버스 정류장을 만드는 곳이다. 이른 아침이라 그런지 아직 직원들이 출근하지 않아 조용하다. 이곳은 출입문이 따로 없는 개방된 곳이다. 아빠는 이곳에 이르면 다도를 평퍼짐한 시멘트 바닥에 누이고 온몸을 샅샅이 검사한다. 피를 빨아 먹는 진드기가 몸 어디에선가 붙어 있는지 살펴보는 것이다.

산책할 때 여간 조심하는 것이 아닌데도 어느결에 진드기가 달라붙는다. 다도가 수풀에서 냄새 맡거나 수풀에 소변을 누는 사이 악착같이 달라붙었다. 깨알보다 작은 새끼부터 눈곱만한 크기의 다양한 진드기가 몸에 찰싹 달라붙는다. 진드기는 일단 몸에 닿으면 재빨리 털을 헤집고 들어가 피부에 찰거머리처럼 안착하여 피를 빨아 먹기 시작하는 것이다.

아빠는 진드기잡이에 악착같다. 콧잔등이, 주둥이 주변, 배와 겨드랑이를 꼼꼼히 살핀다. 털 속에서 서식하는 새끼 진드기는 까만 콩알만큼 커 노출될 때까지 잘 보이질 않아 잡아내기가 여간 쉽지 않다. 몸에 붙박이 하면서 악착같이 피를 빨아 먹고 성장한다. 표면에 노출될 때가 되어야 겨우 잡을 수 있다. 운 좋으면 어린 진드기 새끼를 곧잘 잡아낼 때도 제법 있다. 이들이 붙어 있던 자리를 상처가 나 있다. 따끔따끔하기도 하겠지만 가려움을 참지 못해 긁으면 상처가 생겨 화농에 이른다.

야생 진드기라고도 하고 살인 진드기라고 한다. 이 진드기는 사람에게는 천적이다. 중증열성혈소판감소증후군(SFTS) 발병을 유발한다. 그뿐만 아니라 쓰쓰가무시병으로 진행되어 사망에 이르는 무서운 해충인 것이다. 아빠는 수시로 다도의 몸집을 헤집어 진드기를 찾아내어 박멸하려고 애썼다. 산책길에서도 예외는 없다. 버스정류장을 제작하는 공장 입구 한쪽은 장소가 넓어 반드시 검색했다. 다도가 눕기 쉬운 곳이다.

다도는 이곳에 이르면 벌써 알아차리고 준비한다. "다도 누워!" 하고 명령한다. 조심스레 두 발을 서서히 앞으로 내밀고 엎드린 채 검색을 받은 뒤 다시 ㄷ자 형태로 옆으로 눕는다. 자신의 몸을 아빠에게 내맡긴다. 허탕 치는 법은 별로 없다. 꼭 한두 마리 이상 잡아낸다. 어떨 때는 아빠가 장난삼아 진드기를 잡아 코에 갖다 대면 무슨 냄새가 났는지 진저리쳤다.

오늘은 이러한 통과의례가 없었다. 앞으로도 없다. 다도가 이 세상에 없기 때문이다. 곁에 있어야 할 다도가 없어 아빠의 마음을 심란하게 했다. 아빠와 함께 희로애락을 함께 했던 다도가 없다는 슬픈 일이 아닐 수 없다. 복받치는 서러운 감정을 가까스로 억제하면서 외로움을 느끼며 계속 걸었다.

산책길을 한참 지나다 보면 어떤 집 넓은 마당에서 기르는 대형견 한 마리가 버티고 있다. 사방으로 쳐진 펜스 안에서 부산히 왔다 갔다 하면서 짖어댔다. 늑대를 많이 닮아서 늑대개라는 별명이 붙은 알래스칸 말라뮤트이다.

우리 다도보다도 덩치가 훨씬 크다. 하지만 어려 보였다. 이 개는 늘 혼자 있다. 아직은 어린 탓인지 몰라도 넓은 공간을 오가며 좌불안석이다. 사람들이 오가거나 지나치는 다른 개를 보면 무턱대고 짖으며 반응했다.

다도가 건강할 때의 일이다. 이 앞을 지나가려는 참이었다. 다도를 본 늑대개가 펜스 안에서 미친 듯이 길길이 날뛰면서 짖어댔다. 다도는 목줄을 한 상태였으나 갑자기 있는 힘을 다해 목줄을 당겨 부리나케 쫓아갔다. 아빠는 엉겁결에 쥐고 있던 목줄을 놓아버렸다.

다도는 한바탕 일전을 벌이려는 듯 공격 자세를 취했다. 인상을 지으며 험상궂은 얼굴을 했다. 사납게 짖으면서 벌린 아구창에 흰 송곳니가 드러났다. 몹시 화가 났다는 표시다. 흔히 있는 일은 아니었다. 늑대개도 만만치 않게 으르렁거렸다. 다도는 당장 요절을 낼 것처럼 덤볐지만 펜스가 가로막혀 뜻을 이룰 수 없었다.

다도가 워낙 화를 내고 짖으며 덤벼들 듯하니까 늑대개도 몇 차례 대거리하다가 꼬리를 내렸다. 기 싸움에서 진 것으로 생각했다. 다도는 평소 늑대개 집 앞을 지날 때마다 분별없이 요란하게 짖는 것이 못마땅했던 모양이다. 딴에는 벼르다가 오늘 혼내 줄 요량으로 뛰쳐 갔지만 해프닝으로 끝나고 말았다. 이제는 그때의 일이 추억이 되어 버렸다. 늠름했던 다도는 저 먼 세상으로 가버리고 아빠 곁에 없기 때문이다.

늑대개 집 앞을 지나오면서 걸음을 멈추고 물끄러미 제방에서 강물을 내려다보았다. 늦장마 영향으로 하천에 많은 양의 강물이 흘러내렸다. 점적적누라는 말이 있다. 한 방울 한 방울 모여 큰 물줄기를 이룬다는 뜻이다. 원래의 작은 물방울이 모여 위력을 나타내는 것이다. 티끌이 모여 태산을 이룬다는 말과 같은 의미다.

상류에서 유유히 흘러내려 오던 물결은 중간쯤 저지대에 이르러 낮은 곳에 있는 바위에 부딪혀 물살이 빨라졌다. 여러 갈래의 물줄기는 앞서거니 뒤서거니 다투듯 흘러내려 가다가 바위를 지날 때는 흰 물거품을 만들어 냈다.

실개천에서 흐르던 물이 모여 도랑을 이루어 큰 물줄기를 만들었다. 넘실거리는 물결은 어떤 지점에 이르러서는 힘에 부쳐 '콸, 콸, 콸' 숨넘어가는 소리를 내며 거칠게 내 닫는다. 작은 바위들을 지날 때는 물보라를 일으켰다. 앞서가는 강물에 말했다. 에게 어서 빨리 가라고 등을 떼밀며 재촉했다. 강물은 흘러가다가 남대천 하류 끝자락에서 기다리고 있는 바다 품속에 안긴다.

"얘들아. 어서 오너라. 오느라 수고 많았다."

두 팔을 벌리고 기다리고 있을 바다를 향해 미친 듯이 흘러 들어가는 것이다. 바다는 언제나 자애롭다. 인고의 세월을 달려온 모든 강물을 군말 없이 감싸 안는 것이다. 이를 두고 포용이라고 하는 것이다.

오늘은 유속이 빨라서인지 청둥오리와 왜가리가 보이지 않았다. 이들은 물흐름이 빠르면 활동하기에 불편하다고 생각했다. 물고기 먹이 사냥도 자맥질도 여의치 않다. 여기서 느끼는 서정적인 아름다운 대자연은 늘 다도와 함께했던 풍광이었다. 그러나 오늘은 아빠 혼자 걷는다. 종양 제거 수술 실밥을 뽑고 나서도 함께 걸었다. 불과 2개월 전의 일이다.

그때만 해도 다도와 함께 보았던 논에 심어진 어린 벼들은 가냘픈 모습이었다. 어느 사이에 무성하게 자라 논바닥에 뿌리를 깊게 내리고 진한 녹색 옷으로 갈아입은 채 강건하게 서 있었다. 이제 머지않아 이삭에서 탐스러운 낟알이 송골송골 맺힐 것이 분명했다.

벼들은 익어 갈수록 고개를 숙인다. 사람들은 고개 숙인 벼를 비유하여 겸양지덕이라 비유하여 사자성어가 생겼다. 벼농사 수확이 끝나면 논바닥은 버덩으로 변한다. 가을걷이가 끝난 후 다도를 이곳에 풀어 놓으면 제 세상 만난 듯 신나게 뛰어다녔다. 한때는 친구 집시 견들과 어울려 신나게 누볐던 곳이다.

지금은 다도도 집시 견들도 보이질 않는다. 모두 사라졌다. 살아 있는 모든 생물은 시작이 있으면 끝이 있는 법이다. 동식물에는 영원성이 없다. 만물의 영장이라는 인간도 예외 아니다. 모두 찰나의 순간을 살다가 떠나기 마련이다. 아빠는 다도와 집시 견의 생애를 통해 새삼 영고성쇠의 무상 함을 느끼지 않을 수 없다.

계속해서 도로를 쭉 따라 어떤 경양식집 후문에 있는 굴다리를 지나갔다. 겨우 차 한 대가 다닐 정도의 도로다. 아빠는 다도와 함께 이곳을 지날 때마다 다도를 위해 즉흥적으로 노래를 불렀다.
"다도, 다도, 다도야, 사랑하는 우리 다도야. 아빠가 무진장 사랑하는 것 알지? 우리 오래, 오래 행복하게 살자."
음치인 아빠의 노래는 굴 안에서 파장을 일으켜 울림으로 퍼졌다. 다도는 두 귀를 쫑긋하면서 알아들었다는 듯 힐끔 아빠를 쳐다보면서 꼬리를 살래살래 흔들며 화답했다. 굴다리를 지나면 바로 제비리 버스 정류장이 있고 바로 뒤에 간이 운동기구가 설치되어 있다.
이곳에 도착하여 아빠가 여러 가지 운동기구를 매만지며 운동한다. 다도는 참을성 있게 끝날 때까지 기다려 주었다. 가벼운 운동이 끝나고 도랑 옆을 따라 강원예술고등학교 입구를 반환점으로 다시 되돌아오는 것이 운동코스였다.
대충 왕복 8km에 해당했다. 아빠는 다도와 함께 특별한 사정이 없으면 거의 매일 걸었다. 하루 평균 1만 5천 걸음이었다. 이것은 아빠가 30대에 시작하여 다도가 세상을 떠나기 직전까지의 일이다. 하지만 앞으로는 줄여야 할지 모른다. 생물학적으로 인간에게는 영원한 것은 없다. 체력도 마찬가지다. 시간이 갈수록 노쇠는 불가피하다. 자연의 철칙인 것이다. 인간도 궁극적으로는 소멸하는 존재일 뿐이다.
"나이는 가라!"
소리치는 것은 허장성세다. 늙어가는 나이를 애써 숫자에 불과하다는 말은 궤변이다. 늠름하고 용감했던 다도가 병 앓이를 하다가 어느 날 속절없이 사라지듯 아빠 또한 마찬가지다.

다도와 동행에서 아빠에게 간식 달라는 것도 빼놓을 수 없는 공식이다. 걷다가 아빠를 빤히 쳐다본다. 간식을 달라는 신호이다. 아빠 호주머니에는 언제나 다도를 위한 건빵, 캐러멜, 치즈가 준비되어 있다. 건빵을 높이 던져 주면 점프하는 자세로 받아먹는다.

때론 야구 경기에서 투수처럼 "다도야. 준비!" 하면서 건빵을 강속구로 던지면 절묘한 순간 포착으로 입을 벌려 척척 받아먹는다. 이럴 때마다 던진 공을 잘 받는 포수를 연상하게 한다. 경탄을 금치 못할 정도였다. 어린 시절부터 훈련한 순발력을 키우는 운동이었다.

아빠는 애초 출발 지점인 우리까지 되돌아왔다. 내친김에 다시 가까운데 있는 소나무 군락지로 갔다. 이곳은 다도가 건강할 때 자주 찾던 곳이다. 다도가 몹시 아플 때 가자고 보챘던 곳이기도 했다. 소나무 군락지는 보리밥 음식점 뒤쪽에 있었다. 인근에 골프 연습장이 있다. 소나무 군락지는 숲이 우거져 사람들의 내왕이 뜸한 곳이다.

이곳은 아빠가 먹이를 가져다주며 관리하는 떠돌이 늙은 고양이 한 마리가 살고 있다. 아빠와 다도를 보면 언제든지 반갑다고 스스로 몸을 땅바닥에 엎드려 좌우로 뒹굴며 인사하는 착한 녀석이다. 때론 아빠 바짓가랑이를 사이를 스쳐 지나가기도 한다. 딴에는 최고의 접촉이다. 어느 사이에 우리는 깐부가 된 것이다. 하지만 오늘은 어디 갔는지 보이지 않았다.

오늘따라 소나무 군락지에서 웬 까마귀 한 마리가 숲속이 떠나갈 듯 '까악까악' 짖어댔다. 나중에는 목이 미어질 듯 '꽉꽉!' 요란하게 울어댔다. 울부짖는 소라는 군락지 정적을 깨트리며 사방으로 퍼져 나갔다. 소리 나는 곳을 쳐다보았다. 전봇대 꼭대기에 까마귀 한 마리가 앉아 연신 주변을 두리번거리며 큰소리로 짖어댔다.

까마귀는 조금도 쉬지 않고 연달아 목청을 높였다. 화가 단단히 나 괴성에 가까운 소리를 질러댄다고 생각했다. 무슨 곡절이 있는 듯했다. 하지만 당장은 알 수 없었다.

그러다가 푸드덕 날아 인근 소나무로 옮겨갔다. 이번에는 전봇대보다 더 높은 소나무 가지에 앉아 소리를 질렀다. 아마 부르짖는 소리가 더 멀리 퍼져 나가게 하려는 것 같았다. 아까와 달리 금방 목소리가 쉰 느낌이었다. 너무 소리를 질러 댄 탓이라고 생각했다. 허스키하게 들리는 목소리는 뭔가 애타게 찾는 신호 같게 느껴 졌다.

아무래도 잃어버린 짝꿍을 찾는 것 같았다. 아빠는 예사롭지 않은 광경에 발걸음을 멈췄다. 좀 더 사태를 지켜보려는 심산이었다. 울부짖는 쪽을 응시했다. 잠시 후 어디선가 까마귀 한 마리가 날아왔다. 그러자 소리 지르던 까마귀 울음이 뚝 그쳤다.

소리를 지르던 까마귀가 볼멘소리로 말했다.

"아까부터 목이 터지게 신호를 보냈는데 어디 있다가 지금 오는 거야? 얼마나 걱정했는지 알아? 사고를 당한 줄 알았단 말이야."

다른 까마귀가 말했다.

"미안, 들쥐 사냥을 하느라 잠시 한눈팔다가 늦어 정말 미안해."

"그래, 잡았어?"

"낚아채려고 하는 순간 잽싸게 돌 틈 사이로 들어가 버려 놓쳐 버렸어. 사냥에 성공하면 당신하고 아침 식사하려고 했지. 꼭 잡고 말겠다는 생각에 주변을 계속 비행하다가 애타게 찾는 당신이 짖는 소리를 듣고 날아온 거야. 걱정하게 해서 정말 미안."

누가 수컷인지 암컷인지 구분은 되지 않다. 이들 까마귀는 부리를 비비며 가벼운 입맞춤을 하더니 이내 사이좋게 어디론가 날아갔다. 너무나도 행복하게 보였다.

아빠는 생각했다. 온통 까만색의 털옷을 입고 있어 얼핏 보아 누가 수컷이고 암컷인지는 분별할 수 없었다. 하지만 이들 까마귀는 비익조에 버금가는 한 쌍이라고 생각했다. 서로에게 없어서는 안 될 존재인 것은 분명해 보였다.

아빠는 창공을 향해 멋지게 날아 하는 한 쌍의 까마귀를 보면서 생각했다. 아빠는 사랑하는 다도가 보고 싶어 아무리 불러본다 한들 다시는 만날 수 없다는 사실이다. 이들 까마귀가 너무나도 부러웠다. 이들의 정겨운 모습은 다도를 그리워하는 아빠의 마음을 더욱 애잔하게 했다. 정다운 한 쌍의 까마귀에서 환각 현상이 떠 올랐다.

다도가 살았을 때의 일이다. 아빠는 소나무 군락에서 휴식을 취하다가 갈때가 되었다. 신나게 쫓아다니는 다도를 찾기 위해 휘파람을 불었다. 다도는 즉시 반응하여 수풀 사이에서 부스럭거리며 금방 튀어나오곤 했다.

지금도 휘파람을 불면서 말했다.

"다도야. 어디 있어? 이제 가야지."

다도가 금방이라도 풀숲에서 부스럭 소리와 함께 쫓아 나올 것만 같았다. 그러나 어림없는 일이었다. 환상이었다. 세상에 존재하지 않기 때문이다.

이제 다도는 추억 속에서만 존재한다. 다도가 건강할 때 이곳 소나무 군락지에 풀어 놓으면 여기저기 냄새를 맡아가며 분주히 사방을 쫓아다녔다. 다도는 이곳에서 간혹 고라니를 발견하면 예외 없이 한바탕 단거리 경기를 즐겼다. 잊을 수 없는 장소이다.

소나무 군락지에서 좁은 도로를 빠져나오면 바로 남대천 제방에 올라설 수 있다. 상류 쪽으로 100m 정도 걸어가면 우리 가족이 처음 이곳 R 아파트에 이사 왔을 때의 일이 저절로 떠올랐다.

우리 가족이 이곳에 이사 와서 처음으로 저녁 공기를 마시러 나왔다가 생긴 다도의 가출 사건은 잊을 수 없다. 다도는 사흘 동안 헤매다가 어렵사리 우리가 사는 아파트로 찾아온 것이 생각난 것이다. 다도는 아빠 분신이었다. 그만큼 사랑했다. 하지만 이제는 곁에 없다. 다도가 세상에 존재하지 않는 현실은 마냥 쓸쓸하다. 추억 속에서 기억한다는 사실은 정말 슬프고 슬프다. 독백이 절로 입에서 튀어 나왔다.

-다도와 함께한 15년 세월, 아빠가 홀로되어 그 길을 걸으니 풍광은 예전 그대로이건만, 정작 다도는 곁에 없구나. 아 ~ 다도와 함께한 행복했던 시간, 한낱 일장춘몽인가 보다.-

다도와 함께 15년간 함께 즐거워하고 슬퍼했던 많은 사연을 간직한 회상은 일단 여기서 멈추어야 했다. 다도의 생애가 끝났기 때문이다. 다도는 행복했을 것이다. 아빠의 지극한 사랑 속에 천수를 다하고 세상을 떠나갔기 때문이다.

2019년 3월 병원에서 받은 폐섬유화증 진단은 4년을 훌쩍 넘겼다. 애초 병원에서 3년을 시한부로 판정했었다. 하지만 4년을 넘겨 몇 달 후면 만 5년이 된다. 아빠는 하느님의 은총 덕분에 비교적 건강하다. 아빠가 살아 있는 한 다도 역시 아빠 마음속에 살아 있는 것이다.

에필로그

좋은 세상에 태어나라

에필로그

좋은 세상에 태어나라

　다도야. 아빠는 이렇게 생각한단다.
　우리 다도는 정저와(井底蛙)가 아니다. 그렇다고 좌정관천(坐井觀天)이라는 말처럼 우물 안에서 빼꼼히 뚫린 하늘만 쳐다보면서 '개굴개굴' 거리다가 일생을 마친 개구리도 아니었다. 멀리 나는 새가 많은 것을 볼 수 있단다. 다도는 아빠를 만나 여느 개와 달랐다. 많은 것을 보았으며 경험했다. 비록 언어로 소통할 수 없어도 아빠와 평생 함께 살면서 충분히 교감을 이루며 사랑했다고 생각하는 것이다.
　아빠와 다도와의 만남은 특별한 인연이다. 세상에 그토록 많고 많은 개 중에서, 헤아리기 쉽지 않은 그 많은 사람 중에 아빠와 인연(因緣)을 맺었다는 것은 각별한 것이다. 인연의 '인'은 원인을 이루는 근본 동기이며 연은 어떤 사물과 관계되는 '연줄'이라고 사전은 풀이하고 있다. 석가모니는 인과 연이 흩어지면 사라진다고 설파했다고 한다. 더 이상의 인연이 존재하지 않는다는 뜻이라 할 것이다.
　이제 다도는 세상에 없다. 더는 세상에 존재하지 않는다. 연이 끝난 것이다. 하지만 아빠와 생전의 사연들은 아빠의 머릿속에 추억으로 고이 저장되어 있다. 아빠는 비록 적지않은 나이지만 아직은 정신세계가 명료하다 할 것이다. 치매에 걸려 망각하지 않는 한 언제나 다도와 있었던 일들을 반추할 수 있어 다행이다.

"사랑하는 다도야. 너는 늘 아빠 곁에 있단다."

아빠의 서재 벽에 다도의 젊은 날 사진이 붙어 있다. 한여름, 반쯤 혀를 빼물고 헐떡이는 얼굴이 클로즈업되어있다. 우스꽝스러운 표정이다. 또 기품있는 순백의 색깔 옷을 입은 전신(全身)사진이 액자에 넣어져 있다. 아빠는 언제나 정다운 마음으로 마주 볼 수 있어 행복하다. 때론 사진에 대고 가벼운 입맞춤도 한다. 다도가 그리워질 때 휴대전화기에 저장된 동영상에 담긴 갖가지 모습을 보면서 아름다웠던 지난날을 생각한다.

아빠의 휴대전화기에 저장된 갤러리 동영상에는 다도가 살아 움직이고 있다. 어느 날 남대천 제방에서의 있었던 일이다. 아빠, 엄마와 함께 산책했다. 그날따라 다도가 사랑스러워 보였다. 아빠가 말했다.

"사랑하는 다도야. 아빠하고 뽀뽀하자."

다도는 얼른 알아들었다. 어렸을 때부터 익숙했던 버릇이다. 아빠는 두 팔을 벌렸다. 다도는 벌떡 일어서 아빠에게 껑충 안겼다. 아빠가 재빨리 앞발을 단단히 잡아 주었다. 다도는 혀를 조금 내밀고 아빠 입술에 댔다. 이와 동시에 아빠도 입술을 내밀었다. 그리고 닿을 듯 말듯 뽀뽀 흉내를 냈다. 이 장면을 엄마가 놓치지 않고 스마트폰으로 찍었다. 멋진 장면이 연출된 것이다.

다도가 세상을 떠난 뒤 다도 생각에 휴대전화에 저장된 갤러리를 열었다. 갤러리에 저장된 그때의 스킨십 장면을 다시 들여다보았다. 아빠 가슴에 안긴 헌칠한 다도의 키는 아빠의 키와 비슷한 느낌이었다. 다도가 두 발로 일어선 상태의 신장은 늘씬했다는 뜻이다. 이처럼 다도는 여전히 살아 아빠 곁에 있는 것이다.

이번에는 다른 장면이다. 다도를 빼닮은 올망졸망 한 여러 마리의 새끼가 어미 곁에서 젖을 빨거나 앙증스럽게 놀고 있는 모습이다. 아빠는 그때의 에피소드를 떠 올리며 흐뭇한 표정으로 동영상을 바라본다. 이럴 때는 생전과 같이 다도와 함께 있는 것이다. 이 밖에 수십 장면의 사진이 아빠의 휴대폰에 저장되어 있어 언제나 생각 날 때 마음대로 볼 수 있다.

다도가 세상에 태어나 아빠와 인연을 맺고 살아오면서 갖가지 사연들이 모여 한 편의 소설이 되었다. 제목은 『**다도와 슬픈 이별**』이다. 다도와 사랑과 이별이 고스란히 기술되어 있는 것이다. 아빠와 다도의 사랑, 기승전결 마지막은 '새드(cad)'였다. 무릇 사랑하는 대상과의 '이별고(離別苦)'는 감내하기란 쉽지 않다. 죽음을 통한 영원한 이별은 더욱 그러하다. 이 세상에서는 두 번 다시 재회가 없어 마냥 슬픈 이별인 것이다.

"사랑하는 다도야, 부디 좋은 세상에서 다시 태어나거라." (尾)

다도와 슬픈 이별

초판 1쇄 인쇄	2024년 4월 25일
초판 1쇄 발행	2024년 4월 30일

지은이	정 인 수
전화	010-3282-3999
이메일	jis3088@naver.com
펴낸이	정 인 수

펴낸곳	성원인쇄문화사
주소	강원특별자치도 강릉시 성덕포남로 188
대표전화	(033)652-6375 / 팩스 (033)652-1228
이메일	6526375@naver.com
ISBN	979-11-92224-29-9 (03800)

· 값은 뒤표지에 있습니다. 잘못 만들어진 책은 구입하신 서점에서 교환해 드립니다.
· 저작권법에 의해 보호받는 저작물이므로 저자와 출판사의 동의없이 전부 또는 내용의 일부를 인용하거나 발췌하며 사용하는 것을 것을 금합니다.
· 이 도서는 강원특별자치도, 강원문화재단 후원으로 발간되었습니다.